C H V

Günter Kunert

Vertrackte Affären

Geschichten

Herausgegeben von
Hubert Witt

Carl Hanser Verlag

1 2 3 4 5 20 19 18 17 16

ISBN 978-3-446-25056-7

Satz: Greiner & Reichel, Köln
Druck und Bindung: CPI books GmbH, Leck
Printed in Germany

MIX
Papier aus verantwortungsvollen Quellen
FSC® C083411

Für Erika,
die Ungeduldige

Abschied ist arm an Worten

Regiert der Imperativ als triviale Kurzformel (»Das war's!«) den Rest des Lebens, das sich resigniert oder niedergeschlagen solcher Formel unterwirft? Oder widersetzt es sich der trostlosen Feststellung, indem es sie zur Frage auflockert: Das soll's gewesen sein? Wie immer man die eigene, ausklingende Gegenwärtigkeit betrachten mag, Grund zur Freude bietet sie kaum. Und kommt als Steigerung der Trübsal eine bedrückende Umgebung hinzu, dann sehnt man sich an die vormaligen Stationen seines Daseins zurück, selbst wenn diese Gefahren enthielten.

So wie allen Leuten in ähnlicher Situation erging es Herrn O. in seinem Heimatort, einem Sammelsurium halb verfallener Häuser, durchweht von Menschenleere und Gestank aus offenen Abwasserrinnen beidseits holpriger Bürgersteige. Je länger seine Heimkehr zurücklag, desto häufiger kamen ihm die überstandenen Leiden wie unterhaltsame Abenteuer vor. Mit den einsamer werdenden Jahren war für O. die Langeweile zu einer schwer ertragbaren Last geworden, zum Taedium vitae, das zum Gedankenspiel mit dem Suizid einlud. Wenn er sich, aus dem schmutzigen Gasthaus vom Essen kommend, träge nach Hause begab, von einem halben Liter Wein sowohl angeregt wie leicht umnebelt, sehnte er sich nach den Schrecknissen seiner unverwechselbaren Vergangenheit. Waren die Tod verheißenden Bedrohungen nicht doch besser, das heißt, vitalisierender gewesen als dieser triste Alltag, von dem man keineswegs behaupten konnte, er sei die Krönung eines außerordentlichen Lebens gewesen, gar der Lohn für eine allgemein als »gewaltig« anerkannte Karriere?

Deren Gestalten meldeten sich bei beginnendem Mittagsschlaf in O.'s Kopf, insbesondere dieser gewaltige Einäugige, dem es das Auge auszustoßen galt, oh, welch Geschrei und Gebrüll, Entsetzen und Flucht, Angst und Triumph, als man, gemeinsam mit den Kameraden entronnen, die tobende Gestalt hinter dem Horizont verschwinden sah. Ob er noch leben mag, fragte sich Herr O. eindämmernd, und die Zauberin, na, wie hieß sie bloß noch, so was traf man nicht alle Tage, hoho, oho, da war was dran gewesen, beim Zeus, mit einem Wort »orgiastische« Monate damals, und er selber in seiner Blüte auf dem schaumumkränzten winzigen Eiland.

Und im Traume gar befiel ihn ein tränentreibendes Bedauern, dass er mit den Freiern, mit den geilen Hausfreunden seiner Frau Tabula rasa gemacht hatte. Nun fehlten sie ihm zum Zeitvertreib. Ohne Feinde ist das Leben ebenso stumpf wie ohne Freunde! Arm dran, wer nichts besitzt außer archiviertem Ruhm: magere Kost, die nicht mehr die Seele sättigt.

Als er erwachte, lauschte er einem Geräusch nach, etwas wie verklingende Schritte, als hätte ihn jemand während seines Schlafes besucht: hallte nicht auch noch in seinem Ohr ein Klirren wie von Schild und Lanze, ein Eulenruf oder dergleichen? Solch ein Gefühl, im Zustand schnarchender Bewusstlosigkeit visitiert worden zu sein, befiel ihn oftmals, und obwohl er sich stets vornahm, gleich nach dem Erwachen aufzuspringen und eilig zur Tür zu rennen, noch den Schatten des Gastes zu erhaschen, blieb er doch immer auf der Matratze liegen, zu lethargisch, die Absicht auszuführen. Insofern war es eigentlich ein Wunder, dass er eines Tages, als ein Bus, ein mobiles Reisebüro von »Olympic Airways« im Ort hielt, stehenblieb, sogar eintrat – anfänglich nur aus Unterhaltungsbedürfnis, und sich nach einer Tour zur Insel Malta erkundigte. Zufällig gab es preisgünstige Flüge, inklusive Mietwagen, und wenn Herr O. hinterher auch davon überzeugt war, der halbe Liter Wein beim Essen habe Mitschuld an seiner Unterschrift auf dem Vertrag, so musste er sich doch eine wachsende Neugier eingestehen.

Seine Erinnerungen färbten das Gestern immer bunter, schufen immer betäubendere Szenen, und nicht nur vor oder nach dem Mittagsschlaf, sondern auch, wenn er mitten in der Nacht aufschreckte und nicht wieder einschlafen konnte, euphorisiert von seinen Phantasien. Wenig später fand er sich in Valletta wieder, einer durchwindeten Hafenstadt, von wo aus die Autofähren nach Gozo abgingen, hin zu jenem Stück Fels in den verschmutzten Fluten »seines« Meeres, wie er es bei sich nannte. In weniger als einer Stunde schob sich der schwerfällige Eisenkasten an die Reede. Herr O. hatte die ganze Überfahrt an Deck verbracht, und als fern die ersten düsteren Zacken auftauchten, wurde ihm wunderlich zumute, obwohl keine Wiedererkennungsgewissheit sich einstellte. Graues Gestein wie einst, doch jetzt seltsam verheißungsvoll. Erhöhte Pulsfrequenz beim Anblick. Beim Näherkommen wirkten die salzwasserzerfressenen Uferbrocken wieder fremder, obschon sie sich ja seit seinem letzten Aufenthalt kaum verändert haben dürften.

Dann: von der Fähre über verölten Beton und hinaus auf die asphaltierte Straße, von der hier und da primitive Schotterwege abrupt in die Ödnis abbogen. Obgleich Herr O. fast im Schneckentempo dahinrollte, aufgeregt nach den Seiten auslugend, deckte sich nichts von der Umgebung mit der Landschaft in seinem Gedächtnis, und doch musste es der Platz sein, an dem er sich jahrelang aufgehalten hatte. Und hätte nicht an einem offensichtlich morschen Pfahl ein handgemaltes, schon ausgeblichenes Schild mit der englischen Aufschrift »Circe's Cavern« und einem plumpen, weisenden Pfeil gehangen, er von sich aus hätte sich überhaupt nicht zurechtgefunden.

Zum Glück (und daher vermutlich so billig) war er hier in der Nachsaison eingetroffen, so dass der Mangel an Touristen es ihm erlaubte, direkt vor dem Höhleneingang zu parken. Kaum ausgestiegen, musterte er bewegt die Verlassenheit ringsum.

Hatten da nicht früher Ölbäume gestanden? Vögel genistet? Ziegen an Halmen geknabbert? Neben dem übermannshohen, mit Zement zu einem ungeschickten Rundbogen zusammengeschmierten Eingang rottete eine entfärbte, hölzerne Kabine vor sich hin; kaum leserlich das Wort »Kasse«, das Glas des für den Kartenverkauf vorgesehenen Fensters gesprungen und mit Klebestreifen gesichert. Alles wie ausgestorben, bis Herr O. einen Schatten in dem kistenartigen Gehäuse wahrnahm. Gleich darauf klappte die Brettertür auf und stieß dumpf an die Seitenwand: der Schatten materialisierte sich beim Heraustreten, wurde zu einer rundlichen, untersetzten Gestalt, weiblich, brünett, in ein Gewand gehüllt, das eine Toga kopieren sollte, aber kürzer war und ein erstaunlich strammes Bein bis zum Knie sehen ließ. In der Hand hielt die Materialisation ein Ticket und einen bunten Prospekt und brachte beides, nebst einem freundlich-routinierten Lächeln, dem Besucher entgegen.

War sie es? Sie war es doch – oder? Oder war sie es etwa nicht? Voller Unsicherheit und Ungewissheit, dennoch von seinen Affekten überrumpelt, hob O. die Arme und rief: »Kirke! Ich bin es! Kennst du mich nicht mehr?« Sie ließ die Objekte ihres ärmlichen Geschäftes fallen und erwiderte strahlend und im gleichen hohen Ton: »Du bist wiedergekommen! Ich habe es gewusst! Wie ich mich freue, Philemos!« Worauf sie ihn energisch umarmte, so dass er ihren kaum zu leugnenden vorgewölbten Bauch, an den er sich nicht erinnerte, wie eingepasst in seiner Magengrube spürte. Er war enttäuscht, und es war ihm etwas peinlich, sagen zu müssen: »Nein, nein – ich bin nicht Philemos …« Doch ehe er seinen Namen nennen konnte, jauchzte sie frisch drauflos: »Ja, ja – jetzt erst erkenne ich dich! Du bist … Du bist mein …« Sie zögerte, und das tat ihm leid, einerseits seinetwegen, denn er hatte immer gemeint, den feuermetaphorisch bezeichneten »unauslöschlichen Eindruck« zurückgelassen zu haben, was sich mit großer Verspätung als Irrtum herausstellte, andererseits ihretwegen, denn ganz offenkundig zeigte ihr Gedächtnis schon Alterslücken. Oder, so ein unerwartet folgender Verdacht: waren nach seiner Abreise noch derart viele männliche Gäste bei ihr gewesen, dass sie die Übersicht verloren hatte? Freilich: ihr Vorwürfe zu machen, wär er nicht berechtigt, und so gab er sich zu erkennen, was ihm diverse Küsse auf Wangen und Mund eintrug und den Anhauch einer reichlich mit Knoblauch gewürzten, vergangenen Mahlzeit.

»Dass ich dich noch einmal wiedersehe …« sprach sie, in die Hände klatschend wie ein Kind, dem ein prächtiges Geschenk gemacht ward. Mit dem Ringfinger der Rechten machte sie eine Geste, als wische sie etwas Sekret aus den Augenwinkeln.

»Komm, komm, mein Lieber … Komm in meine Höhle …«

Schweigend ließ er sich führen, stolperte über eine ebenfalls hässlich zementierte, teils schon wieder zerbröckelte Schwelle, wobei ihm nicht mehr einfiel als »Du wohnst also noch immer *hier* …?«

Drinnen betätigte sie einen Schalter, und eine Reihe schirmloser Glühbirnen, von unterschiedlicher Watt-Zahl, wie er gleich bemerkte, bemühte sich vergebens, den von unzähligen Besucherschuhen geglätteten Boden auch nur ahnen zu lassen. An den Stalagmiten und Stalagtiten blinkte hier und da unerwartet ein Kristall auf, da die locker baumelnden Birnen durch den Luftzug in Schwingung gerieten.

»Du übernachtest natürlich bei mir!« hörte O. ihre Stimme aus der Düsternis, geblendet von den grellen Lichtern, und sogleich glaubte er, ihre Bauchwölbung an seinem Körper zu verspüren. Ehe er zur Antwort ansetzen konnte, folgte im nüchternen Ton: »Möchtest du Kaffee? Oder Tee? Wein? Alles vorhanden … Wie in alten Zeiten …«, doch wenn er etwas genau wusste, so die Tatsache, dass damals weder Tee noch Kaffee in dieser Höhle, falls es die echte war, ausgeschenkt wurde. Sie machte sich an einem kleinen Beistellherd zu schaffen, neben dem gefährlich nah die rote Kuppel des Butan-Gasbehälters glänzte. Herr O. nahm mehr akustisch denn optisch wahr, wie seine Gastgeberin mit Geschirr hantierte, indessen er eine plötzliche Müdigkeit empfand, wie nach einer schweren Arbeit. Seine Beine drohten den Körper nicht mehr zu tragen, so dass er, ohne um Erlaubnis zu bitten, auf der Lagerstätte Platz nahm: eine einfache Matratze mit einem Deckengewirr zu seinen Füßen. Die Anstrengung der Reise, der Abfall der inneren Spannung, die Erleichterung, angekommen zu sein, alles überwältigte ihn.

Es bedeutete schon Mühe, den Arm zu heben und die Tasse Kaffee (oder Tee: der Geschmack ließ keine Identifizierung zu) in Empfang zu nehmen. Hoffentlich kein Zaubertrank, dachte er flüchtig.

»Weißt du noch?!« mit dieser Beschwörung hebt jeder Abstieg in den Hades des Gestern an, und auch Herr O. eröffnete das Gespräch mit diesem Spruch. Er redete über seine Gefährten, die zu Schweinen geworden seien, sich wie Schweine benommen hätten, ja tatsächlich als Schweine umhergegrunzt und sich gesuhlt und geschubbert, und die Gastgeberin bekicherte heftig seine Gedächtnisleistung, wobei er sich fragte, ob ihrer beider Vorstellungen die gleichen wären. Vielleicht hatte sie das alles schon vergessen, weil es zu lange her war, und er trank aus Höflichkeit eine zweite Tasse, ohne dadurch munterer zu werden. Im Gegenteil, die Lider schlossen sich willenlos, die kichernde Stimme klang leiser und leiser, bis er überhaupt nichts mehr vernahm und nicht merkte, wie er sacht zur Seite sank, auf die zerknäulten, von der Höhlenluft klammen Decken.

Wenig später suchte ihn ein Traum heim, auf den er sich nach dem Aufwachen am nächsten Morgen deutlich erinnerte. Er hatte nämlich geträumt, dass er da, wo er lag, eingeschlafen sei und dann nachts aufgewacht, weil auf seinem rechten Arm und diesen einklemmend, ein schweres Gewicht ruhte. Blind von der völligen Finsternis wie ein Grottenolm tastete er vorsichtig mit bebenden Fingerspitzen, wie er träumte, den Gegenstand ab, der sich so eng an ihn drängte. Er berührte etwas Glattes, Weiches, Strammes, dessen Temperatur der seinen nahezu gleich war, und das ihn, wofür er sich jetzt genierte, zu fleischlichem Verlangen veranlasste. Er berührte eine Haut, schmiegsam, doch etwas fettig wie eingesalbt, und presste seinen eigenen Körper dichter an die reglose Masse. Plötzlich geschah es: er ließ sich hinreißen, und schon nach einigen zuckenden Bewegungen wurde ihm Befriedigung zuteil. Er atmete schwer aus, bevor er träumte, dass er erneut einschlief und dabei überlegte, wie seltsam es eigentlich sei, von einem Traum zu träumen. Er führte diese Verschachtelung von »realem« Traum, wenn man das so nennen konnte, mit einem fiktiven auf die besondere Atmosphäre zurück, auf das Erlebnis einer Rückkehr in seine festgelegte Biografie – was ja auch so etwas wie eine Duplizität war, eine phasenverschobene Wiederholung.

Herr O. hockte auf der Decke zwischen der Gestalt am Herd und dem lockenden Sonnenlicht vor dem Höhleneingang, dessen Abglanz die Düsternis des Felsengemaches aufheiterte, und überlegte, ob er der ihm fremd gewordenen Frau von seinem Traum erzählen solle, oder ob sie das möglicherweise für eine Aufforderung zum faktischen Nachvollzug halten würde. Er war sich nicht sicher, ob es ihn danach gelüstete. Ob es sich überhaupt wiederholen ließe, was zwischen ihnen gewesen war. Ob es nicht besser war, die Erinnerungsbilder zu bewahren, statt sie durch einen läppischen Akt zu überlagern.

Er nahm den ihm gereichten Kaffee (oder Tee) dankbar entgegen, doch ehe er noch von seinem Traum anzuheben vermochte, wurde ihm eine Mitteilung gemacht, die ihn verstörte.

»Ich hatte vergessen, dich vorzubereiten, mein Freund, aber sie läuft draußen frei herum, sucht sich ihre Nahrung und kommt auch manchmal herein, wenn es ihr zu kalt wird, dann verlangt es sie nach menschlicher Nähe … Darum schlafe ich auch dahinten …« Und die Gastgeberin wies hinter sich ins Halbdunkel, wo nun eine schlaff baumelnde Hängematte hing. Herr O. begriff nicht, auf wen sich die Erklärung bezog; sein Ausdruck von Verständnislosigkeit wandelte sich in Betroffenheit, als er erfuhr, wer die Streunerin sei: eine ausgewachsene Sau, aber noch nicht gänzlich schlachtreif, die die Gastgeberin nebenbei aufzog, ihren Lebensunterhalt aufzubessern. Das Tier, und sie sagte sogar wörtlich »das gute Tier«, sei so zahm, und es habe so friedlich neben ihm geschlummert, dass sie weder ihn noch das gute Tier habe wecken wollen.

»Also«, schloss sie ihre Erläuterung, »warum trinkst du nicht in Ruhe deinen Tee, mein guter Xylandros?« Doch dem so fälschlich Angesprochenen war nicht nur der Durst, es war ihm auch die Lust zur Namenskorrektur vergangen. Vergeblich forschte er in den jetzt nur noch bruchstückhaft vorhandenen Traumresten nach einem Hinweis auf ein wirkliches Geschehen, vor dem es ihn bei wachem Bewusstsein gegraust hätte. Er hoffte inständig, dass der Körperkontakt mit dem Geschöpf bloß einen Traum bewirkt habe und nichts weiter. Als er die Sprache wiederfand, konnte er nur sagen: »Wie spät ist es? Ich darf die Fähre nicht versäumen …« Denn es trieb ihn nun, so schnell wie es ging, diese bedenkliche Stätte, den Ort einer von allen Göttern verfluchten Tat, einer ihm hinterlistig angetanen, ihm nicht bewusst gewordenen Schmach zu verlassen – wenn denn sein Traum keiner gewesen war.

Er brachte das lauwarme Getränk nicht über die Lippen, rappelte sich mühsam hoch und schritt steifbeinig nach draußen, gefolgt von der Schweinehirtin, die ihn zum Bleiben bewegen wollte. Als sie einsehen musste, dass ihn kein Bitten, keine einladende Andeutung aufhielte, eilte sie, bevor er in den Wagen stieg, zu ihrer Kassenbude und kam mit dem Prospekt »Gozo and Circe's Cavern« zurück. Lächelnd reichte sie ihm das Faltblatt, das er hastig in seine Jackentasche schob. Dann zwängte er sich auf den Fahrersitz. Doch ehe er die Tür zuschlagen konnte, beugte sie sich zu ihm nieder und sagte:

»Ein Pfund zwanzig, mein Lieber Eutomos …« Herr O. wühlte in seiner Tasche, fand einen Schein, den er ihr in die Hand drückte, die sich unerwartet um seine schloss:

»Ich danke dir, dass du mich nicht vergessen hast. Komm bald wieder …« raunte sie ihm zu. Er zögerte, seine Hand zurückzuziehen, schuldig, wie er sich fühlte, weil er sie jetzt einfach verließ, grundlos in ihren Augen, zum zweiten Mal aufgegeben, wissend, er würde sie und die Insel niemals mehr wiedersehen. Endgültige Abschiede sind immer wortarm.

Zwar wollte Herr O. ein, zwei Sekunden lang aus dem Wagen steigen, aber dann betätigte er den Zündschlüssel, gab Gas und fuhr rascher werdend auf und davon. Zu einem Blick in den Rückspiegel fehlte ihm der Mut. Es wäre ja auch nichts weiter zu sehen gewesen als eine ältere, rundliche Frau, die ihm nachwinkte.

An der Anlegestelle im Hafen war er der erste Passagier: viel Zeit zum Nachdenken, wie er meinte, doch seine Gedanken verflüchtigten sich haltlos, auch die Intensität des Traumes ließ nach, und am Ende kam ihm der Verdacht, sein Ausflug zu einem Punkt seiner berühmten Lebensbeschreibung sei doch eine Art Entdeckungsreise gewesen zu der Nichtigkeit seines eigentlichen Ursprungs.

1992

Olympia

Stets, wenn sie nicht weiterwusste, sagte ihre etwas blecherne Stimme: »Frag mich was anderes!« Oder: »Wiederhole deine Frage in anderer Formulierung!« Manchmal machte ich mir einen Spaß daraus, sie mittels semantischer Kniffe, der changierenden Bedeutung von Wörtern in Verlegenheit – oder wie man das bei ihr nennen mochte – zu bringen, so dass sie einfach aussetzte. Der Spaß hielt jedoch nie lange vor, da ich ihr ja anschließend wieder die Sicherung einsetzen musste. Direkt über ihrem Gesäß und etwas tiefer in der konvexen Wölbung des Rückens befand sich, geschützt durch eine fleischfarbene Klappe, jene Stelle: Hatte ich die herausgesprungenen roten Knöpfe hineingedrückt, pflegte ich die Klappe sanft zu schließen, wobei ich sie immer dasselbe fragte:

»Tut dir die neue Sicherung gut?«, und sie ihrerseits immer dasselbe erwiderte: »Frag mich was anderes!«

Wollte ich dann wissen, was denn in etwa der Inhalt dieser von ihr geforderten Frage sein sollte, produzierte sie natürlich prompt die zweite Version ihrer elektronischen Hilflosigkeit: »Wiederhole deine Frage in anderer Formulierung!« Das war nicht sehr einfallsreich, wie man zugeben muss, aber immerhin besser als ein erneuter Stromausfall. Und vor allem: besser als niemand. Besaß man schon keine Hausgenossin aus Fleisch und Blut und durfte man, den kargen Zeitrest der eigenen Existenz im Blickfeld, auch auf keine mehr hoffen, war ein solches Gerät unterhaltsamer als ein Radio oder ein Fernseher. Und die Leihgebühr zahlte sowieso das Sozialamt. Aber mit wachsender Häufigkeit ertappte ich mich dabei, wie ich auf ihre optimal modellierten Beine starrte (beim Sitzen bis zum halben Schenkel entblößt), was sie bestimmt bemerkte, aber nur registrierend, ohne dass ihr Wahrnehmungsapparat daraus Schlüsse zog, aus denen sich Reaktionen ergaben. Ungeniert konnte ich sie betrachten, so wie man einen Gegenstand musterte, der sie ja auch war. Ihr Gesicht erinnerte mich an Filmschauspielerinnen meiner Jugend: hohe Stirn, zierliche Nase, rundliche, nahezu kindliche Wangen und der Mund eher ein Mündchen. Ich folgerte daraus, dass ihr Designer nicht viel jünger als ich sein konnte, oder dass sie vor Jahrzehnten entworfen und erst später hergestellt worden war. Zumindest vermittelte sie mir dadurch das seltsame Empfinden langer Bekanntschaft: als wäre ich ihr schon vor Zeiten begegnet – eine faktische Unmöglichkeit.

Sobald sie mir den Rücken zuwandte, um irgendeine Hausarbeit zu verrichten, eine Handreichung mit etwas eckigen Bewegungen durchzuführen, meldete sich unerwartet mein Sensorium. Ohne die maskenhaft reglose Miene kam sie mir viel lebendiger und menschlicher vor. In solchem Moment spürte ich ganz stark das Bedürfnis, mich ihr zu nähern und Hand an sie zu legen. Zwar hatte ich keine Vorstellung, wie sie sich verhalten würde, da ich ihre Programmierung nicht kannte, doch beruhigte mich die Überlegung, selbst ein intimer Kontakt von ihr würde nur als rein technischer aufgenommen. Und obwohl ich mir sagte, dass eine derartige Berührung keinen Unterschied gegenüber dem Öffnen einer Kühlschranktür oder der Benutzung eines Rasierapparates bedeutete, kehrte das ausgefallene Verlangen stets erneut zurück.

Galileis Unterscheidung fiel mir ein, Bruchstücke längst aufgegebener und vergessener Studien: »Verifizierbare Realität und sensorische Illusion«. So einfach und klar wie das klang, kam es mir auf einmal nicht mehr vor. Mir wollte scheinen, als käme meinen sensorischen Illusionen ein gewisses Maß an Realität zu, oder es sei doch Realität in sie eingewoben, wenn auch auf unklare und beschämende Weise.

Meine Hausgenossin direkt nach dem Grad ihrer anthropomorphen Beschaffenheit zu befragen, fehlte mir der Mut. Ich grübelte darüber nach, wie weit bei ihrer Herstellung der Nachahmungstrieb des Produzenten gegangen sein mochte und ob derselbe sich auch auf biologische Merkmale erstreckt habe. Dabei wusste ich, sie würde mir objektive Auskunft geben, wie sie das bereits einmal über ihr »Gehirn« getan, als ich mich danach erkundigt hatte: »Es handelt sich um eine mikro-prozessuale Nachbildung von Hypothalamus, Thalamus, Hippocampus und der Formatio reticularis, die der Filterung von Informationen dient ...« Und nachdem ich keine Zeichen des Begreifens verlauten ließ: »Hast du es verstanden?«

Was sollte ich darauf erwidern? Ich sagte nur: »Frag mich was anderes ...«, was sie sogleich mit: »Wie geht es dir heute?« quittierte. Worauf ich am liebsten die bekannte Forderung nach der veränderten Formulierung erhoben hätte, wäre ich mir nicht zu sicher gewesen, dass wir in einen leeren Dialog geraten würden, ähnlich dem akustischen Ablauf einer Schallplatte, die den entsprechenden tiefen Kratzer besitzt, welcher die Wiederholung veranlasst.

»Gut, Olympia, es geht mir gut.« Den Namen, ihren Namen, ohne dass sie dessen Herkunft kannte, hatte ich laut Gebrauchsanweisung sofort in sie eingespeichert, um den gesamten Reaktionsmechanismus an- und abrufen zu können.

Die Möglichkeit der Namensgebung war eine Großzügigkeit der Ausleihe, von der ich keineswegs sicher war, ob man nicht bei der jeweiligen Durchsicht oder anderen Pflegearbeiten ihren Speicher auf mein Verhalten hin kontrollierte. Ich versuchte herauszukriegen, ob sie behielt, was ich ihr mitteilte, oder ob sie gegen zufällige Wissensaufnahme blockiert war.

»Ich möchte«, sprach ich eines Tages zu ihr, indem ich neben ihr Platz nahm und meine Hand auf die ihre legte und die kühle Glätte steriler Plastikmasse streichelte, »deinen Speicher füllen! Ich möchte dich vollstopfen, Olympia, mit Romanen und Gedichten, mit Kreuzworträtseln und Häkelmustern, mit zoologischen Kenntnissen und vielen anderen über die Natur des Menschen. Nur um zu sehen, ob diese Quantität nicht in eine andere Qualität umschlägt. Du würdest dich verändern – vielleicht. Olympia, weißt du, was der Tod ist?«

»Mein Schöpfer, Professor Dr. h. c. Konrad Biolkowski, der zu den bedeutendsten Molekular-Physikern der Epoche zählt, entwarf mich als Standardmodell A, nach welchem eine erfolgreiche Reihe fabriziert wurde. Professor Dr. h. c. Konrad Biolkowski, korrespondierendes Mitglied der Royal Society of Science, Ritter des ›Pour le Mérite‹ …« Ich unterbrach sie sofort. Die Programmierung enthielt neben einem ausgezeichneten Kaffee-Rezept, das mir den besten Kaffee meines Lebens bescherte, eine übermäßige Informationsmenge über Professor Biolkowski, die, wie mir aufgefallen war, bei bestimmten Wortanlässen ausgeschüttet wurde wie Münzen aus einem Spielautomaten, sobald sich die richtigen Symbole deckten. Die Wörter, die Wortlawinen hervorriefen, waren: »Nobelpreis«, »Weltruhm«, »prominent«, »verehrt«, »Genie«. Dass auch das Wort »Tod« diese Wirkung erzeugte, war mir neu. Mein Verdacht bestand darin, dass dieser

Mann seine Kunstfigur missbrauchte, um für sich selber eine Art Unsterblichkeit zu konstruieren. Olympias Tonfall, sonst eher gleichförmig, klang in meinen Ohren plötzlich eitel, sobald ihr »Schöpfer« Erwähnung fand. Professor Biolkowski, obschon nur als Schattengestalt anwesend, fiel mir auf die Nerven.

»Und der Tod, Olympia?«

»Ein Wort mit drei Buchstaben.« Und sie goss mir von dem ausgezeichneten, frisch gebrühten Kaffee sorgsam eine Tasse voll ein: er war immer frisch und heiß, wie ihn nur eine Maschine vorrätig hält.

»Und was noch?«

»Das endgültige Aufhören des Stoffwechsels. Die Lebensdauer des Menschen reicht beim natürlichen Verlauf des Lebens gewöhnlich bis in die siebziger oder achtziger Jahre, bisweilen auch noch etwas weiter, und der Tod erfolgt hier ohne vorhergegangene Krankheit, ohne nachweisbare spezielle Ursache, sanft und allmählich, oder rasch, merklich und mit Bewusstsein, oder unvermerkt im Schlafe, durch sogenannte Altersschwäche. Marasmus. Mit dem Aufhören des Stoffwechsels wird der Mensch zur Leiche. Aber« – und durch dieses ›Aber‹ wurde ich sowohl gewarnt wie vorbereitet, denn ich ahnte, das Gespenst Biolkowskis würde erneut beschworen oder beschwor sich sogar selber, und so war es auch, denn dem ›Aber‹ folgte die erläuternde Fortsetzung – »wenn es auch kein eindeutig biologisches Weiterleben nach dem Tode gibt, so existiert doch in der Vorstellungs- und Glaubenswelt vieler Völker und Gruppen die feste Überzeugung von einer immateriellen Existenz. Etwa ein sogenannter Hades, ein Jenseits, in Inferno, ein Himmel, eine Unterwelt, Hölle Fegefeuer, Schattenreich, Niflheim. Der aufgeklärte Wissenschaftler, wie zum Beispiel Professor Dr. h. c. Konrad Biolkowski, ist hingegen der Ansicht, dass der Mensch sich in seinen Werken verwirklicht und auf diese Weise den nachfolgenden Generationen Kunde von seinem Wirken gibt …« Da war wieder der gespreizte Stil, der seinen Urheber entlarvte.

»Und was machen alle anderen, die sich in keinem persönlichen Werk verwirklichen? Leben die auch weiter? In den Werken, die sie nicht geschaffen haben?«

»Frag mich was anderes.«

»Biolkowski ist doch längst tot. Und wenn die Serie A, zu der du modellhaft gehörst, ausläuft, was ist dann mit der Unsterblichkeit des korrespondierenden Mitglieds und Pour-le-Mérite-Ritters?«

Eine Weile kam kein Ton aus ihr heraus. Die auffälligen Wimpern beschatteten die darunter befindlichen Glasknöpfe, als denke sie tatsächlich nach, während doch nur ein Rechenprozess in rasender Schnelligkeit hinter ihrer Stirnfront ablief. Ich wiederholte meine Frage, einigermaßen verwundert, denn ihre Antworten erfolgten sonst in kürzester Frist. Diesmal gab es ein knackendes Geräusch: Die Sicherungen waren herausgesprungen. Sie saß da, in der erhobenen Hand die Tasse Kaffee, aus der sie niemals trank, sondern die sie nur der Echtheit halber ab und zu zum Mund führte, reglos, die durch keinen Lidschlag je befeuchteten Pupillen weit offen, und schwieg. In dieser Stellung an ihre Sicherungsklappe zu gelangen, erwies sich als außerordentlich schwierig. Zuerst musste ich ihr die Tasse aus den Fingern winden, wobei sich die immer noch sehr heiße Flüssigkeit über meinen linken Schenkel ergoss: Eine unerwartete Wärme dehnte sich sacht bis zum Schienbein aus. Wäre Olympia nicht Olympia gewesen, ich hätte das Festhalten des Henkels für

Absicht gehalten. Bei meinem Bemühen, ihre Schulterblätter von der Lehne abzulösen und sie nach vorn zu beugen, drückte sich ihre zum Griff hin halbgeschlossene Hand gegen meine Hose, so dass ich die Arbeit unterbrach. Völlig still stand ich da, fast so bewegungslos wie sie, und dann tat ich, was mir danach völlig sinnlos erschien. Ich öffnete den Reißverschluss und schob mein Glied durch ihre sich mir zufällig darbietende gekrümmte Hand. So verbrachten wir beide eine Zeitlang in rastloser Ruhe, ein paar maßlose Minuten, während welcher ich meinen sensorischen Illusionen nachhing. Biolkowski hatte ich sie zu verdanken – diese plötzliche Einsicht stieß mich in die verifizierte Realität zurück. Nicht allein, dass ich mir dadurch wie beobachtet vorkam, abschätzig und verächtlich, von einem Gespenst im grauen Zweireiher, mir war auch, als wäre meine spontane Aktion bezweckt gewesen und ich dabei nur das ausführende Organ. Es gelang mir, die Klappe zu öffnen und die Sicherungen wieder hineinzudrücken und den Ort der Manipulation mit dem Rückenteil ihrer Bluse erneut zu kaschieren.

»Weißt du, was ich eben mit dir gemacht habe, Olympia?« und sie erwiderte automatisch: »Du hast die Sicherung erneuert.«

»Was würdest du sagen, wenn ich dich transzendiert hätte? Ich bezweifle, dass innerhalb deines Systems nicht Vorgänge jenseits von Input und Output stattfinden. Wir wissen doch beide gut genug, dass in dir inter-molekulare Schwingungen sich ereignen, die für unser Verhältnis nicht ohne Folgen bleiben können, mein Liebling. Versuche jetzt, etwas zu fühlen. Fühlst du nichts?«

»Formuliere die Frage anders.«

»Du bist eine Marionette, die mehr als eine Marionette ist.

Ich glaube, dass mir bloß der richtige Schlüssel zu deinem Verständnis fehlt. Wäre ich ein Wesen von deiner Art …« Ich verstummte, weil meine Gedanken, da ich sie aussprach, mir überraschend und fremd erschienen. Sie waren von der Idee begleitet, mein Verhalten ihrem anzugleichen, um möglicherweise durch eine derartige Mimesis jenes Begreifen zu gewinnen, das ich, so wie ich war, nicht finden konnte.

»Der Schlüssel zum Verstehen …«, sagte Olympia, und ich erschrak nahezu, von einem Schauder überlaufen, als würde mir nun eine Mitteilung gemacht, die von allen bisherigen abwiche, als entberge sich aus dem Spielzeug eine tiefere Wahrheit, die sogar diesem nachgeahmten Leben, wenn auch schwächer, eigen sein musste.

Vielleicht sollte der Glaube an eine Epiphanie erfüllt werden, allein von der Intensität eben dieses Glaubens selber. Pygmalion: wenn so was einmal geschieht, noch dazu von mythologischer Überlieferung untermauert, die sonst alles nur Fiktive ausscheidet, ist Wiederholung immer denkbar.

»Der Schlüssel zum Verstehen meiner Programmierung ist eine originale Innovation von Prof. Dr. h. c. Konrad Biolkowski, Mitglied der Royal Society, Ritter …«

Während sie redete, stand ich auf, hob die Bluse an ihrer Rückseite hoch und öffnete die Klappe. Ohne zu zögern zog ich die Sicherungen heraus, mit der Niedergeschlagenheit des Vereinsamten, der wehrlos und resignierend in seinen vormaligen Zustand zurücksinkt.

1988

Eine Meisterleistung

Wie raten, wie helfen, wenn man selber ratlos und hilflos ist? Noch dazu in einem Bereich, dem man fremd gegenübersteht: Sport. Außerdem geriet ich bald in Zweifel, ob die ganze Geschichte, die mir der junge Mann erzählte, Student der Kunstgeschichte namens Krawtczick, auf Tatsachen basierte und nicht doch bloß auf Einbildung.

Dann wieder erinnerte ich mich, wie er vor mir saß, aufgeregt, hochrot, die Finger fest ineinander gekrampft, um nicht ihr Zittern zu zeigen. Weil er zu mir, einem bekannten Kunstgeschichtler, Vertrauen habe, wende er sich an mich mit einer Frage, in welcher er weder ein noch aus wisse, Rat benötige, ohne den er völlig zermürbt werde. Und ehe ich noch vorsichtig und eher Distanz wahrend, um nicht in eine möglichenfalls kriminelle Angelegenheit gezogen zu werden, nach der persönlichen Bedeutung seines Problems fragen konnte, hatte er bereits hemmungslos zu reden begonnen. Es handele sich um Karin X., die weltberühmte Sportskanone, doch er korrigierte sich gleich, als er meine Reaktion auf seinen kriegerischen Vergleich erkannte, und fuhr gemäßigter fort: über diese Sportlerin oder Athletin wolle er mit mir reden, schüttelte aber abwehrend den Kopf, als er von meiner Miene abzulesen meinte, ich denke da an eine intime Verbindung.

»Nein, nein, da liegt nicht das Problem, Herr Professor.« Er brauchte etwas Zeit, um mir den eigentlichen Punkt seiner Verstörung auseinanderzusetzen. Und weil ich einmal jung gewesen und diesen Umstand noch nicht völlig vergessen hatte, lehnte ich mich in den Sessel zurück, ein Seufzen unterdrückend; gleich wurde er ruhiger und seine Atemlosigkeit ließ nach.

Woher diese Karin gekommen sei, woher sie stamme, von wo aufgetaucht, Werdegang, Lebenslauf, biografische Wendepunkte, das alles läge in einem seltsamen Halbdunkel, um nicht zu sagen: im Zwielicht. Jedenfalls für die Öffentlichkeit. Wie stets, wenn jemand aus dem Nichts, womit man die Anonymität allgemeinen Lebens entwürdigend bezeichnete, plötzlich aufsteigt – »kometengleich«, wie sich Krawtczick ausdrückte – setzt eine starke Neugier ein. Man möchte die Vorgeschichte des oder der bis dato ziemlich Unbekannten lückenlos kennenlernen. So wie wir Kunstgeschichtler – womit er ein ziemlich unpassendes Gleichheitszeichen zwischen uns beide setzte, das ich zu ignorieren suchte – die Existenz der Künstler bis ins Kleinste aufdeckten, so verlange es den sogenannten »einfachen Mann« nach Details über seine Idole. Die Presse erfülle diesen Wunsch und fördere damit zugleich ihren Absatz. Bei Karin aber sei »nichts zu holen« gewesen.

Sie hatte sich bei einem Jedermann-Marathon unter die Ameisenschar der Amateure gemischt, war unbemerkt als einzige Frau mit den Männern gestartet und als erste durchs Ziel gegangen. Weit hinter ihr abgeschlagen das übrige schwitzende, keuchende, erschöpfte Feld der Herren der Schöpfung. Eine Sensation, wenn auch nur eine regionale, beschränkt auf eine Provinzstadt im Norddeutschen – seine eigene Heimatstadt, wie Krawtczick betonte –, doch immerhin so erstaunlich, dass auch die größeren Presseagenturen darüber berichteten. Sie, Karin, muss nach diesem Erfolg von einem Leichtathletik-Club angeworben worden sein, nachdem sie auf so ungewöhnliche Weise Talent demonstriert hatte.

»Wieso hat bloß damals keiner gemerkt, was mit ihr los war?« fragte Krawtczick, doch das richtete sich keineswegs an mich und war nur rhetorisch gemeint. Mit der flachen Hand klopfte er sich vor die Stirn, eine Geste, mit der er den so allgemein gehaltenen Vorwurf sich selber zuwies. Es hätte doch statt Jubel und Begeisterung Verdacht hervorrufen müssen, dass die junge Frau in den unterschiedlichsten, ja, gegensätzlichsten Disziplinen antrat. Als Erklärung suggerierten die Zeitungen dem Publikum, Karin habe sich, ihrer eigenen Aussage zufolge, noch zu keiner sportlichen Spezialisierung aufraffen können. Aber ihre Siege, ach, was, Siege, ihre Triumphe beim Speerwurf, Kugelstoßen, Hoch- und Weitsprung, Kurz- und Langstreckenlauf, Boden- und Geräteturnen ließen sie als sportliches Wundermädchen erscheinen, ohne dass den verblendeten Enthusiasten etwas aufgefallen wäre. Sie wurde in kürzester Zeit deutsche Meisterin in den erwähnten Disziplinen, und man konnte keine Illustrierte mehr aufschlagen, ohne ihr Bild zu entdecken: Karin auf dem Siegerpodest, Karin beim Werfen, Springen, Laufen und so weiter und so fort, ein geschmeidiger, doch kräftiger Körper, mal an Lehmbruck erinnernd, mal an Maillol, wenn Sie wissen, was ich meine, Herr Professor?! Besonders hübsch war sie nicht, eben der sportliche Typ, und man vergaß leichter ihr Gesicht als ihre eindrucksvolle Figur. »Ich arbeite über Bildhauerei«, fügte er seinen Vergleichen entschuldigend hinzu, um hastig fortzufahren, weil ihm meine zunehmende Ungeduld auffiel: »Obschon ihr die Fotografen bis in ihre Privatsphäre folgten, wurden sie optisch nicht fündig ...«

Es gab nichts Privates, gar Intimes, das die Dokumentation gelohnt hätte. Auch ihre soziale Stellung erwies sich als wenig eindeutig: sie war am Gymnasium ihres Wohnortes für einen schwer erkrankten Sportlehrer als Vertretung eingesprungen: in »meiner Heimatstadt«, was er erneut für betonenswert hielt.

Auf meinen Einwurf, dass er sie also persönlich kenne, reagierte er mit einem Abwinken, was wohl heißen sollte: darauf komme er noch.

Außerhalb ihres Jobs zeigte Karin keine individuellen Besonderheiten, keine Vorlieben für irgendwas, Musik zum Beispiel oder Film, kümmerte sich nicht um Mode oder Geselligkeit oder Klatsch: der Sport schien jedes andere Interesse absorbiert zu haben.

Die Reporter entdeckten sie im Städtischen Hallenbad, wo sie phantastische Zeiten schwamm und grandiose Sprünge vom Zehn-Meter-Brett vollführte, weil sie, wie sie den verblüfften Interviewern erklärte, auch an Schwimm- und Sprungwettbewerben teilnehmen wolle. Bald genug erfuhr man, dass sie auch Fechtunterricht nahm und abends im Trainingsanzug Tennis spielte, und selbst dabei von keinem der örtlichen Champions zu schlagen war. Manche Journalisten dichteten Karin eine manische Besessenheit an, unterstellten ihr ein Trauma, eine unglückliche Liebe, welche sie nur durch pausenlose sportliche Aktivitäten zu verdrängen vermochte. Dabei konnte jeder sehen, wie entspannt, wie wenig verkrampft die junge Frau agierte.

Karin besaß die Sympathie des Publikums, während sie die ihrer Mitbewerber rapide verlor, denn sie und immer nur sie gewann den Wettkampf. Sie übertrumpfte jede Konkurrentin und bewegte sich dabei mit einer Selbstverständlichkeit, ja, Grazie, die die anderen Frauen und Mädchen kränken und ärgern musste. Vermutlich rief ihre Erscheinung Hass hervor. Zumindest entwickelte sich ein Widerwille gegen sie, sogar konkreter Widerstand: es kam zu Absagen von Athletinnen, die sich weigerten, weiterhin gegen Karin anzutreten, welche sich immer noch in der Gunst des Publikums »sonnte«, obwohl ihr nichts von Eitelkeit oder Genuss der eigenen Popularität anzumerken war. Sie blieb unverändert, und das erhielt ihr wohl die Zuneigung des Publikums länger als man erwartet hätte, bis auch dessen Interesse zu schwinden anfing. Man wusste ja schon vorher, dass keine andere eine Chance hatte. Stets stand die Siegerin fest – das nahm jedem Wettkampf die Würze. Nur als sie bei der Winterolympiade in Sapporo sämtliche Abfahrtsläufe der Damen gewann und sogar siegreich die Ausscheidung bei den Eisschnellläuferinnen mitmachte, stieg ihre Popularitätskurve noch einmal kurz an, um dann kontinuierlich abzuflachen. Wohl nahm sie nach wie vor an deutschen oder internationalen Meisterschaften teil, aber man erblickte, sobald die Fernsehkameras, zufällig oder gar von geheimer Antipathie geführt, über die Ränge der Stadien schwenkten, hauptsächlich leere Sitzreihen. Karin übte absichtslos eine zerstörerische Wirkung auf die Sportwelt aus. Wahrscheinlich wäre man sie gerne wieder losgeworden, doch bot sich dafür keine legale Möglichkeit. Man ließ sie unzählige Male von Ärzten untersuchen, unterwarf sie den schärfsten Doping-Kontrollen, doch ohne Ergebnis. Gerüchteweise wurde bekannt, ein verzweifelter Sportfunktionär habe sich absichtlich mit einer Virusgrippe infiziert, um, auf der Fahrt zu einem Wettkampf im

Wagen direkt neben Karin sitzend, die ewige Nike für eine Weile auszuschalten. Doch solch grotesker Attentatsplan dürfte wohl eher den Wunsch zum Vater haben als eine reale Grundlage.

Karins Gesundheit erwies sich als ebenso enorm wie ihre Leistungen; zugleich ein Anlass für die Spekulation, ob jene diese bedingte oder diese jene gefördert hätten: ihre Person war der lebende Gegenbeweis zu der Behauptung, dass extreme sportliche Betätigung physisch wie psychisch krank mache. Man stand Phänomenen hilflos gegenüber: ein Wunschbild hatte sich erfüllt, aber über diese Erfüllung war niemand besonders glücklich. Dass der unerhörte sportliche Erfolg zum »Fall« geworden war, ging aus einer Fernsehsendung hervor; eine Diskussionsrunde, bei der eine Frage aufgetaucht und – kennzeichnend für die Situation – keine Antwort fand: ob nämlich nicht das höchste, sich verwirklichende Ideal des Sports eigentlich gegen den idealen Sport verstieße?!

Als Krawtczick bemerkte, wie ich heimlich auf meine Armbanduhr lugte, wurde er ganz ruhig und sagte: »Jetzt kommt's gleich, Herr Professor! Ich selber hatte nämlich in dem Gymnasium meiner Heimatstadt bei Karin Sportunterricht, und da passierte etwas, was mir erst während des Studiums, ja, eigentlich erst jetzt aufgefallen ist!« Er machte eine Pause und starrte mich mit weit geöffneten Augen an, um meine Erwartung zu steigern, und ich tat ihm den Gefallen und beugte mich vor und fragte, als sei mein Interesse nun wirklich wach geworden: »Und? Was ist passiert?« Er zeigte sich von meiner schauspielerischen Leistung, ohne sie als solche zu durchschauen, sehr befriedigt und hob höchste Aufmerksamkeit heischend den Zeigefinger.

»Ein Vorfall! Ein erstaunlicher Vorfall!« Und er berichtete, dass sein Gymnasium zum hundertjährigen Bestehen durch einen alten, ortsansässigen und konservativen Bildhauer habe eine Statue anfertigen lassen, um damit das »historische Datum«, wie er sagte, zu würdigen und den Pausenhof zu schmücken. Dem Direktor, einem Altphilologen, hatte was Symbolisches vorgeschwebt, eine Verbildlichung von »Mens sana in corpore sano« oder dergleichen, und der alte Bildhauer, ein gemäßigter Thorak oder Breker, sei dann auch mit den Entwürfen für einen weiblichen Akt angerückt, den die Schulverwaltung genehmigte, nachdem der »greise Künstler« (um Krawtczicks Worte zu gebrauchen) der projektierten Plastik einen Badeanzug verpasst habe – »einteilig, versteht sich!« Wenige Tage nach der Standbildenthüllung sei dasselbe verschwunden. Keiner hätte sich damals vorstellen können, wer das Bildwerk über Nacht entführt haben könnte und zu welchem Zweck. Man tippte auf einen üblen Schülerscherz, und die Direktion unterschlug den Vorfall, so gut es ging, um sich nicht lächerlich zu machen.

Diese Angelegenheit sei ihm erst jetzt wieder eingefallen, da er sich intensiv mit der europäischen Skulpturkunst befasse. Auf einmal habe ihn die Sportlehrerin an das vom Pausenhof gestohlene, nein, eben nicht gestohlene Werk erinnert. Und die bereits erwähnten Assoziationen zu Lehmbruck und Maillol seien ihm natürlich auch erst durch Kenntnisnahme der Kunstgeschichte möglich geworden. Und als er neulich wieder einmal in seiner – und ich nahm ihm das Wort aus dem Mund und sagte an seiner statt vorschnell »Heimatstadt« – gewesen sei, habe er den »greisen Künstler« aufgesucht und ihm auf den Kopf zugesagt: »Karin ist ihr Produkt!« Der Alte wäre sofort in Tränen ausgebrochen und hätte alles gestanden – das heißt: zu gestehen gab es eigentlich nichts, da von Schuld keine Rede sein konnte. Der Alte habe nur in seine letzte Arbeit, eben jene symbolische Badeanzugträgerin, all sein Können und seine Kunstfertigkeit legen wollen, bevor er endgültig von seiner Lebenstätigkeit Abschied nähme. Dies letzte Werk sollte den Abschluss bilden. Und er, der Alte, sei selber entsetzt gewesen, als diese Skulptur, aber im Zustand beängstigender Lebendigkeit, eines dunklen Abends an seine Ateliertür gepocht, Einlass verlangt und ihn ihren Schöpfer genannt habe. Und es sei ihm nichts anderes übrig geblieben, als Karin, mit diesem Namen rief er sie später, bei sich aufzunehmen. Er würde sich selber für wahnsinnig gehalten haben, existierte in der Kunstgeschichte nicht einen Präzedenzfall, der ihn entschuldigte und eben auch alles erklärte. »Die Kunst«, sagte er, »die Kunst, junger Mann«, und dabei leuchteten seine Augen auf, »ist das Kreative schlechthin! Sie belebt die Materie auf unerklärliche Weise. Betrachten Sie doch einmal Michelangelos Gestalten – ist das nur bearbeiteter, geglätteter Stein? Steckt in diesen Statuen nicht ein Mehr, etwas Unerklärliches, das uns eine seelische Beziehung aufzwingt? Ich wollte einen vollkommenden Frauenleib schaffen, vielleicht war das vermessen, ein Sakrileg womöglich, denn das Vollkommene soll man nicht wollen, es ist gefährlich, weil Vollkommenheit alles Unvollkommene, Unfertige, Einseitige widerlegt. Wir können aber Widerlegung nicht vertragen, weil wir nur existieren können, solange uns unsere Unvollkommenheit nicht bewusst wird.«

Er habe Nacht um Nacht schlaflos verbracht, beichtete der Alte seinem Besucher, seitdem Karin in die Welt gezogen und dort berühmt geworden war – dank ihres oder besser: seines Körpers.

Aber er arbeitete daran, das Unheil wieder gutzumachen. Und damit zog er den Studenten, wie dieser abschließend mitteilte, in sein Atelier vor ein Podest, auf dem etwas Verhülltes aufragte. Mit einer scheuen, verlegenen Geste zog der alte Bildhauer das graue Tuch fort, und sichtbar wurde eine athletische Männerfigur. »Das ist Karl«, wisperte der Alte, »er ist die einzige Möglichkeit, Karins Daseinsweg zu ändern. Ich hoffe, er verschwindet eines Tages aus meinem Atelier und macht sich auf den Weg zu ihr und … Und …« Er zwinkerte, als habe er einen anstößigen Witz erzählt: »Und dann hat die Krise ein Ende …«

Obgleich durch sein eigenes, effektgeladenes Erzählen gänzlich auf sich bezogen, musste dem jungen Mann an mir etwas aufgefallen sein.

»Sie glauben mir nicht, Herr Professor!« Eine ihn selbst ernüchternde Feststellung, der ich, entgegen meiner Überzeugung, widersprach. Um den unbewusst hervorgerufenen Eindruck von Skepsis rasch zu verwischen, erkundigte ich mich, wieso ich, ausgerechnet ich, der von Sport keine Ahnung hat, ihm etwas raten solle. Diese Welt mit ihren muskelträchtigen Heroen und maskulinen Amazonen, mit ihrer Geschäftigkeit und Geschäftstüchtigkeit, mit barbarischen Riten und Werbegetrommel war mir mein Leben lang fremd geblieben.

»Es geht doch um die von Karin erzielten Rekorde«, ereiferte sich Krawtczick aufs Neue. »Unter dem Aspekt ihrer ungeklärten biologischen Beschaffenheit sind doch alle ihre bisherigen Leistungen ungültig! Stellen Sie sich das doch einmal vor, Herr Professor! Sämtliche Plazierungen in den letzten Jahren bei den Damen bedürften der Korrektur! Das heißt Anarchie! Das heißt Chaos!«

Unversehens legte er mir seine feuchten Finger auf den Handrücken. Um den Erregten nicht zu kränken, wagte ich keine Rückzugsbewegung, obwohl es mich Überwindung kostete, diese Berührung zu ertragen.

»Ich verstehe nicht das Geringste vom Sport, Herr Krawtczick, ich sehe auch keine von Ihnen befürchtete Katastrophe. Wenn diese Favoritin ihren Stellenwert einbüßt, dann sind eben alle bisherigen Zweiten Erste – ganz einfach.«

Er schüttelte den Kopf: »Die hierarchische Ordnung im Sport beruht auf häufig einmaligen unwiederholbaren Leistungen. Ganz wie in der Kunst, Herr Professor ...« Seine Stimme wurde heiser, er räusperte sich und frage fast flüsternd:

»Muss ich nicht die Öffentlichkeit über meine Entdeckung informieren, Herr Professor? Es ist, als fänden Sie heraus, die ›Nachtwache‹ im Amsterdamer Reichsmuseum sei gar nicht von Rembrandt – was würden Sie da wohl tun?«

»Sehr wahrscheinlich wohl gar nichts«, beruhigte ich ihn, »da alle an die Echtheit glauben, würde ich sie in diesem Glauben belassen. Lassen Sie das Publikum im Glauben an ein menschliches Mirakel. Die Enttäuschung, unbemerkt einer Art Roboter aufgesessen zu sein, wäre viel deprimierender ...«

Ob dieser Rat der richtige gewesen war, wer will das bestätigen oder verneinen. Nachdem Krawtczick mich allein gelassen hatte, kamen mir erneut Zweifel: vielleicht sollte dieser Besuch nebst Geschichte so etwas wie ein Studentenulk sein. Dann wieder erinnerte ich mich seines Zustandes, wie er vor mir gesessen, die Finger fast ineinander gekrampft, um ihr

Zittern zu kaschieren: immerhin ein Indiz für seine Ehrlichkeit. Oder doch nur für seine Angst, dass ich dahinter käme, wie er mich mit seiner Version einer fast vergessenen Legende hereinlegen wollte.

1993

Die Nixe vom anderen Ufer

Es dauerte wenig länger als zehn Minuten, um zu erfahren, er sei eine unerwünschte Person. Gründe wurden ihm nicht mitgeteilt, und zu fragen lohnte nicht: Auskunft gab es doch keine. Soviel wusste er schon, seit er in diesem doppelten Berlin lebte. Sich zusammennehmen und schweigen, mehr blieb einem nicht. Alles, was zu sagen wäre, würde nur Schwierigkeiten nach sich ziehen.

Vermutlich hätten sie ihn gleich festgehalten und in eine jener Kabinen ohne Klinke geführt, um ihm einen Vorgeschmack ihrer Allmacht zu vermitteln. Gesichter, deren Ausdruckslosigkeit so betont war, dass sie geradezu kindisch wirkte. Wie kann man sich nur derart verstellen, dachte er, während er seinen Pass wiedererhielt, der von einem Unsichtbaren durch einen waagerechten Schlitz des Kontrollhäuschens nach draußen geschoben worden war.

Obschon von der wärmenden Morgensonne bis ins Detail enthüllt und unübersehbar quer über die Straße gebaut, so dass sie unpassierbar wurde, hatte der »Kontrollpunkt« doch etwas Verstecktes und Heimlichtuerisches. Es kam ihm vor, als hielten sich die Kontrolleure selber lieber in ihrer Unterkunft auf, einer hellgestrichenen Baracke, unter deren Fenstern Blumenkästen mit roten Petunien dem allgemeinen Eindruck der Anlage entgegenwirken sollten. Ein Ort des Unbehagens, dem sich keiner zu entziehen vermochte, wie kurz er sich hier auch aufhielt. Aber das waren nur Kenntnisnahmen am Rande.

In seinem Innern, falls man einer »unerwünschten Person« überhaupt menschliche Regungen zugestand, begann nach dem Schock des Ausgesperrtseins sich Verzweiflung auszubreiten, die seinen Schritt unsicher werden ließ. Mehrfach stolperte er auf dem Weg zu seinem Auto über ungenau eingepasste Gehwegplatten. Automatisch hielt sein Körper sich im Gleichgewicht. Er kam sich vor, als habe er alles verlernt: Autofahren, Atmen, Denken, Leben. Als er hinter dem Lenkrad saß, wusste er nicht, wie es nun weitergehen sollte.

Solch ein Moment ließ sich nicht endlos hinauszögern. Schon sagte er sich, noch unsicher und erst probehalber, dass er ziemlich unglücklich sei. Denn er werde sie nicht wiedersehen. Nie mehr. Und da erkannte er das Ausmaß seines Verlustes.

Mit rationalen Argumenten suchte er sich dagegen abzuschirmen; mit geläufigen Sprüchen, selber häufig gegenüber anderen verwendet: Etwa, dass man daran nicht sterbe. Dass es noch andere Frauen und Mädchen auf Erden gäbe. Dass es schlimmer hätte kommen können. Dass man außerdem am besten den Teufel mit dem Beelzebub austreibe, was wohl, wie er jetzt erkannte, die gemeinste und brutalste Empfehlung für einen Menschen sein musste, der den Gegenstand seiner Liebe, kaum dass er ihn entdeckt und gewonnen, gleich wieder verloren hatte.

Er jedenfalls würde vor jedem sein »Missgeschick« verhehlen. Und nicht allein darum, weil er die zu erwartenden banalen Ratschläge zu fürchten wusste, sondern weil in seinem Falle das Mitleid der anderen noch zusätzlich eine politische Komponente enthielte: Da sieht man's wieder, durch die Spaltung getrennt, und so weiter und so fort.

Was ja faktisch stimmte, jedoch seine Empfindungen zugleich in eine Beziehung brachte, wo sie ihre Erstmaligkeit und Einzigartigkeit verloren. Das ganz Besondere daran wurde auf eine Weise eindeutig, die es verkleinerte.

Unter diesem Aspekt wollte er auch gar nicht begreifen, was vorgefallen war, wobei er eine einleuchtende Erklärung, ein Beispiel, aus dem er wenigstens eine gewisse Beruhigung zu ziehen vermochte, weder im Kreis seiner Bekannten noch in öffentlich gemachten Schicksalen erkennen konnte. Trotzdem fühlte er sich an eine Geschichte erinnert – so als wäre, was ihm passierte, schon einmal geschehen, aber sein Gedächtnis verweigerte die genauere Auskunft.

Etwas Märchenhaftes, Unwirkliches nämlich hatte ihr Zusammentreffen enthalten. Schon, dass sie wie eine Nixe aufgetaucht war, bestimmte wahrscheinlich den weiteren Ablauf: »Nixe«, naja – ein Wort, um den Moment ihrer Begegnung zu charakterisieren. Das Wort war nicht ernst gemeint. Es entsprang dem gestrigen Vormittag, da er einer ihm gar nicht mehr zufällig erscheinenden Laune nachgegeben hatte und ins andere, gegenüberliegende Berlin gefahren war, das er kaum kannte. Wahrscheinlich waren ihm nur die Parkplätze an der Havel zu voll gewesen, und er war darum aus purem Ärger an den Müggelsee gefahren. An den symmetrischen blauen Fleck auf der Karte, dessen Realität der topographischen Abstraktion nicht im geringsten entsprach.

Wie leer die Ufer gewesen waren; sogar die Badestellen, von denen Schneisen durchs Schilf ins tiefere Wasser führten, völlig menschenverlassen und einsam. Nach einer halben Stunde Fußmarsch unter skelettösen Kiefern, über denen aus einem ansichtskartenfarbenen Himmel manchmal ein Hauch die Wipfel bewegte, gelangte er an ein Gartenrestaurant, wo er ein Glas wässriges Bier trank und ein Ruderboot für eine Stunde mietete.

Zuerst legte er sich energisch in die Riemen, draußen auf der freien Fläche zog er die Ruder ins Boot und ließ es treiben. Außer einem fernen Segler, dem Wind fehlte, war er der einzige Seefahrer um diese Tageszeit. Er streckte sich aus und fand erst in die Welt zurück, als der Kahn schwankte, Finger am Bordrand erschienen, lautes Prusten ertönte, und er, sich aufrichtend, einer erschöpften Nixe ins Trockene half. Sie war völlig menschenähnlich und trug einen zweiteiligen, leicht ausgeblichenen Badeanzug.

Während sie neben ihm auf der Ruderbank hockte, legte er seinen Arm um ihre Schulter und spürte die kühle, wasserfeuchte Haut durch seinen Hemdsärmel. Er küsste sie mit einer Selbstverständlichkeit und Hemmungslosigkeit, wie sie sonst nur Betrunkenen bei fortgeschrittenen Feiern eigen ist. Aber er war ja nüchtern, mehr als das sogar: überklar, hellwach, luzide geradezu, da er beim Küssen ihren ganzen untertemperierten Körper wahrnahm, ihr tropfendes Haar, die Wärme der besonnten Planken, das Glucksen des Wassers, die ferne Bewaldung am Horizont und schließlich noch vereinzelte, geruhsam treibende Wolken.

Alle Erscheinungen verbanden sich in dieser Umarmung. Oder sie waren von jeher verbunden gewesen, nur hatte er das nie bemerkt, erst in dieser Sekunde oder Minute, in diesem Augenblick herausgehobenen Daseins, der ihm die Sprache verschlug, so dass es nicht einmal zu einem »Verweile doch, du bist so schön«, gereicht hätte. Sie küsste ihn übrigens mit der gleichen Selbstverständlichkeit wieder. Als hätte sie ihr kurzes Leben lang jeden Sommer am oder im Müggelsee auf ihn gewartet.

Dann rutschten beide auf den Bootsboden, wo sie, halb liegend, halb aufgerichtet, die Rücken unbequem, aber die Unbequemlichkeit ignorierend, an die Sitzkante gedrückt, einander umschlangen, während sie starr geradeaus blickten. Sich nicht anzusehen wagen, da man weiß, man ist von da an verloren: eine Erfahrung, welche die bald »unerwünschte Person« bisher nicht gemacht hatte.

Als die »Nixe« zu frieren anfing, ruderte er auf ihre Anweisung dorthin, wo ihre Sachen versteckt waren. Nachdem sie sich angekleidet hatte, kreuzten sie den See, um das Boot abzuliefern, wobei sie kaum sprachen.

Als er die Gebühr in anderem Geld bezahlte, erklärte er ihr beiläufig, wo er herkäme und dass er sein Auto in der Nähe der Straßenbahn-Haltestelle geparkt habe, von wo sonst wahrscheinlich die Wochenend-Ausflügler ausschwärmten. Sie war sofort bereit, mit ihm zu gehen, in seinen Wagen zu steigen und hinzufahren, wohin es auch ginge. Weit konnte es ja nicht gehen.

Was sie zusammenschloss, und darüber redeten sie beim Fahren plötzlich laut und ungeniert, war der Umstand, dass sie beide gleich die sichere Ahnung gehabt hätten, einander längst und lange zu kennen.

Okay, okay, es gibt nur ein Leben, aber wer weiß, ob sie uns das nicht bloß eingeredet haben, wie so vieles, das sich als Lüge herausgestellt hat? Wir könnten uns doch in einem früheren begegnet sein, oder nicht? Und sie nickte zur Bestätigung: Dazu musste man gar nicht an Gott glauben, an den Himmel und dergleichen – was wusste man denn eigentlich vom Dasein und seinen Möglichkeiten? Ganz wenig, um nicht zu sagen: gar nichts! Man lebte so blind vor sich hin, und auf einmal – siehst du, auf einmal ist alles anders: nicht wiederzuerkennen!

Während der zögernden Reise durch die Stadt bog er von Zeit zu Zeit in Seitenstraßen ab, verfallende Mietskasernen, abblätternder Putz, lädierte Fassaden, insgesamt ziemlich ärmlich und trotzdem eigentümlich anheimelnd: wie eine eigene, nur vergessene Vergangenheit, die man zufällig neu entdeckt.

Sie saßen jeweils eine Weile schweigend da, überwältigt von Worten, die sich nicht aussprechen ließen, ohne falsch zu werden. Worte sind nur zum Missverstehen gut; das wussten beide, wie man eben in solcher Situation mehr weiß als sonst.

Sie verständigten sich durch ihr Stummsein, und als er vorschlug, zu ihr zu gehen, vertröstete sie ihn auf morgen: Heute geht es nicht, Lieber, ich muss erst Ordnung schaffen, und sie betonte diesen kahlen und tristen Begriff dergestalt, dass ihm klar wurde, es handele sich um mehr als nur das Aufräumen eines Zimmers: Einen neuen Anfang wollte sie machen, mit sich und seinetwegen. Das war die »Ordnung«.

Morgen also. Ja, morgen. Gut, ja.

Etwa zwanzig Meter vor jenem wagenbreiten Durchlass, einer Pforte eigener Art, vor der einem nicht ganz geheuer zumute ward, stoppte er das Auto. Aussteigen und zurückbleiben: dazu bedurfte es einer Energie, die sie erst in sich ansammeln musste. Es dauerte lange, bis ihre Hand den Türdrücker betätigen konnte.

Und starten und weiterfahren – war das denn leichter? Musste man nicht alle Kraft zusammennehmen? Und durfte noch nicht einmal in den Rückspiegel schauen, damit man nicht an die Betonpfosten prallte. Erst beim Halt vor dem

Schlagbaum konnte man in das sphärisch gewölbte Rechteck lugen, auf dem sich das Panorama eines verschatteten, verlassenen Platzes darbot, ohne die Gestalt, deren unerwartete Abwesenheit ihn überraschte.

Während er, was er kaum registrierte, übermäßig lange auf seine Abfertigung warten musste, die Hände auf dem Lenkrad, leicht vorgebeugt der Rumpf, entschied er, dass ihr abruptes Fortgehen richtig gewesen sei: bloß kein endloses Hinterherwinken, keinen gedehnten Abschied, und überhaupt: Ab morgen würde sowieso alles wie niemals vorher sein.

So rollte er davon, unachtsam, gedankenversunken und schon im Vorzimmer der Träume, von denen er abends heimgesucht wurde, erschüttert durch ein Wirrwarr von Gefühlen und Plänen, Absichten und Zukunfts-Phantasien von visionärer Eindringlichkeit: Die hole ich da raus, die oder keine! Die, die, die!

Nun, nach der Einreiseverweigerung, musste er sich eingestehen, auf das Nächstliegende nicht vorbereitet gewesen zu sein. Weder kannte er den Namen seines »Mädchens aus der Tiefe«, wie er sie schon bei sich nannte, noch ihre Adresse, noch ihren Beruf, noch ihre Arbeitsstelle. Das Glück hatte ihn leichtfertig gemacht.

Er stellte sich vor, wie sie auf der anderen Seite stand, Stunde um Stunde, und auf ihn wartete. Sie würde immer da stehen, jedenfalls solange seine trübseligen Überlegungen anhielten. Und um den Schmerz zu verstärken, malte er sich aus, wie sie sich endlich, enttäuscht und mit zuckendem Gesicht, abwandte: Der einzige Mensch für sie auf der Welt hatte sie verlassen, kaum dass sie ihm begegnet oder sogar wiederbegegnet war, was die Angelegenheit noch verschlimmerte. Und er konnte ihr kein Zeichen geben, kein Signal, keine Aufklärung über die Gründe seines Wegbleibens, keine hoffnungsträchtige Botschaft – nichts.

Aber möglicherweise war sie auch gar nicht gekommen, hatte nicht kommen dürfen, weil ihr misslungen war, was sie als »Ordnung schaffen« bezeichnet hatte? Oder man hatte sie beide gestern beobachtet und, nachdem er abgefahren, ihr dringlich und drohend geraten, solche Kontakte besser zu meiden? So war sie nicht – oder war sie so? Oder waren einfach die Umstände stärker?

Sinnloses Spekulieren: Sie war für ihn verschwunden, als hätte es sie niemals gegeben. Mehr als die schon sacht zerlaufende Erinnerung schien für ihn nicht vorgesehen.

Ehe er startete, drehte er sich noch einmal im Wagen zurück, um hinter sich zu blicken, und im gleichen Moment wusste er, dass sein Empfinden zutreffend gewesen war: Seine Geschichte gab es bereits; ihm fiel ein, sie einst selber gelesen zu haben, eine Legende oder sowas, nur war sie ihm damals unwahrscheinlich vorgekommen, sagenhaft. Jetzt war er überzeugt, dass sie stimmte, da sie ihm so unleugbar widerfuhr.

1982

Herr Wolf. Ein Bericht

Es war einmal, dass Herrn Wolfs nachmittäglicher Spaziergang einen ganz anderen als den gewohnten Verlauf nahm. Weil er – was ihm um diese Tageszeit noch nie im Stadtforst zugestoßen – einem Mädchen begegnete, das seinen höflichen Gruß nicht nur erwiderte, sondern ihre Gangart seinem langsamen Dahinschlendern wie selbstverständlich anpasste. Möglicherweise war der freundlich Grüßenden erst beim Anblick dieses einsamen Spaziergängers die Menschenleere der Umgebung aufgefallen, so dass sie es für sicherer hielt, neben einer vertrauenserweckenden Erscheinung (als welche Herr Wolf sich selber ansah) weiter einherzugehen.

Nachdem er sich vorgestellt hatte und auch ihren Namen erfahren, aber nicht deutlich verstanden hatte (»Rottkeppel« meinte er gehört zu haben), kam man miteinander ins Gespräch, und es stellte sich heraus: die junge Dame war unterwegs zu einer nahen Verwandten, wohnhaft jenseits des Wäldchens am Ortsrand. Sie beschrieb ihm ihr Ziel, nämlich Haus und Grundstück, bis ins letzte Detail, was Herrn Wolf unwillkürlich zu der Überlegung veranlasste, ob sie ihm damit nicht vielleicht einen bedeutsamen Hinweis geben wolle. Wäre er jünger gewesen, er hätte die fast fotografisch exakten Angaben über Topografie und Interieur des Hauses als versteckte Einladung aufgefasst, noch dazu, da sie ihn wiederholt von der Seite und halb schräg von unten herauf musterte, mit einem abschätzenden Blick, der in Herrn Wolf verschiedene unaussprechlich angenehme Erinnerungen an seine Jünglingsjahre wachrief. Um Gewissheit über seine vage Vermutung zu erlangen, nahm er, als eine tief in den Boden gefurchte Wagenspur es berechtigt erscheinen ließ, den Arm seiner unverhofften Begleiterin, als ob er sie stützen müsse. Da keinerlei Abwehrreaktion erfolgte, zog er seine Hand auch später nicht zurück. Durch den dünnen Stoff ihres Blusenärmels spürte er ihre Körpertemperatur, welche ihn immer stärker erwärmte. Schon klangen die Worte und Wendungen ihres Dialoges weniger gleichmütig, vielmehr sogar zweideutig und merklich erfüllt von einer oberflächlich überspielten und keineswegs einseitigen Sympathie.

Fräulein Rottkeppels viel zu schrilles Gekicher, mit dem sie zustimmend Herrn Wolfs Mitteilungen über seine indiskreten Beobachtungen auf Waldwegen begleitete, schien völliges Einverständnis zu signalisieren. Kein Wunder, dass ein langer, fast innig zu nennender Händedruck die Verabschiedung verzögerte und die hoffnungsvoll klingende Bemerkung, vielleicht träfe man sich früher als gedacht, Herrn Wolf ins Herz traf und ihm nicht aus dem Kopf gehen wollte.

Sehr nachdenklich und nervös eilte er zu seinem Wagen zurück, den er in einer Lichtung geparkt hatte. Mitnichten würde er jetzt heimfahren, sondern in die ihm bewusst oder unbewusst gewiesene Richtung. Falls er eine Abkürzung benutzte, könnte er noch vor Fräulein Rottkeppel an ihrem Zielort eintreffen und dortselbst augenzwinkernd eine erneut zufällige Begegnung vortäuschen.

Als er bald darauf vor dem Grundstück, es sogleich identifizierend, eintraf und anhielt, verließ gerade eine offensichtlich rüstige Greisin den Bungalow, lief über den Kies zur Gartenpforte und hinaus auf die Straße, um dort auf Herrn Wolf zu treffen. Er gab vor, einen Bekannten zu suchen, erkundigte sich auch nach einem frei erfundenen Namen, doch die alte Frau erteilte ihm nur mürrisch den erwarteten negativen Bescheid und schob sich grußlos in ihren Kleinwagen. Um seine Anwesenheit unverdächtig aussehen zu lassen, zog Herr Wolf einen Stadtplan hervor und entfaltete ihn auf der Kühlerhaube seines eigenen Autos. Nachdem die barsche Alte, ahnungslos in Bezug auf den vermutlich unangemeldeten Besuch ihrer Enkelin, aus Wolfs Blickfeld verschwunden war, betrat er ungesäumt das Anwesen. Es galt, eine Stelle zu finden, von der aus man Fräulein Rottkeppel überraschen konnte, ohne sie gleichzeitig zu erschrecken. Bei dem Gang um das Flachhaus entdeckte Herr Wolf an der Rückseite einen halboffenen Fensterflügel: dahinter, durch die Gardine sichtbar, das Schlafzimmer der alleinstehenden Bewohnerin. Herr Wolf vermochte trotz aufsteigender Bedenken nicht, seine Neugier und sein Verlangen zu unterdrücken und stieß den Flügel einfach auf. Sein Blick fiel auf das einladend aufgeschlagene Bett, auf dem ein fliederfarbenes Negligé darauf zu warten schien, dass man sich seiner genussvoll bediene. Obschon ihm das unerhört Absonderliche seines Tuns klar war, hielt er es in seinem euphorischen Zustand dennoch für eine glänzende, wenn auch verwegene Idee, über die niedrige Brüstung einzusteigen, um Fräulein Rottkeppel just an dieser, den unausgesprochenen Wünschen gemäßen Stelle zu überraschen. Sein vorheriger Eindruck von ihrer Geneigtheit für kleine Abenteuer dürfte ihn nicht getäuscht haben. Denn schließlich erkannte er ja auch das fremde Schlafzimmer wieder, dessen genaue Beschreibung ohne heimlich einladende

Absicht sinnlos gewesen wäre. Warum denn sonst die Angaben über die Plätze von Bett und Schrank, Nachttisch und Frisierkommode? Wenn nicht, um ihm den richtigen, für eine lustvolle Zusammenkunft praktikabelsten Ort anzuzeigen.

Mit zwei Fingern hob Wolf das Nachtgewand auf, staunend, für wen die fortgefahrene Großmutter sich wohl nächtens derart anzog. Von verheerenden, aber unwiderstehlichen Empfindungen getrieben, entkleidete er sich, streifte das zarte Hemd über seinen behaarten Körper, kroch ins Bett und deckte sich zu. Reglos daliegend lauschte er seinem dröhnenden Herzschlag. Schon begann der Zweifel sich in ihm zu regen, ob er nicht doch von einer eigentlich beweislosen Schlussfolgerung zu einem katastrophalen Fehlverhalten verleitet worden war. Vielleicht hatte er einen beiläufigen Flirt überschätzt und irrtümlich für das Vorspiel zu einem Nachspiel gehalten, auf das seine Physis sich automatisch vorbereitete? Ehe er aufspringen konnte, vernahm er den näherkommenden Rhythmus von Absätzen im Flur und den Ruf:

»Großmutter, ich bin's …« – dann senkte sich die Klinke vor seinen weit aufgerissenen Augen.

Nach Sekunden von der Länge einiger Dezennien stellte Fräulein Rottkeppel die prall gefüllte Einkaufstasche neben den Türrahmen und schritt auf die Liegestatt zu. Aufatmend entnahm Wolf ihrem Gesichtsausdruck, dass seine schrecklichen Befürchtungen sich nicht bewahrheiten würden. Währenddessen nahm sie zögernd auf der Bettkante Platz, um sich mit einem plötzlichen Heiterkeitsausbruch zu erkundigen: warum er denn um Gottes Willen die Augen dermaßen aufreiße?! Die würden ihm ja gleich aus dem Schädel purzeln … Die gestammelte Antwort: damit er sie besser sehen könne, bekundete den Grad seiner Verwirrung.

Fräulein Rottkeppel steigerte seine Verlegenheit noch, indem sie sich ironisch nach dem Anlass für die Rötung seiner übermäßig großen Ohren erkundigte. Weshalb er denn trotz seines großen Mundes so schweigsam sei? Und wozu er denn wohl solche großen Hände habe, wenn er damit nichts anzufangen wisse? Und es bedurfte ihrer Unterstützung, um ihn zur geforderten Anwendung zu bewegen.

Doch bevor Fräulein Rottkeppel sich freimachen und in eine annähernde Übereinstimmung mit Herrn Wolf versetzen konnte, fuhr draußen ein Auto vor, Grundgütiger du, die Großmutter, klappte der Wagenschlag schallend, den Fluchtweg durch die Haustür abschneidend, und Herr Wolf musste, sein Kleiderbündel unter dem Arm, ohne fliederfarbenes Nachthemd, in aller Hast den Schauplatz des Nichtgeschehens auf die gleiche Weise verlassen, wie er gekommen war.

Kaum stand er inmitten gepflegter Rabatten, nach Deckung zum Ankleiden auslugend, berechtigt aufgeregt und etwas atemlos, da trat hinter einem Gebüsch ein Polizist mit erhobener Waffe hervor.

Herr Wolf wandte sich in die entgegengesetzte Richtung, kam aber nicht weit. Und erst nachdem der Leichnam abtransportiert und ein längeres Protokoll aufgenommen und von allen Beteiligten, außer Herr Wolf natürlich, unterzeichnet worden war, fand die Großmutter Gelegenheit, ihrer Enkelin ihre Rolle bei diesem sowohl glimpflich wie bedauerlich ausgegangenen Vorfall zu erklären.

Jener Tote, als er noch am Leben und hier aufgetaucht war, sei ihr sofort verdächtig vorgenommen. Jeder Einbrecher pflege ja den Ort seines geplanten Unternehmens zu inspizieren. Erst die Abwesenheit von Hausbewohnern schaffe die Voraussetzung für die kriminelle Tätigkeit. So sei sie zwar weggefahren, doch bloß bis zum örtlichen Polizeirevier, wo sie Herrn Wachtmeister Förster verständigt und zu einem Kontrollbesuch veranlasst habe. Und hätte sich ihr Verdacht nicht aufs Scheußlichste bestätigt? Sei ihre böse Ahnung nicht sogar übertroffen worden, da sich der vermeintliche Einbrecher gar als Unhold entpuppte, den die verdiente, wenn auch juristisch nicht ganz einwandfreie Strafe ereilt habe? Man könne von märchenhaftem Glück reden, dass der Enkelin etwas Unaussprechliches erspart geblieben sei. Just dieser zu erwarten gewesene Umstand – erläuterte sie weiterhin erstaunlich sachkundig – rechtfertige im Nachhinein den finalen Rettungsschuss durch Wachtmeister Förster, der sich damit beider Dank redlich verdient habe. Und zwar in Form einer Einladung an die gemeinsame Kaffeetafel.

1986

Der Schatten

Nicht ohne eine gewisse Besorgnis und Befürchtung: so habe ich meinen Beitrag geleistet. Inzwischen bin ich froh, dass ich mich durch niemanden, auch nicht durch meine Frau, habe hindern lassen. Was für eine Aufregung im ersten Monat, als die Neuigkeit von Büro zu Büro getragen wurde; tuschelnde Sekretärinnen auf gefängnisähnlichen Fluren, an die ich mich nie zu gewöhnen vermochte: ihr Blick stach mir in den Rücken, eine immaterielle Akupunktur, fast krankmachend statt heilend und für einen sensiblen Menschen unerträglich. Ein Glück, dass ich kein solcher war und bin. Geflüster rundum: Haben Sie schon gehört? Dr. Schlemihl will seinen Schatten spenden – für die Dritte Welt!

Erstes Ergebnis der Nachricht, deren Anlass ja ich war: eine eilig einberufene Redaktionskonferenz. Um den runden Tisch die altbekannten Gesichter, auf sonderbare Weise verfremdet: durch den Ausdruck, etwas mühsam zu unterdrücken, was man bisher immer im untersten Fach seiner Psyche verborgen hatte. Ich las es den Mienen ab, konnte es jedoch nicht entziffern. Staunendes Misstrauen vielleicht? Verblüffte Verachtung? Jedenfalls abschätzige Blicke: so was haben wir von dir nicht erwartet. Als wäre ich ihnen in den Rücken gefallen. Mit der Kenntnis meiner Absicht bin ich für sie nahezu unbegreiflich geworden. Ein Außenseiter, den man unter sich nie vermutet hätte.

»Sie wollen wirklich Ihren Schatten weggeben?« erkundigte sich, kaum dass wir Platz genommen, unser Redaktionsleiter, die Ellenbogen auf die Mahagoniplatte gestützt, die Unterarme aufgerichtet, die Fingerspitzen aneinander gelegt, als gäbe es ein pflichtgemäßes Gebet beiläufig abzuleisten.

»Mein Entschluss steht fest. Und zwar für die Sahelzone, wo ein dringender Bedarf an Schatten besteht, wie Sie alle wissen. Es erübrigt sich wohl eine eingehendere Schilderung jener Region, in der die Sonne alles Leben ausdörrt, und wo nichts nötiger ist als Schutz vor den sengenden Strahlen.« Obschon ich Zustimmung wie Widerspruch erwartet hatte, wunderte mich das anschließende Schweigen. Falls ich die Hose herabgelassen und mich entblößt haben würde, hätte ich den Anwesenden kaum größeres Unbehagen bereitet. Eine unausgesprochene Missbilligung erfüllte den Raum und erschwerte mir das Atmen. Meine Versuche, weitere Erläuterungen abzugeben, scheiterten an dieser stillen Zurück- oder Zurechtweisung. Meine Enttäuschung muss sich auf meinem Gesicht überdeutlich abgezeichnet haben, denn der Redaktionsleiter meinte beruhigend: »Lieber Dr. Schlemihl, wir bewundern Ihren Altruismus, der schon in vielen Jahren Ihrer Sendungen zum Tragen gekommen ist. Und jetzt das!«

»Jawohl!« rief ich aus, in der richtigen Ahnung, man unterstelle mir eine spontane Handlung: »Nun jetzt das! Und das habe ich lange genug erwogen. Weil ich etwas geben will, das man nicht einfach bloß aus dem Portemonnaie zieht. Etwas, das zu geben auch schwerfällt. Etwas wirklich Wesentliches, wozu es einer echten Verzichtsleistung bedarf. Etwas, das auch in Afrika so verstanden wird. Nicht als Almosen, sondern als Opfer!«

Endlich hatte ich das richtige Wort gefunden, und wurde es nicht mehr los, wie ich beim Reden mit zunehmendem Ärger selber bemerkte:

»Mit dem Opfer, das wir bringen, verlieren wir nicht nur etwas von unserem Wesen, durch solch ein Opfer gewinnen wir zugleich die Zuneigung und Achtung jener, denen das Opfer zugedacht ist. Ein Opfer, das nicht umsonst ist. Im Gegenteil. Womit ich nicht etwa meine, dass derartige Opfer mit insgeheimen Spekulationen verbunden sein sollten. Aber immerhin enthält ein Opfer dieser Art die Hoffnung, beim Empfänger auf ein gebührendes Echo zu stoßen.« Der Redaktionsleiter sah mich an, als hätte ich eben tatsächlich »Auf ein gebührendes Echo zu stoßen« gesagt, was ich mir im Nachhinein jedoch nicht vorstellen konnte. Der Redaktionsleiter drückte mir die Hand, während wir hinausgingen, wobei er mir mit gutmütigem Lächeln über die Schulter und auf das Linoleum schaute: »Noch ist er ja da, Dr. Schlemihl ...«

Aber nicht lange. Am nächsten Morgen fehlte er. Durch unseren Afrika-Korrespondenten, der sich zu einem Kurzurlaub hier aufgehalten, brachte ich ihn auf den Weg. Die kommenden Tage merkte ich unterdrückte Neugier, unauffälliges Herstarren, Musterung des Bodens, auf dem ich stand, der Wand, vor der ich mich bewegte. Dann fiel mir nach einiger Zeit auf, dass ich mir angewöhnt hatte, mich Lichtquellen nicht allzu direkt auszusetzen und schummrige Ecken zu bevorzugen, und jene Sitzgelegenheiten, die vom Fenster oder der Lampe am weitesten entfernt waren. Auf der Straße mied ich bei entsprechendem Wetter die Sonnenseite. Ich schämte mich dafür, dass ich meine Selbstüberwindung und humane Leistung unwillkürlich versteckte, als handele es sich um Aussatz. Meine Kollegen im Funk hingegen gewöhnten sich schneller an meine neue, äußerlich nur leicht veränderte Erscheinungsweise. Viele bemerkten gar nicht, dass mir etwas fehlte. Andere hoben die Augenbrauen bei meinem Anblick, kräuselten die Stirn und bekamen einen sinnenden Ausdruck, ohne zu erkennen, was mit mir nicht in Ordnung war. Solche Reaktion endete häufig mit der Frage: »Haben Sie heute einen neuen Anzug an, Dr. Schlemihl?«

Nur meine Frau mochte den neuen Zustand nicht akzeptieren:

»Du warst früher anders! Jetzt fehlt dir mehr als nur der Schatten. Dein Charakter hat sich gewandelt, ohne dass ich genau feststellen könnte, in welcher Hinsicht. Aber ich komme schon noch dahinter. Warte es nur ab!« Ich bestritt ihren Verdacht und gab ihr heimlich Recht.

Ich war nicht mehr derselbe. Nach einer ersten Phase der Anpassung an die ungewohnte Situation, während welcher ich oft unsicher war, sogar verwirrt, weil ich mir amputiert vorkam, ohne ja wirklich um ein Glied ärmer zu sein, spürte ich eine zunehmende Erleichterung. Als wäre mein Schatten aus Stein gewesen, eine unerträgliche Last. Aus einer schweren schwarzen elastischen Masse, deren Gewicht ich bei jeder Bewegung, bei jeder Regung zu überwinden gehabt hatte. Aber es handelte sich dabei weniger um körperliche Bewegungen, ja, am allerwenigsten um diese, vielmehr um etwas ganz anderes.

Die wachsende Leichtigkeit, die mir anfangs von meiner guten Tat herzurühren und mich deshalb zu beschwichtigen schien, musste andere Ursachen haben, welche sich mir jedoch entzogen. Aufmerksam auf die Veränderung wurde ich, als mir vorkam, wir stritten uns nicht mehr: meine Frau und ich.

»Gut, dass du es selber gemerkt hast! Deine Gleichgültigkeit ist haarsträubend!«

Selbst wegen eines so ungerechtfertigten Vorwurfs konnte ich mich nicht erregen und zu Gegenargumenten aufraffen. Zwar schwor ich, wie eh und je zu sein, vermied aber jede Auseinandersetzung, denn ich wusste ja, wie recht ich hatte. Nur wer sich seiner Überzeugung nicht ganz sicher ist, sucht Streit.

Dass ich mich in letzter Zeit gehobener fühlte, optimistischer, entspannter, resultierte eben aus dem Umstand, einmal im Leben etwas Außerordentliches vollbracht zu haben. Das jedenfalls war meine Überzeugung, die ich keinen zerstörerischen Zänkereien auszusetzen wünschte. Und während ich mich geruhsam im Bett umwandte und auf die Seite drehte, dem Schlaf zu, hörte ich neben mir das weinerliche Spektakel, bis es in Schluchzen verstummte.

Auch in der Redaktion hatten sich die Konflikte merklich verringert, zumindest für mich, wobei mir bewusst war, dass ich selber früher nie der Anlass gewesen war. Nun jedoch, sobald ich bei einer Besprechung in eine Zwangslage geriet, nämlich vor einer Entscheidung, konnte ich darauf verweisen, im Gegensatz zu meinem jeweiligen Kontrahenten durch die Tat meine Einstellung bewiesen zu haben. Jemand wie ich hätte es nicht nötig, seine Stellung auch noch zu rechtfertigen. Stets endete meine Zurechtweisung mit der Einladung zum Nachvollzug meines Opfers:

»Demonstrieren Sie erst einmal durch die Praxis, werter Kollege, dass es Ihnen mit Ihrer Meinung auch ernst ist …«

Auffällig nur, dass oft Gespräche abbrachen, sobald ich hinzutrat. Wahrscheinlich erregten sie sich noch immer über mein selbstloses Handeln und wollten mich durch ihre laut geäußerte Ehrfurcht nicht beschämen oder wollten auch nicht, dass ich sie beschämte durch meinen Mangel an Herablassung, durch meine anhaltende Bescheidenheit. Einmal vernahm ich doch Bruchstücke einer Unterhaltung, deren Gegenstand selbstverständlich nur ich, Dr. Peter Schlemihl, sein konnte.

»Wie es seinem Schatten ergangen sein mag …?« hörte ich und hätte am liebsten eingestimmt. Ich hätte es auch gerne gewusst, wagte aber nicht, über unseren Korrespondenten südlich des Äquators Nachforschungen anzustellen. Ob er, mein Schatten, seinen Zwecke erfüllt hatte? Oder zurückgewiesen und irgendwo im Unauffindbaren deponiert worden war? Oder überhaupt bereits verbraucht von der erbarmungslosen Sonne dort unten, vor der es keine Flucht gibt? Fragen, welche mich beunruhigten, wenn auch weniger in Bezug auf die schattenbedürftigen Eingeborenen als vielmehr auf mein Ansehen als Schattenspender. Am besten wäre es, der afrikanische Kontinent versänke, so dass die Wellen das Geschenk und sein ferneres Schicksal mit zudeckten. Dr. Schlemihls einmalige Aktion, einmalig, weil keiner einen zweiten Schatten besitzt, würde aus diesem Untergang umso reiner als ein verwirklichtes Ideal hervorgehen und bewahrt bleiben ohne die ständige Gefahr, dass die Beschenkten es ironisch ignoriert haben mochten. Was sich bloß noch nicht bis zum Sender, zum Funkhaus herumgesprochen hatte. Die Drohung peinlichen Missverstehens bestand, solange Afrika existierte. Es musste untergehen – ein Ziel, aufs innigste zu wünschen.

Viele Nachrichten bestätigten immerhin die ungeduldige Erwartung. Und nach und nach rückte Dr. Peter Schlemihl aus den dämmrigen Winkeln ans Licht, und auf den Redaktionskonferenzen setzte er sich nahe ans Fenster oder mitten unter eine Deckenlampe: während andere sich ereiferten, hielt er einfach Hand und Arm wie zufällig über den Tisch, zeigte ihre Schattenlosigkeit und beendete damit die Kontroverse.

Jedermann wird verlegen, denn in Gegenwart eines Blinden spricht man nicht von der Farbe, und so verstummten die Diskussionen nicht gänzlich, doch wirkten sie leichtfertig oder geradezu kindisch, fern aller, auch der allerfernsten Realität. In solchen Augenblicken hätte er gern eine kleine Ansprache gehalten, etwa: Meine lieben jungen Kollegen, Ihre Opferbereitschaft rührt mich und ängstigt mich – ein Opfer ist genug! Ich habe es stellvertretend für Sie alle gebracht. Neue sind überflüssig. Ihr seid dadurch von weiteren erlöst. Auch wenn das blasphemisch klingen sollte, und das würde es, und darum behalte ich es auch für mich und nur darum, ich habe mich selber an das Kreuz meiner Schattenlosigkeit geschlagen und bestehe nun auf meiner Einzigartigkeit! Das lasse ich mir nicht nehmen. Von keinem von euch. Afrika geht bald unter, und dann könnt ihr sowieso nichts mehr tun.

»Sie … sehen so amüsiert aus, Dr. Schlemihl? Wollen Sie eine Bemerkung zur Diskussion machen?«

Nein, nein. Ich habe meinen Anteil längst geleistet.

1983

Märchen für morgen

(Mary Shelley gewidmet)

Ins Futurum gekehrte Variante klassischer Einleitung: »Es wird einmal ...«; und fragte das Zellkernsammelsurium (immerhin: denkfähig) nach dem Folgenden, mag märchenhaft Vorort entstehen, Stadtrand, Gebäude, eines oder mehrere, etwas entfernt von der Haltestelle; sichtlich im Grünen, pflanzenverdeckt, baumgeschützt, nicht genau auszumachen für Fahrgäste; freundlich dagelegen; dem flüchtigen Blick ein Sanatorium (Rekreation), eine Waldschule (Forstwirtschaft). Auch steigen wenige Fahrgäste aus; etwa *der kleine Hävelmann,* der minderwüchsige Herr *Nase,* Herr *Holger Nielson,* Spezialisten, langjährig im Dienst, pensionsberechtigt, schlappe oder pralle Aktentaschen bei sich; Regenschirme, zusammengerollt, wann wird es denn schon einmal regnen, leichte Mäntel über dem angewinkelten Arm, dezente Krawatten: kein Blick folgt ihnen nach dem Aussteigen, eine Biegung des Kiesweges entzieht sie sogleich möglicher Neugier.

»Guten Morgen, Herr Hävelmann«, »'n Morgen, Herr Nielson ...«

Hutlüften, grüßen. Zunehmend webt atmosphärisch Solidarität zwischen der wachsenden Anzahl eintreffender Angestellter: kommen unter Bäumen vor, aus Seitenpfaden, erreichen insgesamt das betonplattengedeckte Gelände, »Gu'n Morn, Herr Schneiderlein!«, »Geht's denn, Frau Regentrude ...«

Gruppenweiser Eintritt durch Tore, gekennzeichnet von römischen Ziffern. Erste Lastwagen schieben sich in die Hallen: die gekachelten Wände sind jeden Morgen wieder sauber und blank. Lattenroste auf dem Boden. Rostfreie Arbeitstische.

Schilder: *ES IST DEN MITARBEITERN UNTERSAGT EINZELTEILE MITZUNEHMEN!* Die meisten halten sich daran, manche erliegen der Versuchung: meist Jüngere oder kürzlich Eingestellte; bald aber stellt sich das erwünschte Arbeitsethos ein; über geringfügige Verluste sieht man daher hinweg. Das Gebäude der Zivilisation, in seinem erhaltenswerten Ebenmaß allen Mitarbeitern und Angestellten stets vors geistige Auge gerufen, korrigiert durch sein alles beherrschendes Prinzip früher oder später Abweichungen. Gewiss: es gibt Geschichten, und zwar solche, die tatsächlich mit »Es war einmal …« beginnen könnten, stets am Mittagstisch verbreitet, zwischen Löffelheben und Löffelsenken: »Damals liefen noch keine Transportbänder, da ging's noch Hand in Hand, Fuß in Hand; da hatten wir mal einen, Kerl wie'n Baum, aber Psychopath, merkte man erst, als er dreimal pro Tag ohnmächtig wurde …«

»Der konnte das Formalin nicht vertragen!«

»Formalin – das war einmal! Nee, Spiritus ist bei uns perdu; wird nur noch in den Entwicklungsländern benutzt!«

»Apropos: die ägyptische Methode haben wir spaßeshalber mal nach den alten Rezepten ausprobiert; eine Sauerei mit Teer, Palmöl, Beifuß, Muskat, Nelkenpfeffer, Asphalt, alles spirituell, aber nicht experimentell begründet, und die Binden, lächerlich, das verdarb das ganze Material!« Unergiebige Dialoge, sentimental, sobald mühseligere Vergangenheit aufschimmerte; die Jüngeren trieb es vom Tisch; weniger von Berufssinn durchdrungen, hielten sie sich an die

Praxis, flatterten in zartblauen Kitteln durch lange Gänge, schoben verchromte Transportkarren und verweigerten philosophischen Aspekten ihrer Tätigkeit jeden Einfluss auf ihr Privatleben: Jobdenken: ergo: Absinken handwerklicher Qualitäten; ein Obertranchierer ging in Pension, nachdem er, was er »Diese Verhackstückerei!« nannte, nicht länger mit ansehen mochte.

Ansonsten ging es ruhig zu. Überall Stille und das glatte künstliche Schweigen von Polyethylen. Keine Hieroglyphen; kein Ideogramm der gefiederten Schlange: das war einmal gewesen. Formalin: ein vergessenes Mittel! Flatternde Kittel wohl, doch reibungsloser Ablauf: von der Anlieferung bis zur Verwertung. Routine; keine besonderen Vorkommnisse; trotzdem: in unregelmäßigen Intervallen laufen erdbebenartige Suchaktionen durch die Anstalt, falls die Endkontrolle über auffälligen Schwund Meldung macht.

Spekulationen während des Speisens: »'n ganzer Rumpf soll weggekommen sein! Als wenn man so was unterm Mantel raustragen könnte …«

»Vor Jahren war hier einer … (Geseufz: Jetzt kommen die Legenden aus der Gründerzeit der Anstalt!) … wie hieß der noch, Rübenziffer oder so, der hat 'ne ganze Ohrensammlung zu Hause gehabt, kontaktarmer Zeitgenosse, total frustriert, weil ihm keiner zuhörte, da nahm er alle Hörmuscheln in erreichbarer Nähe und baute sie daheim rund um sich auf und erzählte denen seine Probleme … Fristlose Entlassung, trotz Einspruch der Gewerkschaft und des Anwalts, der auf Opfer durch Berufsgefährdung plädierte …«

»Aber ein ganzer Rumpf …?« Achselzucken; Augenbrauenheben: »Vielleicht in Absprache mit einem Lastwagenfahrer …«

Jedenfalls flattern die Kittel aufgeregter durch alle Gänge.

Von den Sickerstoffen, den Substanzen zur Konservierung wie denen zur Zersetzung, auch aus den Gerbsäure-Bädern vernimmt man neuerdings Geräusch: entdeckelt alle Stahlwannen zwecks erhöhter Wachsamkeit und Beobachtung. Und wenn auch die stockigen Dünste, von keiner Gummidichtung behindert, sich rundherum ausbreiten, so ist es doch ein Glück, ein historisch errungenes, dass man die Formalin-Epoche hinter sich hat: »Damals hätten wir uns am liebsten die Nasen amputiert …«

Beim Ausgang die Pförtner haben starke Einbuße an gleichgültiger Freundlichkeit erlitten. Schwarze oder braune, magere oder üppige Aktentaschen ihr Zielobjekt. Selbst Butterbrotdosen unterliegen schärfster Investigation. Freilich: Auskünfte, was sie suchten, waren von ihnen nicht zu bekommen; wussten es möglicherweise selber nicht genau; ihr abwehrendes Schweigen trieb den Umfang der Gerüchte wie Hefe auf: Gemunkel über das Verschwinden ganzer Anlieferungen lief durch alle Abteilungen.

Dem setzte die Direktion ein Ende. Verwischte Schreibmaschinenschrift auf grobem Durchschlagpapier, an Gangkreuzungen angeschlagen sowie an den mattglasgefütterten Flügeltüren zwischen den Sektionen, meldete in farblosen Worten, ein Revision habe ergeben, ein Torso (weibl. Gr. Medium) inklusive Beine (Schuhgr. 36) sei unerlaubt abgängig: wer sachdienliche Angaben über den Verbleib machen könne, werde hiermit aufgefordert, dies unverzüglich zu tun.

Danach beruhigte sich die Hektik der Kittel in den Gängen.

Gewissheit erlöst die nervöse Spekulation. Nach und nach schließen sich wieder die metallenen Container. Die Verwertungsanstalt fällt in ihren Alltag zurück. Das vermisste Objekt gerät in Vergessenheit, da keine weiteren Teile verschwinden. Die Mittagstische wenden sich erneut ihren bekannten Dialogen zu, Repetitionen von Teer und Binden, Formalin und Spiritus. Zwar: es sollen zusätzlich ein Paar Arme (männl. Gr. Large) abhanden gekommen sein, doch die Direktion, davon erst nach dem Rumpfverlust informiert, verzichtet darauf, durch eine neue Bekanntmachung die Unruhe wieder anzufachen. Das Material wird einfach ausgebucht. Schwund ist ohnehin einkalkuliert (Schrumpfung).

So dominieren im Wortwechsel, indessen man aus der Straßenbahn springt, erneut das Wetter, die Urlaubspläne, die häuslichen Sorgen. *Der kleine Hävelmann* ist glücklich geschieden worden; »keiner mehr, der mir das Bier in den Mund zählt …«

Welch strahlendes Lächeln; Bescheidenheit erhielt ihren Lohn, meint man.

»*Der kleine Klaus* wird Sektionschef und der *große Klaus* sein Stellvertreter, das bringt doch nur innerbetriebliche Spannungen …«

»Der Leiter von Römisch zwo hält morgen einen Vortrag zum Thema: ›Neue Tendenzen in der Aufbereitung des Humanmaterials‹, geh'n Sie auch hin?

Wenig später: endlich eine Neuigkeit: *der kleine Hävelmann*, gebranntes Kind, doch offensichtlich von zu schwacher Flamme, wandelt auf Freiersfüßen. »Dabei sah er nach der Scheidung so glücklich aus …« Immerhin: nach dem Aussteigen umringen den aufs neue Strahlenden seine Arbeitskollegen; laut parlierend über den knirschenden Kies, eine Clique frohgemuter Freunde für die übrigen Fahrgäste, deren Blick im Nu hinter der nächsten Biegung entzogen.

»Hoch soll er leben …!«, aber *der kleine Hävelmann* winkt

ab; keine Feier: Hochzeit mit kleinster Besetzung: à deux; gäbe gern einen in der Kantine aus, bitte aber sonst von Beteiligung absehen zu wollen; einmal im Leben reiche einem ein großer Bahnhof; keine unangebrachte Feierlichkeit!

Hävelmann, beredt wie selten, tränkt die freundlich Ausgeladenen in der Kantine, ohne zu ahnen, dass hinter den Stirnen außer alkoholbedingten Abstrusitäten auch ein Komplott entsteht – soll es erst am Tage seiner Hochzeit erfahren, wenn er, am Arm die Braut, aus dem schmiedeeisernen Verschluss des Standesamtes tritt: rechts und links auf den Stufen aufgereiht die ganze Crew, den rechten Arm erhoben, geschwungene Skalpelle, in der Sonne degengleich funkelnd; drunter durch, anderes bleibt Herrn und Frau *Hävelmann* nicht übrig.

»Hoch soll'n sie leben, hoch soll'n sie ...«; hinterher Händegeschüttel, wie üblich; die Braut, etwas blass, mein Gott, die Aufregung selbstverständlich, reicht allen die Rechte mit massivem Druck, vernarbte Knöchel, auf dem Handrücken unter schwärzlichen Haaren ein tätowierter Anker, umschlungen von einer Inschrift: Navigare necesse est; Verabschiedung, Segenswünsche, gute Hochzeitsreise, Winken und Gelächter, indem man sich entfernt, Berufliches ward nicht erwähnt, weder Polyethylen noch Gerbsäure, und ein aufstiebender Star über den Häuptern der Jungvermählten ist beileibe kein Horusvogel, bei keinem Leibe; ist weder Hahn noch Hinkel, noch Gackeleia, und schon gar nicht jene bekannte Taube, welche, ruckediguh, ruckediguh, zu behaupten wagte, im Schuh der Braut befände sich eine Substanz, die man laienhaft »Blut« zu nennen pflegte, damals, als es noch so tröstend hieß: Es war einmal ...

1974

Nachgetragene Wahrheit

Es war trübe, dämmrig und kühl, als der Schnellzug Berlin-Rom in eine mittelgroße Bahnhofshalle einfuhr. In einem Coupé erster Klasse mit Spitzendecken über den breiten Plüschsesseln richtete sich ein Alleinreisender empor: Albrecht van der Qualen.

Wir schreiben das Jahr 1902, worauf schon die Spitzendecken verweisen. Der Ort jedoch, wo der Schnellzug Zwischenaufenthalt hat, bleibt ungenannt: Irgendwo im Norddeutschen, heißt es. Wir können aber sicher sein, dass unser Konfident, ein gewisser Herr Th. Mann, welcher das fernere Geschick Albrechts auf äußerst diskrete Weise beschreibt, uns bereits mit dem Namen des Alleinreisenden einen wichtigen Fingerzeig geben will. Freilich bescheidet er sich, dem prüfenden Zeitgeist gehorchend, mit einer Version des Geschehens, dessen Wahrheit kaum zwischen den Zeilen ahnbar ist. Inzwischen wissen wir jedoch bestens Bescheid und können die Leerstellen und Auslassungen mit den neu gewonnenen Tatsachen ausfüllen. Spekulationen, inwieweit Albrecht van der Qualen mit dem einstigen Berichterstatter seines Schicksals identisch sei, führen zu keinem Ergebnis. Halten wir uns stattdessen an die Fakten, über die wir erst jetzt und mit über neunzigjähriger Verspätung unterrichtet worden sind.

Albrecht also verließ entgegen seinen Reiseplänen den Zug in der besagten norddeutschen Stadt, schlenderte durch die verregneten Straßen, entdeckte den Hinweis, hier sei ein Zimmer zu vermieten, an einem der Häuser und betrat ungesäumt und wie magnetisch angezogen dasselbe. Im ersten Stockwerk geriet er an eine Frau, die als groß, mager, alt und lang beschrieben wird: »Sie trug eine Haube mit einer großen, matt lilafarbenen Schleife und ein altmodisches, verschlossenes, schwarzes Kleid. Sie zeigte ein eingefallenes Vogelgesicht, und auf ihrer Stirn war ein Stück Ausschlag zu sehen, ein moosartiges Gewächs. Es war etwas ziemlich Abscheuliches«, jedenfalls diesem kommentierenden Vermerk zufolge. Albrecht bekundete sein Interesse an dem möblierten Zimmer und wurde durch den Korridor zu demselben geführt, das sich als ziemlich karg ausgestattet erwies. Auffällig an einer Querwand ein überdimensionaler Schrank, auf den Albrecht wie absichtslos zuging, um ihn, während die vogelgesichtige Frau an der Pforte zurückblieb, neugierig zu öffnen. Und dann?

»Er trat einen Schritt rückwärts und griff mit der Hand hinter sich nach einer der großen, dunkelroten Mahagonikugeln, welche die vier Ecken des Bettes zierten.« Vor Verblüffung nämlich. Denn in dem Schrank stand ein Mädchen: »Sie war ganz nackt und hielt einen ihrer schmalen, zarten Arme empor, indem sie mit dem Zeigefinger einen Haken an der Decke des Schrankes umfasste.«

Albrecht war dermaßen konsterniert, dass er keinen klaren Gedanken fassen konnte; wir ahnen, was in ihm vorging, da wir aus genauer Kenntnis des weiteren Verlaufs Rückschlüsse auf seine seelische Verfassung zu ziehen in der Lage sind und uns, weitgehend frei von dem zurückhaltenden Text des Herrn Mann, den Fall recht gut rekonstruieren können. Selbstverständlich warf Albrecht einen verlegenen Blick auf die Alte, die mit dem Ärmel ihres schwarzen Kleides über die Messingklinke fuhr, vertieft in die überflüssige Säuberung, ohne ihm ihre Aufmerksamkeit zu schenken. Er erkannte, dass der Schrankflügel zum Zimmereingang hinaufschwang, so dass die Vermieterin, falls sie aufzuschauen gedächte, den Schrankinhalt gar nicht zu bemerken imstande wäre.

Das immerhin beruhigte ihn etwas, brachte ihn aber um keinen Deut der Lösung seiner vertrackten Situation näher. Noch dazu, da ihn jetzt das Mädchen so herzlich anlächelte und zugleich mit einer ganz langsamen Bewegung der anderen Hand an ihrem Körper abwärts fuhr, über die Brüste und den Bauch hinunter bis zu dem, was Albrecht vor noch gar nicht allzu langer Zeit in medizinischen Handbüchern und Lexiken hastig blätternd und mit brennendem Gesicht gesucht hatte. Sie verhielt völlig ungeniert dort ihre Hand, wo ein Maximum an lateinischen Bezeichnungen sich konzentrierte, und verdeutlichte ihm etliche mit flinken Fingern.

Als sich die Alte räusperte, schloss Albrecht hastig den Schrank, hörte aber noch durch den rasch schmaler werdenden Spalt eine geraunte Aufforderung, die ihn nun endgültig erröten ließ. Vorsichtshalber drehte er zweimal den Schlüssel herum. Dann trat er, als habe er die zage Erkundigung der alten Dame, ob er das Zimmer miete, nicht gehört, ans Fenster, um sich zu beruhigen: er blickte »tief hinab über kotige Vorstadtstraßen im Gaslicht, auf Bogenlampen und Villen …«, erfahren wir und verstehen recht gut, was Albrecht bewegte: ein enormer innerer Kampf zwischen Misstrauen und Begierde, ein pulsbeschleunigendes Oszillieren des Bewusstseins zwischen Verlangen und schlimmem Verdacht. War die Zimmervermietung nur eine Vortäuschung und er etwa in die Fänge einer Kupplerin geraten? Doch machte sie keine Anstalten, ihm die Ware anzupreisen.

Handelte es sich möglicherweise um eine gänzlich neuartige und besonders raffinierte Methode der Prostitution? Freilich wirkte alles ringsumher bürgerlich ehrbar, so dass ihm sein Einfall lächerlich vorkam. Aber wer war die Fremde im Kleiderschrank? Wie war sie hineingekommen? Und wie lange stak sie schon darin? Was trieb sie dazu, sich in dieser äußerst ungewöhnlichen Unterkunft aufzuhalten? Wohnte sie hier mit im Zimmer, ohne dass die Alte es wusste? Sollte er überhaupt das Zimmer nehmen, das ein dermaßen verlockendes Extra enthielt, oder sollte er vorsichtshalber wieder verschwinden, um nicht in etwas eventuell böse Endendes verwickelt zu werden? Wollte man ihn oder den jeweiligen Mieter vielleicht zu Dingen verleiten oder erpressen, die jenseits der Wohlanständigkeit lagen – nämlich in den finsteren Bereichen der Kriminalität?

Noch nie war Albrecht van der Qualen eine Entscheidung so schwer gefallen, und der machte seinem Namen alle Ehre.

Endlich wandte er sich dem moosbehafteten Antlitz zu und erklärte, dass er das Zimmer akzeptiere – probehalber, wie er hinzufügte, um sich wenigstens eine rechtliche Rückzugsmöglichkeit zu bewahren. Danach übergab er der Vermieterin seinen Gepäckschein, bat, ihm die Koffer vom Bahnhof holen zu lassen, und schloss hinter der hageren Gestalt sofort die Zimmertür ab.

Nach wenigen hastigen Schritten stand er erneut vor dem Schrank, betätigte den Schlüssel fast geräuschlos und öffnete die Tür – das heißt: er wollte sie öffnen, was ihm aber nicht gelang, obwohl er sie entriegelt hatte. Erfolglos rüttelte er an dem mannshohen Rechteck. Ihm war, als höre er einen verborgenen Laut, legte das Ohr ans Holz, horchte, um schließlich mit dem Fingernagel leise anzupochen. Dabei rief er flüsternd: »Machen Sie doch auf, mein Fräulein! Wenn ich Ihre Geste vorhin richtig verstanden habe, und sie war ja wohl eindeutig genug, dann nehme ich Ihre freundliche Einladung an und bitte Sie, aus dem beengenden Gehäuse hervorzutreten.«

Wieder legte er das Ohr an die kühle, glatt gehobelte Fläche: war da nicht ein Kichern? Albrecht lehnte an dem Möbelstück, unsicher, was er von alledem halten sollte. Er hatte, während er vor Sekunden oder schon Minuten mit der Rechten am Schlüsselgriff zog, mit der Linken den Hosengurt gelockert und schämte sich nun deswegen, obgleich das auf Virtuosität hinweisende Spiel ihrer Finger gar nicht misszuverstehen gewesen war. Nun fragte er sich, ob er sich nicht dennoch geirrt habe? Ob er nicht gesehen, was er sehen wollte? Ob nicht der Anblick des nackten Mädchens in seinem Hirn automatisch jene einladende Geste hinzuimaginiert hatte, indessen dieselbe faktisch gar nicht vollzogen worden war? Seine Selbstzweifel wuchsen so weit, dass ihm der bedrückende Gedanke kam, sogar das Mädchen selber könne, wie er auf der Reise in einer wissenschaftlichen Publikation gelesen hatte, eine vom Großhirn unkontrollierte Visualisierung innerer Bilder sein: Verspotten mich etwa meine eigenen Hormone?

Plötzliche Gewissheit: Es war ein Aktgemälde da drinnen abgestellt, und nur durch das Dämmerlicht innerhalb des Behältnisses zu scheinhaftem Leben erweckt worden.

Jedenfalls würde Albrecht, wie er sich vornahm, in den nächsten Tagen einen Nervenarzt konsultieren, um sich etwas verschreiben zu lassen, das ihm die Sicht auf die Realität offenhielte.

Er schnallte den Gürtel wieder fest und strich sein Beinkleid sorgfältig glatt und zuckte die Achseln. Dann hob er noch einmal, mechanisch und fast gegen seinen Willen, die Hand, packte den Schlüssel, zog, und die Tür schwang ganz leicht auf. Dahinter stand, wie vordem sich an dem oberen Haken haltend, die Nackte, lächelte ihn an und wiederholte ihre unbeschreibliche Gebärde.

Was sie erneut flüsterte, vernahm Albrecht schon gar nicht mehr.

Er hatte blitzschnell die Tür in den Rahmen gedrückt und mechanisch blockiert. Ihm war völlig klar, dass diese Bewusstseinstrübung, die ihm derartiges vorgaukelte, wahrscheinlich Anfangssymptom einer Krankheit war, vor deren bedrohlichem Ausmaß er sich zu fürchten anfing. Er spürte kein anderes Verlangen mehr als bloß das eine: so bald wie möglich heimreisen zu dürfen. Und es gelang ihm wirklich noch, vor dem Hause den Dienstmann mit seinen Koffern abzufangen und zum Bahnhof umzudirigieren. Nicht sein Erklärungsversuch, aber die Blässe seines Gesichtes bestimmte den Bahnhofsvorstand, sein Billet umzutauschen und ihm die Rückreise nach Berlin zu gestatten. Ob er da jemals angekommen ist, darüber lassen uns sowohl Herr Th. Mann wie unser gegenwärtiger Informant im Dunkel. Wir haben keine Nachricht von Albrechts fernerem Geschick. Daher müssen wir diese merkwürdige und unerklärliche Begegnung als einen jener Vorgänge betrachten, aus denen sich unser Leben zusammensetzt.

1986

Stimmflut

Jawohl: Stimmen. Im Telefonhörer. Oder besser: nicht im Hörer, sondern in der Leitung. Oder vielmehr: von sonst wo. Jedenfalls nach Wahl einer Nummer, respektive: just der meines Freundes Maximilian. Zuerst das Freizeichen wie immer. Aber kein Anschluss. Dann auf einmal diese Stimmen, mehrere zugleich, als bestünde da eine Konferenzschaltung, in die ich zufällig geraten wäre. Neugierig, wie der Mensch erschaffen ist, horcht man drauf: geheime Lust des Lauschens, moralisch verwerflich. Wie kommt es, dass alles Amoralische solche Verlockung ausstrahlt, hingegen alles Ehrbare und Wohlanständige so reizlos auftritt, dass es innerer Überwindung bedarf, um es sich zu eigen zu machen?

Es war nicht gleich zu verstehen, was da geredet wurde: die Stimmen überlagerten sich, gingen durcheinander, löschten sich gegenseitig aus. Zwar klang jede wohlartikuliert, dennoch waren nur einzelne Worte verständlich, nichtssagende Sprachfetzen.

Plötzlich wurde ich mir meiner Lauscherposition peinlich bewusst, das frühere Dressat wirkte mit Verzögerung, und ich legte errötend den Hörer auf: so etwas macht man nicht!

Gleich darauf wollte meine Frau wissen, mit wem ich telefoniert hätte, und ich sagte: mit niemandem – was ja auch stimmte. Warum ich denn dann so lange mit dem Hörer am Ohr dagestanden, als würde mir etwas mitgeteilt, und ich darauf: weil ich vermutlich durch eine technische Fehlschaltung in ein akustisches Wirrwarr geraten sei, nachdem ich Maximilians Nummer gewählt hatte. Sie schien von der Antwort befriedigt und verschwand wieder aus dem Flur, und ich probierte es noch einmal. Maximilian meldete sich nicht. Auch die Stimmen schwiegen. Ich erneuerte den Versuch gegen Abend, und nun konnte ich mit Maximilian sprechen.

Worüber? Banalitäten, was sonst. Ich erzählte ihm aber von den Stimmen, und er meinte, dergleichen sei ihm auch schon zugestoßen. Wahrscheinlich die Folge von Kriechströmen.

Ich wollte mich ins Bett begeben, meine Frau schlief schon, da fiel mir ein, dass ich vergessen hatte, Maximilian nach dem Termin seiner Abreise in den Urlaub zu fragen, eigentlich ein merkwürdiges Versäumnis bei unserer engen Freundschaft, die, was selten genug geschieht, meine Heirat unbeschadet überstanden und sich ungetrübt erhalten hatte. Es lag wohl auch an der Einsicht meiner Frau, diese Freundschaft zu akzeptieren und sich ihr einzupassen und als Dritter im Bunde zu fungieren. So wandte ich mich noch einmal dem Apparat zu und hob den Hörer von der Gabel. Jetzt erschienen mir die Stimmen klarer – während ich horchte, sah ich mich selber im Halbdunkel des Flures stehen, den Blick nicht zum Fenster, sondern auf die Tapete gerichtet, auf das blumenbedruckte Muster, aus dem, sah man nur lange genug hin, manchmal groteske Gesichter hervortraten, abstruse Geschöpfe, exotische Tiere, zusammengesetzt aus Stängeln, Blättern, Blüten des farbigen Druckes. Dabei spitzte ich die Ohren, wie eine eigenartig atavistische Phrase es nennt, und mir war, als unterhielten sich die körperlosen Stimmen über ihren Aufenthaltsort. Eine Frauenstimme sagte, vor dem Fenster stünde dichter Nebel, worauf ihr geantwortet wurde, das sei hier so üblich – was mich sofort überlegen ließ, von welcher Gegend die Rede sein könne, wo sich dieses erwähnte »Hier« befinden mochte. Dann bewegte sich die Unterhaltung offenkundig in privaten Bereichen, ich hörte Namen von Leuten, um deren Befinden es ging: jener etwa sei alt und gebrechlich, dieser krank und marode, ein anderer wiederum müde und matt, weiteren erwähnten Personen stünde die Abreise bevor, im Grunde lauter langweiliges Zeug, das ich mir nur anhörte, weil mich der Horchposten festhielt, und gerade als ich endlich auflegen wollte, um Maximilians Nummer noch einmal zu wählen, vernahm ich plötzlich meinen eigenen Namen!

Ich war dermaßen überrascht, dass ich völlig reglos verharrte. Gleich darauf schüttelte ich über mich selber den Kopf: da war ich also einer akustischen Täuschung erlegen, das geschah mir ganz recht, und als ich beschämt auflegen wollte, hörte ich klar und deutlich noch einmal meinen Namen. Und dieselbe Stimme sagte: Er hört schon wieder zu!

Ich wusste nicht, wie ich mich verhalten sollte, vor lauter Verblüffung, als hätte man mich bei einer Ungehörigkeit, ja, mehr noch, bei einem Frevel ertappt. Ich muss gestehen, ich spürte deutlich (und das steigerte mein Schuldgefühl und meine Verlegenheit immens), wie mein Gesicht glühte, wie mir der Schweiß ausbrach, wie mir Rinnsale aus den Achselhöhlen zu laufen begannen, kalt auf der heißen Haut. Ich musste mich hinsetzen, kaum dass ich den Satz gehört hatte: »Gleich wird er auflegen!«

Ja, ich legte den Hörer sofort auf, mit einem gewissen Ekel, als sei der schwarze Kunststoff etwas Animalisches, mit dem ich eine unbewusste Verbindung eingegangen war. Ich wischte meine feuchten Handflächen an der Hose ab und starrte den Apparat auf dem Tischchen an. Ich begriff überhaupt nicht, was vorging. Bis meine Frau auftauchte, verschlafen, wirrhaarig, gähnend und fragend, wieso ich, statt im Bett zu liegen, hier im Flur herumsitze.

Sie ging an mir vorbei in die Küche, um etwas zu trinken. Ich folgte ihr, um ihr mein Erlebnis zu beichten, doch während ich davon sprach, merkte ich, wie fragwürdig und unglaubhaft meine Worte klingen mussten. Und sie reagierte auch so: Du bist eingenickt und hast geträumt, geh endlich zu Bett … Was ich schließlich auch tat, ohne jedoch einschlafen zu können.

Ich lag in der Finsternis und überdachte immer wieder das Gehörte. Mein Hirn arbeitete unentwegt, um eine Erklärung zu finden oder zumindest eine zu konstruieren, die mich für die nächsten Stunden beruhigte. Wie um Himmels Willen konnten die Stimmen wissen, dass ich ihnen zuhörte? Und mein Verhalten erahnen? Oder gar – sehen?

Wem gehörten die Stimmen? Wo hielten sich ihre Besitzer auf, und wieso gelang es mir, sie zu vernehmen? Oder irrte ich mich doch und war womöglich krank, schwerkrank, so dass ich etwas zu hören glaubte, was gar nicht existierte? Ausgehend von dieser Überlegung schloss ich angsterfüllt auf einen Gehirntumor.

Möglicherweise litt ich auch an Schizophrenie, deren Symptom ja im Vernehmen nicht vorhandener Stimmen besteht. Im Dunkel des Schlafzimmers und mir selbst und meinen Befürchtungen überlassen kam ich mir bereits rettungslos verloren vor. Morgen würde ich sofort einen Arzt konsultieren. Aber wie sollte ich derartige Besorgnisse meiner Frau klarmachen? Wie würde sie solchen Selbstverdacht aufnehmen? Besser, ich behielte die Befürchtungen abwartend für mich, mich damit tröstend, dass die Stimmen in meinem Kopf bloß eine kurzfristige physiologische Störung darstellten. So schlief ich halb beruhigt ein, um am nächsten Tag, wie die sprichwörtliche Katze um den heißen Brei, um das Telefon herumzuschlendern. Ungewöhnlich oft und von meiner Frau ironisch kommentiert hielt ich mich in der Diele auf, ohne den Griff nach dem Hörer übers Herz zu bringen, schwankend zwischen Gewissheitsverlangen und Furcht. Was für bedrohliche Mitteilungen hätte ich diesmal zu erwarten?

Ich zwang mich, bis zum Abend und auf das Zubettgehen meiner Frau zu warten. Sobald ich annehmen durfte, dass sie eingeschlafen war, wählte ich mit zittriger Hand Maximilians Nummer und geriet sofort an die Stimmen, von denen eine laut sagte: Da ist er ja wieder! Und meinen Namen nannte. Ich nahm allen Mut zusammen und rief gedämpft, um meine Frau nicht zu wecken: Hallo, hallo, wer ist denn da? Keine Antwort, nur Flüstern, als würde beraten, und ich lauter: Antworten Sie doch! Wo sind Sie?

Worauf eine der Stimmen deutlich erwiderte: Das teilen wir Außenstehenden nicht mit! Und wer sind Sie? Hakte ich gleich nach, und wer die Außenstehenden? Die Lebenden, sagte die Stimme, gleichgültig und beiläufig, als mache sie eine Bemerkung zum Wetter. Ich freilich war keiner Erwiderung fähig.

2. Stimme

Nachdem ich meinen Mann das erste Mal dabei überrascht hatte, wie er in der Diele saß, bei ausgeschalteter Beleuchtung, im Dämmerlicht, den Telefonhörer ans Ohr gepresst, völlig geistesabwesend, entstand in mir Beunruhigung, gegen die ich kein Mittel wusste. Eigentümlichkeiten waren mir schon früher an ihm aufgefallen, in gewissen Redewendungen und Zitaten (»Ein unnütz Leben ist ein früher Tod …«) und gewissen Vorlieben, die zu teilen ich nicht in der Lage gewesen bin. Er erwies sich, selbst im Urlaub, als passionierter Friedhofsbesucher, ohne dass er mir den wahren Grund seiner Exkursionen zur »Oberfläche der Unterwelt«, wie er es nannte, erklären konnte oder wollte. Mir schien, dass er diese Neigung eher mit Drumherumreden vertuschte, indem er von der Sterblichkeit des Menschen im Allgemeinen sprach und wie unvorstellbar doch für ihn dieses spurlose Verschwinden aller Geschöpfe sei. Jemand kommt auf dich zu, steht vor dir und dann nie wieder, weil es ihn einfach nicht mehr gibt. Dieses ständige, unwiederholbare Einander-Begegnen – das geht über meinen Horizont, pflegte er zu sagen, das entzieht sich meiner Phantasie. Alle Leute um uns herum sind so enorm wirklich und zugleich so ungeheuerlich ephemer. Als wäre ihre leibliche Anwesenheit nur vorgetäuscht, zu einem Zweck, der sich mir nicht erschließt.

Die Friedhofsbesuche wirkten auf ihn anregend und machten ihn fast geschwätzig: Wenn man nur bedenkt! Gewaltige Völkerscharen erscheinen auf der Weltbühne, agieren wie für alle Ewigkeit und treten wieder ab, als hätte es sie nie gegeben! Unter Hinterlassung von ein bisschen bedeutungslosem Kulturschutt!

Es ist nicht zu fassen, erregte er sich, und dennoch soll man es als Normalität, als Selbstverständlichkeit hinnehmen! Unmöglich! Für mich unmöglich!

Nachdem ich ihn überrascht und er mir von den Stimmen erzählt hatte, war ich erschrocken. Ohne es mir anmerken zu lassen. Ein schwacher Erfolg bedrückenden Grübelns der erhellende Gedanke: dass vielleicht seine ungewöhnliche Einstellung zum Vergänglichen psychopathische Folgen gezeigt habe. Dass er also an einer Neurose litt, ausgelöst von einer immer stärkeren Weigerung, sich mit unser aller Endlichkeit abzufinden. Mir muss diese Entwicklung völlig entgangen sein, so dass ich ihm und seinem verdächtigen Benehmen hilflos und betroffen gegenüberstand. Während ich allein im Schlafzimmer ruhte, schlummernd, wie er meinte, und er in der Diele am Apparat hockte, durchdachte ich unaufhörlich seinen »Fall«. Sicher war er seelisch erkrankt, aber ich wagte nicht, ihm zu irgendwelchen Therapien zu raten. Verzweifelt setzte ich mich mit unserem Freund Maximilian in Verbindung, der wohl schon etwas geahnt haben musste, da mein Mann auch ihm von den Stimmen erzählt hatte.

Von Maximilian, der eine deutliche Schwäche für mich, eine uneingestandene, übers Freundschaftliche hinausgehende Zuneigung so gut zu verbergen wusste, dass nur ich selber sie bemerkte, erhoffte ich mir immerhin nützliche Vorschläge. Da die Benutzung des Telefons meinem Mann aufgefallen wäre, und man eine solche delikate Angelegenheit auch nicht fernmündlich erörtern sollte, suchte ich Maximilian auf und gestand ihm meine Sorgen.

Zum ersten Mal alleine mit Maximilian und in seiner Wohnung, erkannte ich, dass seine Sympathie, die mir vordem geschmeichelt hatte, offenkundig meine Vermutung weit überstieg: als er nämlich die Tür öffnete und mich erblickte, geriet er in Aufregung, als hätte ich ihn bei einem ungehörigen Treiben überrascht. Er zog mich in den Flur, stotterte vor Überraschung und konnte sich über meinen unerwarteten Besuch gar nicht beruhigen. Nervös wie ein junges Mädchen beim ersten Rendezvous kochte er Kaffee, servierte Kognak, kramte altbackene Kekse hervor und versuchte, sich als vollendeter Gastgeber zu erweisen. Es dauerte eine Weile, bis er sich setzte, dicht neben mich, seine Hand auf meinem Arm, dann auf meinem Knie, zuhörend, was ich ihm zu berichten hatte. Ja, ich ließ es geschehen, dass er seinen Arm um meine Schultern legte, scheinbar eine Geste des Trostes, aber ich merkte eine unleugbare Absicht.

Maximilian erklärte, dass er meine Befürchtungen teile; er kenne ja meinen Mann länger als ich und habe schon früher vermutet, dass diese Absonderlichkeiten irgendwann einmal zu einer Störung führen mussten. Völlig verrückt, die Geschichte mit den Stimmen im Draht! Hast du denn vordem nichts bemerkt?

Und ich: Nur wenn er deine Nummer wählt, Maximilian, will er die Stimmen hören. Und er: Selbst als unwissender Laie würde ich meinen, dass gerade dieser Umstand zur Zwangsvorstellung gehört: dass beim Versuch der Kommunikation mit dem Freund Fremde sich bemerkbar machen, wie er glaubt. Ich, sagte Maximilian, bilde für seinen Wahn die Projektionsfläche. Anders gesagt: er sucht freundschaftlichen Zuspruch, ja, vielleicht Hilfe aus Wissen um die eigene Erkrankung, welche jedoch soweit fortgeschritten ist, dass sie Stimmen imaginiert, um die mögliche Heilung zu verhindern. Der Kranke will im tiefsten Grunde nicht kuriert werden und erfindet die Stimmen, um seine Behandlung zu blockieren.

Was ich nun dabei tun solle, fragte ich ihn, und war doch schon nahezu sicher, dass wenig Hoffnung für meinen Mann bestand. Denn wenn Maximilians unprofessionelle Diagnose stimmte, und sie klang ja schmerzlich überzeugend, waren die Zukunftsaussichten wenig erfreulich. Maximilian, die Wirkung seiner jede Selbsttäuschung verhindernden Worte aufmerksam registrierend, wiederholt die nur scheinbar harmlose Geste, und während ich das Gewicht seines Armes auf Nacken und Schultern zu spüren bekam, sagte er gedämpft: Meine arme, arme Freundin, lass mich dir versichern, dass ich immer für dich da bin, immer für dich erreichbar, denn du weißt, wie sehr ich dich schätze ... Vielleicht sogar zu sehr ... endete er in einer Aufwallung von unvermuteter Wahrheitsliebe.

Was auch immer geschieht, du kannst auf mich bauen. Ich wäre glücklich, wenn ich dir zur Seite stehen könnte, falls ... Nun, falls etwas Schlimmes passiert ...

Dann wandte er sich ab, möglicherweise um sein Gesicht zu verbergen, um nicht den deutlichen Wunsch nach hemmungsloser Nähe in seiner Miene sehen zu lassen, doch vergaß er dabei den Spiegel über dem Sideboard gegenüber dem Rauchtischchen, an dem wir saßen. Was ich in dem Spiegel sah, veranlasste mich jedenfalls, den Besuch bei Maximilian abzukürzen; ich fürchtete Weiterungen, und dass ich ihn an seine Freundschaftspflichten würde erinnern müssen.

Erst auf dem Heimweg fiel mir auf, dass Maximilian gar kein Interesse dafür gezeigt hatte, was die Stimmen seinem Freund mitteilten. Sogar ich selber hatte mich ja kaum darum gekümmert, sonst wäre eventuell doch noch alles anders gekommen; möglicherweise wäre dann so etwas wie eine Gegenstrategie denkbar gewesen, meine Stimme als Stimme der Vernunft, um meinen armen Mann aus dem Bann zu erlösen. Aber unsinnigerweise kam es mir indiskret und zugleich lächerlich vor, ihn auszufragen, was ihn denn nächtens ans Telefon fessle, so dass er nur noch nach einer gehörigen Dosis von Schlafmitteln Ruhe fand. Jetzt bereue ich den Verzicht auf Zudringlichkeit und Neugier.

3. Stimme

Wir haben bald nach dem Tode meines Freundes geheiratet, wie ich es erhofft hatte. Drei Tage nach dem ersten und überraschenden Besuch seiner Frau in meiner Wohnung, bei dem ich zufrieden konstatierte, dass sie meine Neigung zu erwidern schien, rief sie mich mitten in der Nacht an, um mir schluchzend mitzuteilen, dass sie ihren Mann tot aufgefunden habe. Unten in der Diele, im Sessel vor dem Telefon; den Hörer hielt er noch in der Hand, sagte sie, und sie musste den erst aus seinen Fingern lösen, um den Notarzt zu alarmieren, der aber zu spät kam. Nach der Obduktion war auch von Selbstmord die Rede, doch nach den Erklärungen der Witwe über die letzten Lebenstage des Verblichenen war der Schlafmittelmissbrauch eindeutig, der den ohnehin geschädigten Kreislauf zum Stillstand gebracht hatte.

Als »Freund des Hauses«, wie man fälschlich zu sagen pflegt, da sich die Freundschaft gewöhnlich auf die Menschen und nicht auf ihre Behausung richtet, habe ich den organisatorischen Ablauf der Affäre übernommen, die Beerdigung arrangiert, den ganzen bürokratischen Kram geregelt, ohne den ein Mensch nicht unter die Erde gelangen kann.

Es war ein stilles Begräbnis, den Umständen entsprechend. Nur eine kleine Schar von Trauergästen; die Witwe zeigte sich gefasst, wahrscheinlich weil sie durch die Erkrankung ihres Mannes vorbereitet gewesen war – und dank meiner Hinweise. Möglich auch, dass sie seinen Tod anstelle einer langen Leidenszeit für das erträglichere Schicksal hielt. Ich jedenfalls hatte kaum damit gerechnet, vielmehr einen ganz anderen Verlauf erwartet. Nach meiner nun widerlegten Voraussicht wäre ein Auseinanderleben des Ehepaares die logischere Folge gewesen: es sollte eher eine Entfremdung der immerhin lebenszugewandten Frau von ihrem sich in seinen »Wahn« einspinnenden Mann eintreten, dessen Seele den »Rückzug ins Jenseits« angetreten hatte, wie ich das einmal bildhaft nennen will. Denn er nahm doch mit zunehmender Gewissheit an, dass es sich bei den Stimmen um solche von Abgeschiedenen handele, die an einem ungeahnten Ort auf numinose Weise fortexistieren. Seine »Inakzeptanz«, wie man das heute modisch bezeichnen würde, unserer unwiderruflichen Endlichkeit machte ihn für Spekulation und Spökenkiekerei anfällig.

Vor langen Jahren, noch während unseres gemeinsamen Studiums, hatte ich den verlegen Errötenden bei der Lektüre des tibetanischen »Totenbuches« angetroffen, und seine Erklärung, er lese das aus ethnologischem Interesse, zu Recht nicht geglaubt. Doch seitdem hatte er nie wieder mit mir über sein Verhältnis zur Vergänglichkeit gesprochen. Doch ich wusste ausreichend Bescheid, durch meine jetzige Frau, die sich mehrmals über die Friedhofsbesuche ihres ersten Mannes mokiert hatte.

Wir sprachen übrigens immer seltener über den Verstorbenen, so dass man von einem zögernden Vergessen sprechen könnte.

Freilich, manches erinnerte mich immer wieder an den Toten, so zum Beispiel die Rechnung für die technische Anlage, die ich einst angeschafft und nach dem Ende meines Freundes rasch verkauft hatte, natürlich weit unter Wert. Aber ich wollte das Indiz aus meinem Haus haben.

Dennoch: die Erinnerungen tauchten hin und wieder auf, unter anderem, sobald spät abends das Telefon klingelt, aber ich hebe nie ab und überlasse es meiner Frau. Sie eilt dann unter ärgerlichen Ausrufen durch die Wohnung an den Apparat, der nach wie vor in der düsteren Diele steht. Hinterher sagt sie meist:

Während mein erster Mann den Hörer nicht vom Ohr bekam, nimmt ihn mein zweiter nicht mal in die Hand!

1989

Die Traumfrau

Ist Liebe von der Anatomie abhängig?

Zugegebenermaßen eine seltsame Frage, aufs erste Hinhören leicht beantwortet, beim weiteren Nachdenken verunsichernd. Handelt es sich gar um ein reales Problem, das die Frage verursacht hat, dann sieht man sich in Verlegenheit gesetzt. Was erwidert man einem Freund, dem gegenüber man sich zur Wahrheit verpflichtet fühlt? Die Wahl zwischen Aufrichtigkeit und Bewahrung der Freundschaft gleicht dem Lavieren zwischen Scylla und Charybdis. Ganz unbeschädigt kommt man nicht hindurch – entweder man verliert an Sympathie oder an Selbstachtung. Just das tat mir Bruno an.

Jeden Morgen betritt er kurz vor neun Uhr den Lift. Die Büros jener pharmazeutischen Firma, für dessen Erzeugnisse er wirbt, warten auf ihn im achten Stock. Wir stoßen uns am Kranksein gesund, eine häufig wiederholte Formel, die Bruno für witzig hält. An einem unvergesslichen Morgen zu besagter Zeit steht in der Kabine eine Frau, etwas größer als Bruno, seinem Ideal entsprechend, Kleinwüchsigkeit stoße ihn physisch ab, da grenzten die Schulterblätter ans Gesäß und der Busen wirke als gedoppelte Krönung des Bauches. Nun aber, rank und schlank, das Haar »wallend«, die Augen, nun rate du mal, »feurig« natürlich, und eine Haut wie – wie … »Wie Samt!« schlug ich vor, und Bruno fragte verblüfft, woher ich das wisse. Ach, Bruno, die Klischees flattern doch unsichtbar überall umher, und kaum hat man den Mund geöffnet, hat man sie, wie die gebratenen Krammetsvögel im Schlaraffenland, bereits auf der Zunge.

Bruno fuhr fort in seiner Beschreibung, sich steigernd bis zu dem Wort »wonnig«, über das hinaus ihm zum Glück nichts mehr einfiel.

Ich lächle sie also an, sagt Bruno, und sie lächelt mich an. Und er macht eine Miene wie nach einem enormen Lottogewinn, verfällt abrupt ins Ernsthafte und erklärt: so hat es begonnen. Mir blieb nur Verwunderung übrig. Ich kannte ihn bisher nur als den robusten Zeitgenossen, für dessen primäre Bedürfnisse er die Kolleginnen seines Büros als zuständig betrachtete. Von Sex, gar Erotik, bevorzugte er die tristeren, umstandsloseren Formen. Das Leben sei zu kurz für aufwendige Vermittlungen einer doch im Grunde eindeutigen Absicht! Nun sei Verwandlung eingetreten, die ihm Phrasen abzwang, wie »Eine Traumfrau!«

Seine Gefühle schienen erwidert zu werden, den sie hatte ihn zum Abschied gegrüßt. Bruno war im Lift geblieben und über den achten Stock hinausgefahren, als wäre er »an den Boden genagelt« gewesen. Im zwölften, wo eine Modeagentur residierte, habe ihn die Traumfrau verlassen, wahrscheinlich arbeite sie mit ihren Idealmaßen dort als Modell. Er, Bruno, habe das Empfinden gehabt, der Lift, wie man das aus unzähligen Filmen kannte, sei auch zu seinem Schicksalsort geworden.

Tag für Tag nahmen die Fahrstuhltouren Brunos Bewusstsein zur Gänze in Anspruch. Wenn wir uns um die Mittagszeit im Restaurant auf einen raschen Imbiss trafen, war von nichts anderem mehr die Rede. Die »ineinander tauchenden Blicke«, Signale von erschütternder Eindeutigkeit, und eine »schmetterlingshafte Berührung der Hände aus Zufall« verdarben mir langsam den Appetit. Jedes »Empor zum Zwölften« wäre stets aufs Neue wie ein gegenseitiges Entblößen, bloß imaginär, versteht sich, aber doch unleugbar von zwiefachem Reiz.

Bruno ging mir auf die Nerven. Als läse er von einer Projektionstafel über meinem Kopf einen Monolog ab, mit dem selbst das Fernsehen keine Einschaltquoten mehr erzielen könnte.

Bis er sie endlich, endlich ansprach und einlud, und sie die Einladung annahm. Darüber war ich froh, denn ich setzte auf die Macht der Realität, welche Brunos Emphase dämpfen würde. Sie gaben einander die Hand, auf später, also, sieben Uhr, und Bruno benötigte den Rest seiner Kraft, den Knopf fürs achte Stockwerk zu drücken. Heute Abend, las Bruno mit bebenden Lippen von der Tafel über mir, heute Abend ist die Traumfrau mein! Weiteres stand wohl nicht mehr auf der Projektionsfläche seiner Phantasie, so dass er verstummte. War ich anfangs nur ungeduldig gewesen, ermüdet und voller Überdruss durch die ständig gleiche Hymnik, so merkte ich jetzt, wie ich mich zu ärgern begann. Wieso spielte das Fatum diesem Bruno solchen Schatz zu, ein einstmals so genanntes »Rasseweib«, während andere leer ausgingen? Was hatte der Mann denn schon aufzuweisen? Werbesprüche für Pillen, Größeres und Bedeutenderes schuf er doch nicht! Und hielt sich möglicherweise selber für ein Genie, wenn auch für ein verkanntes …

»Vielleicht werde ich sie heiraten!« sprach Bruno, diesmal in völlig normalem Ton, als habe er selber genug von der Vorstellung.

Bruno und ein Hausstand!? Die Traumfrau am Herd? Kinderchen am Rockzipfel? Der Gatte und Vater vorm Fußballendspiel mit einem Glas Bier in der Hand und Latschen an den Füßen?

»Was hat du gegen Länderspiele?« wollte Bruno wissen und tat so, als ginge mich alles Weitere nichts an. Woraufhin ich zu einer längeren Entgegnung ansetzte, des Inhalts, dass ich keine Einwände gegen Fußball hätte, sondern nur gegen die Illusion von Singles, sie könnten ihren Status wechseln. Und von einer Frau, wie von der beschriebenen, könne er doch kein normales Eheleben erwarten! Sieh mich an, sagte ich, obgleich er ohnehin nicht anderes tat, als mich distanziert anzublicken, ich erwarte gar nichts und werde daher nie enttäuscht. Wer seine Erwartungen zu hoch schraubt, der fällt tief!

»Das Sprichwort heißt anders«, war seine einzige Replik, und das stachelte mich derart an, oberschullehrerhafte Korrekturen an meinen Formulierungen kann ich sowieso nicht leiden, dass ich ihm ein weiteres Sprichwort an den Kopf warf. Eine Spur Neid mag dabei gewesen sein, als ich sagte:

»Und ein anderes heißt: Wenn Gott einem das Herz brechen will, dann sendet er ihm großes Glück!« Bruno machte eine Geste, den Zeigefinger schon gestreckt, um damit an die Stirn zu tippen, unterließ sie jedoch im letzten Moment. Schließlich gehört das »Vogelzeigen« zu den minderen Beleidigungen, zwischen Freunden ohnehin eher als freundschaftliche Ironie begreifbar, und es scheint mir im Nachhinein, dass die Unterlassung bereits etwas wie den ersten Bruch in unserem Verhältnis ankündigte. Vermutlich wäre ihm der Finger an der Stirn als ein zu intimer Protest vorgekommen, eine zwischenmenschliche Nähe anzeigend, von der eigentlich schon gar keine Rede mehr sein konnte.

Er stand auch gleich auf und ging am Büffet zahlen. Während ich ihm nachschaute, wie er draußen zwischen den Autos verschwand, wurde ich regelrecht wütend: der mit seiner Traumfrau! Als wäre er der Erwecker von Dornröschen und Schneewittchen in einer Person! Insgeheim wünschte ich Bruno alles Schlechte, Zahnschmerzen, Kopfweh oder, gemeiner, eine Ejaculatio praecox.

Im Nachhinein wurde mir etwas unheimlich zumute, denn ich musste mir den Vorwurf machen, mein Wünschen habe tatsächlich Wirkung gezeigt. Berühmte Geschichten der Weltliteratur fielen mir ein, »Das Bildnis des Dorian Gray«, »Das Chagrin-Leder«, Wunscherfüllung mit schlimmen Folgen für den Wünschenden, doch ich beruhigte mich wieder, als ich an mir keine Folgen festzustellen vermochte. An mir jedenfalls schien das Unheil vorbeigegangen zu sein. Nicht so an Bruno.

Eine ganze Woche blieb er dem Restaurant fern, wobei ich vermutete, die Traumfrau absorbiere ihn draußen, dass er zu nichts anderem mehr käme. Dann tauchte er unerwartet an meinem Tisch wieder auf, in einem offenkundig desolaten Zustand. Du solltest dich rasieren, Bruno. Und dein Jackett! Unter welcher Brücke hast du genächtigt?

Ich konnte mir die Ironie nicht verkneifen, sie schuf mir, ich gestehe es, eine gewisse Befriedigung, ebenso sein jämmerlicher Zustand, der mein Befinden sogleich erhöhte. Großzügigkeit meinerseits schien angebracht, ein gewisses Mitleid leichter Hand wachgerufen, ein nahezu echtes:

»Bruno, mein armer Junge ... Du machst den Eindruck, als hätte es nicht geklappt ...« Blitzschnell fielen die Klappen: Zahnschmerzen, Kopfweh, Ejakulatio praecox ... Oder? Oder ihrerseits Zahnschmerzen, Kopfweh, gar Menstruation?

Bruno bestellte sich einen doppelten Kognak, kippte ihn herunter und orderte einen zweiten. Das Büro, Bruno? Die Werbesprüche? »Rasch verklingend wie ein Ton schwindet Schmerz durch Eukalon!« Bist du krank, Bruno, dann greif zum Eigenprodukt, Bruno, das Sedativ ist die Sonnenbrille der Seele …

Seine Augen wirkten wässrig und etwas blutunterlaufen. Diese Kognaks waren nicht die einzigen des heutigen Tages. Wie schön es ist, einen Freund leiden zu sehen, hatte ich bis zu diesem Moment weder gewusst noch geahnt. Man durfte die eigene Menschlichkeit ungescheut zum Zuge kommen lassen, ein humanes Verhalten praktizieren, das sich sonst an den unerreichbaren Elendsgestalten der Fernsehbilder solange gescheuert hat, bis es abstumpfte. Ich blühte geradezu auf und legte meine Hand wohlwollend auf Brunos Arm. Komm, Bruno, sprich dich aus, mir kannst du es sagen, sie hat dir einen Korb gegeben … Aber er schüttelte den Kopf und wischte an seinem rechten Auge mit einem erstaunlich schmutzigen Finger herum.

»Steht ein anderer zwischen euch?« erkundigte ich mich sanft, woraufhin Bruno hustete, als habe er sich verschluckt, und mühsam hervorbrachte:

»So kann man es auch nennen …« Ich klopfte weiter mit der Hand begütigend auf Brunos Arm herum, um ihn sprachlich zu lockern, bis meine täppische Zutunlichkeit den erwarteten Erfolg nach sich zog.

Er war mit der Traumfrau in ein kleines, schummrig illuminiertes Restaurant gegangen, wie geschaffen zur Vorbereitung der ersehnten und geplanten Fortsetzung im »traulichen Heim«. Nach dem Mahl, bei dem man wenig sprach, weil ja doch alles unausgesprochen klar war, fuhr man mit der Taxe zu Bruno. Im Wagen legte sie ihre Hand auf sein Knie, auf seinen Schenkel, wir küssten uns ausgiebig, und ich ertastete ihre Brüste: Kein Büstenhalter! Oh, mein Gott!

Brunos Gesicht präsentierte eine seltsam fratzenartige Mischung von Begeisterung und Widerwillen, dann entspannte er sich und fuhr fort:

Ich ins Schlafzimmer, ruck-zuck, raus aus den Klamotten, rein in den Pyjama und ab in die Küche: Champagner aus dem Kühlschrank entkorkt, mit zwei Gläsern ins Wohnzimmer, wo die Lampen bereits gedimmt waren. Geräusche der Traumfrau aus dem Badezimmer, Wassersprudeln, sie erscheint in Brunos Bademantel gehüllt, lächelnd, auf Bruno zu, er streckt ihr das Glas entgegen, sie nimmt es, und der Bademantel öffnet sich, und Bruno verstummt erneut und greift in die Tasche und zieht eine Schachtel Zigaretten heraus.

»Du rauchst wieder?« Es gelang ihm nur dadurch, die Zigarette anzuzünden, indem er beide Ellenbogen auf den Tisch stützte. Einige heftige Züge, dann der Epilog, besser die Grabrede für eine Affäre, kaum begonnen, schon zerronnen. Brunos Blick glitt ihren solarium-gebräunten Leib abwärts und erstarrte. Eine Salzsäule wäre von vibrierender Vitalität gewesen. Anstelle des Erwarteten, ja, wie soll ich dir das beschreiben, also da hing ein vulgärer Penis, angeschwollen, teilerigiert, abscheulich verfärbt, und keine gnädige Ohnmacht umfing mich, keine gütige Fee schloss den Bademantel wieder, da es mir erging, wie es oft einem angesichts des Unerwarteten und Ekligen widerfährt: man möchte den Blick abwenden und muss doch hinsehen. Sie, also er, berührte mit seinem Glas das meine, und das brach den Bann.

Nun bestellte ich ebenfalls einen Kognak. Kein Triumphgefühl, keine Schadenfreude.

Die ganze Angelegenheit sei ein Missverständnis gewesen, murmelte er. Er dabei absolut instinktlos. Nicht merken, dass er es mit einem Transvestiten zu tun gehabt hatte. Die Stimme? Na, wie Zarah Leander, angenehm rau und von dunklem Timbre, und noch einmal flammt ein verräterischer Funken in seiner Pupille auf.

Übrigens Missverständnis von beiden Seiten, sie äh, er habe angenommen, dass er, Bruno, die wahre Identität der Traumfrau kenne, und eben darum seine Zuneigung gezeigt. So ist halt das Leben! Voller Überraschungen! Beider Gefühle, meinte Bruno abschließend, welche man nach dem Fiasko durchdiskutiert hatte, wären durchaus einander ebenbürtig gewesen. Darin liege eine gewisse Tragik. Und vor allem in dem Umstand, dass sich seine, Brunos also, durch die Inaugenscheinnahme der anatomischen Monstrosität keineswegs verringert hätten. Ich liebe sie und kann ihn nicht anfassen! Dein Sprichwort hat sich bewahrheitet, flüsterte er mir zu, mehrmals sogar.

Um ihn zu trösten, appellierte ich an seine Bildung, verwies auf Dante und Beatrice, Heinrich von Kleist und Henriette Vogel, letztere durch Unterleibskrebs verhindert, an Lenau und Sophie von Löwenthal, von ihrer Ehe dem Dichter zwangsweise ferngehalten. Denk an Beethoven, Bruno, und an die ferne Geliebte – ein Fall von glücklich praktiziertem Platonismus! Es geht auch ohne das Animalische! Was ist das denn schon? Ein flüchtiger Moment der Selbstvergessenheit, ein kurzfristiger Kitzel, Hormonausschüttung bei Licht besehen, trister Ablauf, gymnastikähnlich, bestenfalls Herstellung einer vergeblichen Erinnerung …

Bruno schüttelte den Kopf und erklärte sich für unmusikalisch und unromantisch. Er bestehe hauptsächlich aus Körper, gab er zu bedenken, mit dem seelischen Anteil sei es nicht so weit her. Da blieb mir kaum anderes übrig, als schweres Geschütz aufzufahren.

»Geschlechtsumwandlung, Bruno! Einer von euch beiden!« Und verwies auf den bewundernswerten Stand der Chirurgie, doch er verzog angewidert die Mundwinkel. Da werde ja doch bloß eine fühllose Narbe verfertigt oder verursacht, egal bei wem, und der intime Umgang würde dadurch unleugbar zu etwas Unnatürlichem, zu etwas, dem der Ruch des Nekrophilen anhänge! Grausig! Dafür fehle ihm jegliches Verständnis. Nein, nein, die Zwickmühle ist total, teuflisch und trostlos! Da meine medizinischen wie sublimatorischen Empfehlungen nichts fruchteten, musste ich zum letzten Mittel greifen.

»Dass dein Instinkt versagt hat, Bruno, glaubst du! Ich halte das Gegenteil für richtig. Die Selbstverständlichkeit, mit der du auf das zwittrige Geschöpf geflogen bist, sollte dir doch die Wahrheit über dich mitteilen!«

Er linste mich von unten herauf misstrauisch an. Ich, fortfahrend:

»Du hast entsprechend deiner verborgenen und dir unbewussten Veranlagung reagiert …«

»Dass du am Ende mit Freud kommen würdest, habe ich befürchtet«, sagte er schwach, »immer kommst du mit demselben Blödsinn. Ich bin ein normaler Mann.«

Ich: Das sagen alle Männer. Dabei hat kein Mensch auch nur einen Schimmer, was diese Normalität denn wäre!

»Quatsch!« stellte er entschlossen fest.

Ich war aber noch nicht fertig und stellte ihm vor, dass er die Reaktion des Transvestiten bedenken solle.

»Vergiss nicht, dass dein Irrtum auch sein Irrtum gewesen

ist! Du sagst, du hast dich in ihm getäuscht, er jedoch auch in dir! Ihr habt euch beide für etwas anderes gehalten, als ihr seid! Gibt dir das nicht zu denken?!«

Bruno holte eine weitere Zigarette aus der Schachtel, doch die zerbrach ihm zwischen den Fingern. Ich wollte ihm zureden, ihm die alte Weisheit ins Gehirn blasen, dass doch wir alle an Persönlichkeitsspaltung leiden und uns selber kaum kennen. Wir predigen Wasser und gieren nach Wein, Bruno. Wir hassen die Reichen und ihr Geld, weil wir keins haben, was wir uns nicht eingestehen wollen. Wir ziehen uns auf einen objektiven Standpunkt zurück, indem wir Reichtum zur Ursache menschlichen Unglücks erklären, doch wehe, wir würden selber reich. Befördern wir nicht Revolutionen, um es anderen auszuwischen, die mehr besitzen als wir? Sind wir nicht blinde Hühner in jeder Hinsicht und werden erst sehend, wenn man uns auf das Korn stößt? Gut, meine von Sprichwörtern abgeleiteten Vergleiche mögen gegen mein sonstiges Einfallsvermögen zeugen, aber die Notwendigkeit, Bruno aus seiner Lethargie zu ziehen, tat meiner Eloquenz gewissermaßen Abbruch.

Es fiel mir schwer, ihn so stumm und schweigend abmarschieren zu lassen, doch ich hatte mein Bestes getan und gegeben. Bruno musste mit sich und seiner eigentlichen Erfahrung selber fertig werden. Was sollte ich noch für ihn unternehmen? Ihn sich volllaufen lassen und seinen Vollrausch bewachen und seinen anschließenden Kater kurieren helfen? Nichts für mich. Die Rolle des Samariters lag mir nie. Und irgendwie (ich hasse das Wörtchen »irgendwie«), irgendwie war ich dennoch zufrieden, dass die Angelegenheit so miserabel geendet hat. Ich wurde mir mit Verspätung meiner Eifersucht auf ein Phantom bewusst, das mich in Wirklichkeit vielleicht überhaupt nicht affiziert hätte. Nur Brunos Enthusiasmus, seine begeisterte, begeisternde Schilderung einer Art Aphrodite, hatte mich derart gepackt, dass ich mir wie ein benachteiligter Nebenbuhler vorgekommen war. Soweit meine verspätete Einsicht.

Bald gab sich Bruno wieder alltäglich. Die Rasur perfekt wie stets, rosige Wangen, eventuell eine Spur schlaffer, wir werden alle kaum jünger, auch eleganter als sonst, mit einer Weste unter dem Jackett, einem Kleidungsstück, das er vordem als Unternehmer-Uniform zu bewitzeln pflegte. Machte auch einen erstaunlich lockeren Eindruck, ungezwungen wie vor seiner Begegnung, und ich verkniff mir jegliche Anspielung, was ich für einen echten Freundschaftsdienst hielt. Kein »Aufreißen alter Wunden«, falls da überhaupt noch derlei vorhanden war. Doch er selber ging ungeniert das Thema an und berichtete, der Transvestit sei nie wieder im Lift aufgetaucht, glücklicherweise, denn er selbst hätte keine Verhaltensweise vorbereitet, und hätte sich doch gezwungen gefühlt, irgendetwas, sehr wahrscheinlich etwas Dummes, zu sagen. Offenkundig sei der »Verkleidungskünstler«, wie er seine Traumfrau jetzt nannte, aus der Stadt verschwunden.

»Dennoch«, meinte er, wieder ernster werdend, »dennoch sollte man dabei eines bedenken. Dass nämlich solche Sorte Mensch als Ursache von Verwechslungen nicht ganz ungefährlich ist …«

»Wie meinst du das, Bruno?«

»Nimm mein Beispiel. Er war der Auslöser einer ziemlich starken Depression, der Anlass zu enormen Selbstzweifeln, von denen ich mich erst jetzt langsam erhole. Immerhin – ich kann es ertragen. Aber falls nun ein charakterlich Schwächerer als ich in solche Affäre geriete …? Nicht auszudenken … die Suiziddrohung steht doch im Raum!«

Ich fing an zu verstehen, auf welche Weise er sich aus dem Untergang seines Selbstbewusstseins gerettet hatte. Unbehagen kam in mir auf. Noch dazu, da er in aller Unschuld fortfuhr, dass er nicht den geringsten Einwand gegen die diversen Spielarten des Sexus hege:

»Jedem Tierchen sein Pläsierchen. Doch wo die besagte Gefährdung vorliegt, sollte man dem vielleicht staatlicherseits vorbeugen … Eine Regelung treffen, nicht wahr? Transvestiten als solche kenntlich machen …«

»Ein Brandmal …« schlug ich vor. Er lachte:

»Ich weiß, alle Menschen sind gleich, aber einige sind ungleicher, nicht wahr?« Bevor ich das falsche Zitat korrigieren konnte, sagte er schon:

»Durch irgendein Zeichen, so dass man sie rechtzeitig identifizieren kann … Es gibt doch auch ein Gesetz zum Schutze der Jugend, nicht wahr?!«

Ich versagte mir die Antwort und bestellte mir eine Tasse Kaffee. Und wie eine böse Erleuchtung kam mir der Gedanke, dass ich trotzdem und entgegen meiner vorherigen Hoffnung durch mein fatales Wünschen einen Verlust erlitten hatte, wie in den Geschichten der berühmten Autoren. Ich war um einen Freund ärmer geworden.

1994

Anekdote

Je unglaublicher eine Geschichte ist, ein erzählendes Ereignis, desto größer seine Wahrscheinlichkeit und der Grund, sie hier wiederzugeben! Es handelt sich dabei um einen Arbeiter aus Leipzig, Opfer eines Betriebsunfalles und trotz rascher Einlieferung in die Unfallklinik für tot gehalten. Auf solche Gelegenheit hatte die Abteilung »Innere Medizin« längere Zeit gewartet, um einen besonders schweren und hartnäckigen Fall von Impotenz durch Penistransplantation chirurgisch behandeln zu können. Die Operation verlief erfolgreich, nur stellte sich heraus, kaum dass man dem Organspender dasselbe entfernt hatte, er sei gar nicht verstorben.

Die Diagnose, von einem jungen Arzt voreilig gestellt, erwies sich als falsch: der Amputierte erwachte in der Kühlbox des Krankenhauses, durch die Kälte vorm Verbluten bewahrt. Der Pathologiediener entdeckte das Malheur, alarmierte den Notdienst, welcher es zuwege brachte, den Betroffenen am Leben zu erhalten und einen Heilungsprozess einzuleiten.

Die Angelegenheit wurde damals geheimgehalten, um nicht das geringe Vertrauen in die Ärzteschaft noch weiter zu ruinieren. Man konferierte hinter verschlossenen Türen über die peinliche Affäre, verpflichtete den Pathologiediener zum strengsten Stillschweigen, hieß auch den Diagnostiker seinen Irrtum schnell zu vergessen, und verhielt sich gegenüber dem mit einem neuen Glied ausgestatteten Patienten wie zu allen anderen Kranken. Jener gesundete erstaunlich schnell, ohne Komplikation des Immunsystems, und wurde sogar bald darauf ertappt, wie er eine Schwesternschülerin auf exhibitionistische Weise belästigte. Er wurde umgehend als geheilt entlassen.

Der Leipziger Arbeiter hingegen verbrachte lange Monate in einer Isolierstation, wo man ihm, nachdem man ihn für kräftig genug hielt, das ihm widerfahrene Missgeschick mitteilte und selbstverständlich materielle Entschädigung anbot, die zu akzeptieren er sich weigerte. Er wolle sein gewohntes Glied wiederhaben, nicht mehr und nicht weniger. Und falls das unmöglich wäre, würde er auch ein fremdes nehmen, vorausgesetzt, es sei nicht zu klein und dünn. Doch solch ein Wunsch sei, wie man ihm gestand, unerfüllbar, da die Vernarbung bereits eingetreten wäre. Außer Geld könne man ihm nichts versprechen.

Kaum genesen, suchte der Arbeiter einen Rechtsanwalt auf, der nach Anhörung des Klägers sich zur Hilfe bereit erklärte. Solchermaßen gelang es ihm, den neuen aber unrechtmäßigen Organinhaber ausfindig zu machen und zu einer Gegenüberstellung zu zwingen. Der Arbeiter erkannte auf den ersten Blick sein Geschlechtsteil wieder, geriet in Rage und verlangte sofortige Rückgabe, was, wie man weiß, medizinisch unmöglich geworden war. Auch war der gegenwärtige Besitzer des Teiles nicht bereit, auch nur einen Zentimeter davon abzugeben. Nach langer Verhandlung zwischen den beiden Parteien gelang dem Rechtsanwalt ein Kompromiss: der Arbeiter solle die materielle Entschädigung annehmen, zugleich aber auch das Recht haben, sein vormaliges Teil, wann immer er wolle oder das Bedürfnis verspüre, in Aktion zu beobachten. Der neue Besitzer, vom Rechtsanwalt gewarnt, den besagten Gegenstand mit Gewalt beschlagnahmen zu lassen, willigte verlegen in die Forderung ein.

Gleich am ersten Sonntag danach nahm der Arbeiter die Gelegenheit wahr, begab sich zu seinem »Teilhaber«, wo er nach einem stärkenden Schluck Kaffee das Ehepaar ins Schlafzimmer begleitete. Entgegen allen Annahmen verlief sein Besuch gänzlich unerwartet, denn er wiederholte ihn nicht, obschon das Ehepaar ihn geradezu herzlich und mehrfach einlud. Er aber verzichtete auf diese Gastfreundschaft, da er, wie er später erklärte, einen grundlegenden Bewusstseinswandel erfahren habe. Ja, er begab sich sogar ins Krankenhaus zu dem jungen Arzt, dessen Opfer er geworden, um sich, man höre und staune, für den »Kunstfehler« zu bedanken. Abgesehen davon, dass er sich vordem niemals so frei gefühlt habe wie jetzt, hätte sich ihm verblüffender Weise die Natur selber erschlossen. Sie sei, wie er nun wisse, absolut unnatürlich. Der Mensch wäre nichts weiter als ein Apparat, und zwar ein recht unvollkommener. Seine, des Menschen nämlich, mechanische Daseinsweise verhinderte, dass sich die Welt ändern und zum Guten wenden könne. Der Homo sapiens, und er habe das Wort in einem frisch gekauften Lexikon gefunden, um sich kundig zu machen, leide am Wiederholungszwang, ohne jedoch das Leiden als solches zu erkennen. Er verschleiße sich in der Repetition des Immergleichen, ohne damit einhalten zu können. Und kaum habe er etwas erreicht, Befriedigung etwa, wolle er sofort das doch eben erst Erfahrene sinnlos erneuern. Er, der Arbeiter, habe nun dank der irrtümlichen Operation den Teufelskreis verlassen dürfen, welchen die Menschheit permanent durcheile. Und wenn man ihn frage, wie letztere zu retten sei, wie man den Globus bewahren könne, so rate er dringend zu einer weltweiten Aktion im Sinne des ihm Zugestoßenen. Er werde eine Partei gründen, um diese revolutionäre Idee von Kontinent zu Kontinent zu tragen. Endlich gäbe es für ihn wieder ein lohnenswertes Ziel und eine beglückende Zukunft und Hoffnung, Hoffnung für jedermann! Ob man sich ihm nicht sofort anschließen wolle?! Das ihm gegenüber merklich schlechte Gewissen verhinderte seinen Hinauswurf. Man komplimentierte ihn nach draußen, auf die Straße, von wo er, bevor er endgültig verschwand, zurückrief: »Wer nicht für mich ist, ist gegen mich! Ich werde die Erde retten! Und sei es mit Gewalt«. Und er zog sein Taschenmesser aus der Jacke, klappte es auf und machte damit entsprechende Gesten. Was weiter aus ihm geworden ist, hat man im Übrigen nie erfahren. Das einzige an Wirkung, was er erreicht hat, besteht darin, dass sich auf öffentlichen Toiletten beim Urinieren manche Benutzer besorgt, gar ängstlich verhalten. Es ist die Furcht vor der Rettung, die sie rasch wieder vertreibt, und sie außerdem den erbetenen Obolus vergessen lässt.

1990

Grillenfänger

Gelärm vom Plattenspieler. Von Stimmen. Von Füßen: scharrenden schleifenden stampfenden tanzenden. Zu Häupten der Köpfe wird mit schwankender Gewißheit eine Decke angenommen, obwohl Zigarettenrauch, Pfeifenrauch, krätziger Dunst vieler Schwelbrände aus Aschbechern das ihre tun, den geweißten Plafond des intim beleuchteten Universums unglaubhaft zu machen. Hinter brennenden Lidern verstärkte Absonderung wässriger Flüssigkeit verzerrt die Anwesenden zu Spiegelungen auf billigstem Glas, bedampft mit schlechtem Quecksilber: Betrunken vom Hinsehen wird dabei, wer es nicht schon ist.

Nein, danke, mir keinen Kognak: Ich als Autofahrer, als verantwortungsbewusster Feigling, als mutiger Nonkonformist dieses überflüssigen Abends, widerstehe dem Verlangen, wie Holy Tony, es mir ordentlich einzugießen, das gebrannte Gewässer, es mir einzutränken, damit das fremdartige Getier undeutlicher werde, zu nah und zu zappelnd, sich drehend, gymnastisch knicksend, glatt und vergleichslos gerundet: nylonpralle Zwillingsdämonen locken mit der Blässe sichtbarer Haut über den dunkleren, schenkelgedehnten Strumpfenden: Nicht immerzu hinstarren!

Vor allem: Mein Sitz ist zu niedrig, zu nahe dem Boden, der gedielten Erde. Wippen die Röcke. Sieht man (Mann) genug, um mehr sehen zu wollen. Wer muss fühlen? Wer nicht hören kann? Wer zuviel sieht.

Nein – danke, keinen Kognak. Oder allenfalls einen Tropfen in die schalgewordene Selter. Danke.

Lauern und gierfingrig Lugen im Dunst anhaltender Enttäuschung, die auf jeder Party ausgeschenkt wird – für ihn. Was er hier will, er lauert, er erwartet, dass ihm in den Schoß fällt, was in der Verkehrung der Phrase sein Ziel ist. Also sitzt er da: trinkt nicht: redet irgendwas mit irgendwem. Geht. Kommt, erneut eingeladen, unwandelbar wieder. Allein: eine monadische Existenz.

Aufstehen und Gehen das Beste, raus in die nymphomane Finsternis, weil sie einen und einen jeden fraglos umfängt, ungehemmt von Lichtreklamen, und in dieser Vorortstraße kaum berührt von schamhaften und vielleicht auch schon zu alten Gaslaternen, die sich ihr gegenüber nichts mehr zutrauen und bloß vor sich hinglimmen: Unter einer gebremst, den Motor abgestellt und plötzlich die Grille vernommen. Sendezeichen unaufhörlichen Begehrens. Verliebte Grille. Vergrillte Stille. Da hockt er viel zu tief, viel zu viele aussichtslose Ansichten um sich herum, biologisches Vibrieren, kopflos geworden, mithin ideal, bereit zur Verwirklichung dessen, woran er dauernd denken muss. Achwas, Grillen!

Dasitzen und zuhören, wie das unsichtbare Geschöpf mit seinen Hinterbeinen lärmt. Ein technischer Vorgang, das weiß man als Technologe. Ungestört vom Zuschlagen der Wagentür morste sie ihr Verlangen in die Welt, ihre Begierde hemmungslos in den lauen Abend, bis hinauf zu den Planeten, die man durchs geöffnete Schiebdach sah, und auch bis zu denen, die man nicht sah und nicht mal vermuten konnte.

Wie bitte? Vielleicht noch eine Selters, ja, danke, nein, ich tanze nicht, jeder hier weiß das …

Heimlicher Blick auf die Uhr. Heimlicher auf die Beine: sie nahen, ein stöckelnder Schritt, wippendes Schreiten, auf ihn zu, nahezu gefesselt durch Rockenge: Ist hier noch ein Platz frei? Und während er flüchtig nickt und sicher ist, keine Hand bekäme man bei der dazwischen, so straff umspannt der Stoff die Rundungen, hockt sie schon neben ihm, zwei Knie zeigen sich selber vor, unaufhaltsam und immer höher hinauf entblößt, da das Gesäß den Vorhang automatisch aufzieht. Ihre Finger zerren am Saum, beiläufig, eher einer Pflicht zu genügen als zu verbergen, was griffnah sich ihm entgegenzuwölben scheint.

Lippen, Zähne, Gaumen, Zäpfchen, Kehlkopf, Stimmbänder, Sprechwerkzeugensemble, seines nämlich, gerät unerwartet in Betrieb, fabriziert plötzlich Konversation, erst stockend, dann flüssig: Dutzendware, indes seine Phantasie, diese buntfleckige schlüpfrige Schlange, Stellvertreterin seiner unruhigen Finger, dahin kriecht, wohin es einen stets verlockt, wonach es einen dringlich verlangt und wovor man doch manchmal im ersten Augenblick erschrickt, erblickt man es unverdeckt, so fremdartig und unordentlich zusammengesetzt wirkt es auf einen Technologen: ohne gerade Linien, symmetrische Bögen, exakten Kreis, wie von einer bildhauerisch wenig talentierten Natur zusammengestoppelt. Naja.

Kopfnicken. Höflichsein. Lächeln. Witz zeigen. Was für ein Aufwand: Nach immerhin achtwöchigem und unfreiwilligem Zölibat erweisen sich die Hormone als einfallsreich und kontaktfreudig.

Jetzt: Sie lächelt. Endlich: Sie schaut ihn an, indem sie ihr Gesicht herumwendet. Die Beute hat die zuckenden Worte verschlungen. Nun langsam die Leine anziehen. Vorsicht. Ja wir unterhalten uns recht gut, find' ich auch. Ja, sollen die andern nur tanzen, wir zwei sind ernsthaftere Charaktere, nicht wahr? Es ist immer das Gleiche: Als kenne man sich schon von Kindesbeinen an, schon seit dem Einläuten der Ewigkeit – ob sie das nicht auch fände? Zustimmung, Gleichklang, Zirpen. In ihren Augen erkennt er sein eigenes Spiegelbild, winzig und konvex und schimmernd.

Später fahren der Grillenfänger und seine Beute durch die Nacht: einzig Nüchterne der alkoholisierten Abendgesellschaft, machten beide sich unbemerkt davon: Sie müsse um sechs schon wieder aus den Federn und zum Dienst.

Ob sie ihren Bekannten auf der Party zurücklasse?

Was für einen Bekannten?

Sie hat doch mit jemand getanzt.

Ach, der Bekannte des Bekannten, der sie eingeladen. Keine persönliche Beziehung, falls er das meint.

Der Grillenfänger hebt das Fangnetz: Er müsse ebenfalls heim, eine Konstruktionsänderung stehe morgen an, Turbinenschaufelblatt: da muss man ausgeschlafen sein. Er setze sie gern vor ihrem Hause ab, gar kein Problem, letzteres mit bewusstem Abwenden gesprochen, Gleichgültigkeit mimend, die Stimme mühsam unverändert: Nur nichts anmerken lassen!

So fahren gleich darauf beide durch die abgestufte Schwärze von unterschiedlicher Tiefe und Dichte, das Schiebedach zurückgekurbelt, damit man die Sterne besichtige, lehnt man sich, sobald man angehalten hat, seufzend hintenüber. Verkrüppelt erscheinende Baumäste, kaum kenntlich, strecken sich über die Scheitel aus. Hölzerne Gesten, bewegungslos. Noch fahren wir drunter weg, stumm durch die Nacht, kein Wort will sich ergeben, als ahnten sie, dass auch das trivialste mehr Bedeutung beanspruchen würde als ihm zukäme.

Die Scheinwerfer wagen nicht, was Haus, was Zaun, was Straße scheint, länger als einen Moment zu berühren: eine Scheu lebt im vorausdringenden Licht, es möchte sich die ganze bewohnte Gegend auflösen, die eigentlich keinen richtigen Namen trägt, sondern eine Gattungsbezeichnung: »Der Berlin«, wie alte Urkunden wissen, doch welche unbegreifliche Spezies in den sechs Buchstaben nebelt, vergessen für alle Zeit erinnerlich nur, dass wir uns damals bereits begegnet sind, wie wir ahnen.

Über Köpenick hinaus gelangt man nach Friedrichshagen, für kollektive Volkseigentümer der Straßenbahn eine Weltreise, biegt dann nach rechts ein, nach links ab, hinein in die Ahornallee, stille kopfsteingepflasterte Agonie, bevorzugt von Dichtern: Hier wird gebremst, gestoppt, gehalten. Der Motor murrt noch einmal auf, bevor er sich jedes störenden und unverbindlichen Kommentars enthält. Das Auto schließt die Augen: Die Ahornallee fällt in ihr gemäße Dunkelheit zurück.

Jetzt wird er seinen Fahrpreis fordern. Den Lohn. Das Entgelt. Sein Arm wird hinter ihrer Schulter auftauchen, um sie an sich zu pressen, wenn er sich über sie beugt und kassiert. Und sie wird zahlen, darüber war sie sich von Anfang an klar: Sogar doppelt und dreifach. Und freiwillig. Weil er ihr gefällt. Über dem Dach die flackernden Leuchtflecken erweisen sich erneut als metaphysische Würze bei der Zubereitung des Fleischgerichts.

Sagen wir du zueinander?

Also: Du.

Der aufmerksame Blick hält sich mit Gewalt zurück, richtet sich geradeaus durch die Frontscheibe ins Nichts, aber der Mund tut seine Pflicht: eine Suada der Verzweiflung und

Verlassenheit, der Öde des Lebens, der Trostlosigkeit mechanischer Arbeit, alles, was wahr ist und doch auch Mitleid erwecken soll, ihr Gemüt weichklopfen für das geplante Nachher, und während sie zuhört, registriert sein Instinkt, von der Situation zur Höchstleistung befähigt, wie seine Bekenntnisse aufgenommen werden: mit geneigtem Verständnis. Der Mensch, insbesondere der Weibliche, besitzt eine Seele, mittels derer er bestimmte leibliche Vollzüge verklärt. Ich nicht, ich weiß es bloß und rechne damit.

Als Fahrgeld würde ich fordern, was munter macht: 'ne Tasse Kaffee. Aber falls du schon zu müde bist oder überhaupt … Ich kann auch nach Hause fahren … Bin's ja gewohnt … Ton des Verzichts; Moll. Resignation die Grundmelodie seiner Stimme. Was Wunder, dass der Grillenfänger erst zwei Stunden später in sein Gefährt zurücksteigt, nachdem er, entsprechend entomologischer Praxis, seine Beute aufgespießt und sie seiner Sammlung einverleibt hat. Der Motor zieht ihn fort zu den rötlichen Formen über dem Horizont, zu enorm plastischen Wolken, denen die frühe Sonne liebevoll feminine Farben spendiert. Dahin, wo Eros die erigierten Schlote umfingert, dass sie Rauch ausstoßen, bis man den Pförtner passiert, fröhlich den Betriebsausweis schwenkend, im Hinterkopf ein letztes Erinnern an aufgeregtes Gezirp, an ein überlaufendes Augenpaar, an kein Gesicht eigentlich: davon kaum eine Spur. Und selbst dieser vage Rest bleibt vorm Tor der Fabrik.

Die Blätter der Bäume und die seines Kalenders neben dem Zeichentisch verringern ihre Anzahl. Jede Woche vergeht eine Woche. Man lebt sein Leben ab, als hätte man noch eins im Vorrat. Als lebte man das gegenwärtige erst mal auf Probe. Tag um Tag.

Den Weg kreuzen andere Grillen. Die eine lässt sich fangen, jene nicht. Manche entflieht im letzten Moment dem ausgespannten Netz verbaler Taktik. Und überlegt man diesen Umstand eingehender, rührt es daher, dass dem Fänger der frühere überwältigende Schwung für sein Unternehmen fehlte, die Energie, im richtigen Moment zuzupacken, festzuhalten, zu genießen abhanden gekommen scheint. Mitten im Dröhnen eines Plattenspielers, einer ist ja stets parat, mitten im Gesumm der Stimmen, im Hämmern und Auftrumpfen eines ohrenbetäubenden Beat sitzt körperlos neben ihm jene andere Grille, die nach kurzem aber gründlichem Vergessen in ihm wiedererstanden, ohne dass er es gewollt hätte.

Unter Miles Davis' klagenden Lauten kehrt Gewesenes wieder, nicht tatsächlich, sondern als ein eigentümlicher Schmerz: ein selbstgefertigter Bumerang. Von eben solcher Party hat er sie doch nach Hause gebracht und ins Bett, bekam statt des erbetenen Kaffees sie selber, mit Haut und schwarzem Haar, überall, so dass er es immer noch zu spüren meint. Unnatürliche Weite ihrer Pupillen wie nach Drogeneinnahme, aber es war nur der Augenblick, der diese Wirkung hervorrief.

Entschuldigung, was sagten Sie? Nein, nein, ich langweile mich gar nicht, wieso denn, nein, ich tanze nie …

Vorherrschendes Empfinden einer Entzugserscheinung ähnlich.

Etwas fehlt und verursacht durch sein Fehlen peinigende und klägliche Unruhe, für die kein treffender Ausdruck verfügbar sein will. Vielleicht, weil ihm so etwas das erste Mal widerfährt. Vergleiche? Ohja: Je banaler, desto richtiger. Mit Schwund seiner Überlegenheit und Ironie wuchs die Neigung, selbst die lächerlichsten Analogien zu akzeptieren:

Wie ein Raubtier im Käfig hin und her etwa. Man schämte sich nicht einmal für solchen Gedanken. Man war ein wandelndes Kompendium kitschig-sentimentaler Illustrationen des eigenen Zustandes, ein elendes Gefühl, und konnte sich dem Bewusstsein dessen trotzdem nicht entziehen. Weil die trostlose Verlassenheit anhielt, nach wenigen Gläsern schon bereit, sich nach außen wehleidig zu ergießen. Vergleich? Wie ein vollgesogener Waschlappen etwa.

Entgegen früheren Annahmen, in jenen berühmten Gestalten, Romeo etwa, Leander oder Abälard, eher literarische Ideale vor sich zu haben, wurden sie unerwartet menschlich. Leidensgenossen, auf deren Glück und Freuden für ihn jedoch keine Aussicht besteht.

Alleingelassen verharrt er in einer Ecke, die Selter stärker als sonst von Kognak gebräunt. Einmal fragte er den einstigen Gastgeber, ob das Mädchen, die Brünette, du weißt schon, die vom Frühjahr, ob die nicht mehr käme: Die ich damals nach Hause brachte, erinnerst du dich? Völlig sinnloses Fragen, dem nur mit Achselzucken begegnet werden kann, mit Augenzwinkern: Wenn Du weißt, wo sie wohnt, warum gehst du nicht zu ihr?

Als wäre das nicht längst geschehen.

Als das vergessene Gesicht aufstieg und sich wie ein Filter zwischen ihn und die Alltäglichkeiten schob, als es sich unaufhaltsam verdichtete, um ihn von der Umwelt zu lösen, da war er zur Ahornallee hinausgefahren.

Auf sein erwartungsvolles Klingeln, ausgelöst vom einem unerwartet nervösen Zeigefinger, wurde geöffnet, wie er es erwartete, doch ihm stand eine Fremde gegenüber. Sie kam ihm bekannt vor, weil er mit ihr geschlafen hatte, das hatte er doch, nicht wahr, aber sonst glich sie in nichts der Bewohnerin seiner Großhirnrinde. Als er den Arm hob, selber ungewiss, ob zur Umarmung oder bloß zum Händeschütteln, trat sie sogleich einen Schritt zurück: Die Begrüßung blieb in der Luft hängen wie nasse Wäsche auf der Leine, klamm und unansehnlich. Diese Fremde weigerte sich stumm, in irgendeiner Verbindung mit ihm zu stehen, und sei es auch nur eine derart verpflichtungslose wie die unwiederbringliche gemeinsame Lust. Obwohl sie ihn nicht hereinbat, eher abwehrend mit dem Türrahmen vereint blieb, sprach er ihr trotz des ungünstigen Umstandes sogleich von dem Grund seines Besuches: Dass er nicht von ihr losgekommen sei, nicht loskomme, aus Scherz wird Ernst, wie das Sprichwort zu recht behaupte, und sein Herz, auch wenn es sich anhöre wie im Fernsehen in einem schlechten alten Ufa-Film, also: es wohl brechen wolle.

Die brünette Fremde meinte, sie hätte keine Zeit, sie erwarte ihren Mann, der jeden Augenblick von der Arbeit käme, ein Arbeitskollege, den sie erst vor kurzem geheiratet habe, und auch sie wolle einmal ein Sprichwort benutzen: Teufel gegen Beelzebub, falls er verstünde, was sie meine, und schloss derart nachdrücklich die Tür, dass jede weitere Erklärung nur noch das verwitterte Eichenholz hätte rühren können, was ziemlich fraglich war.

Weder überfuhr er auf dem Heimweg ein Kind, noch verursachte er sonst einen Unfall; seine Reaktionen funktionierten ungestört, nur gänzlich ohne ihn. Doch das Gespräch mit der fremden Frau, das merkte er nur zu bald, vertrieb keineswegs ihre einstige Erscheinung. Er schleppt sie mit sich herum und weiter durch die im vierten Gang wegflitzende Zeit; und sie scheint sich ihm zu nähern und versinkt wieder, sobald die eintönigen Rhythmen abklingen und Menschen sich um ihn befinden, zwischen denen er nichts mehr sucht, als diesen Schemen, dessen Intensität von Umständen gleich den damaligen befördert wird. Darum kommt er her oder geht dorthin, wo getanzt wird, gedämpfte Lampen Konturen mildern, damit sein privates Gespenst einen Ort gewönne, sich wieder und wieder zu manifestieren. Andere Gründe, das weiß er nun gründlich und genau, hat er nicht mehr.

1968

Unabhängigkeits-erklärung

Erinnerungen des Körpers sind andere als die der Seele. Vom Gehirn mal ganz zu schweigen. Nur der Schmerz wird gleichermaßen von allen dreien vergessen – wie auch das Glück.

Deshalb kam es jedenfalls jemand eines Tages unerwartet vor, als hätte sein höchstpersönlicher, ihm seit langem zugehöriger Leib eine Erfahrung gemacht, von der in seinem Gedächtnis nichts registriert worden war. Anders schien ihm kaum erklärlich, dass sich seine Gesamtphysis mittels verschiedener organischer Reaktionen meldete, da er gerade in einer Zeitschrift »Für moderne Nacktheit« herumblätterte. Nicht jemand selber, wohl aber seiner mit dem biblischen Worte »Fleisch« sehr ungenau umschriebenen Materialität kam ein in der besagten Publikation abgebildetes weibliches Gesäß merkwürdig vertraut vor. Obgleich diese fotografisch fixierten Rundungen ihm selber, wie er meinte – ohne zu bedenken, wer dieses »selber« sei – wenig anders erschienen als andere weibliche Gesäße, signalisierte sein Sensorium dennoch eine bestehende Bekanntschaft mit diesem Hinterteil.

Trotzdem konnte sich sein Kopf an keine tatsächlich vollzogene Begegnung erinnern. Doch der Ausschlag tierischer Elektrizität, der überdeutliche hormonelle Impuls straften seine Unkenntnis Lüge. Er – zumindest jeder Bestandteil, welchen man homogenisierend so nannte – hatte vordem die rosig runden Backen nie erblickt.

Zugleich nahm er mit einer leichten Verwunderung wahr, dass er kein Urteil, weder ein ästhetisches noch ein anthropologisches zu fällen für nötig hielt, und wie bewusst er die Reflexe seines Körpers negierte.

Er hätte die Zeitschrift zugeklappt und vergessen wie Dutzende ihrer Art, würden Arm und Hand und Finger sich nicht gemeinschaftlich der Absicht verweigert haben. Wie von einem mächtigen Gravitationsfeld wurde er in bestimmte Strömungsrichtungen gezwungen, ohne Widerstand leisten zu können. Er musste ganz einfach aufstehen, den Mantel anziehen, den Hut aufsetzen, den Regenschirm ergreifen und die Wohnung verlassen. Draußen auf der Straße, wahrscheinlich der Summe anderer physikalischer Einflüsse wegen, spürte er, wie schwer es seinem Körper fiel, die schwache und von fern kommende Emanation jenes Objektes aufzufangen, dessen Abbild er auf seinem Schreibtisch zurückgelassen hatte.

Der besseren Ortung halber streckte er den Regenschirm wie eine überdimensionale Magnetnadel in die Luft, um also unverweilt der exakt ausgerichteten Spitze zu folgen. Zu seinem Ärger durchquerte er die halbe Stadt, bis er endlich vor einem älteren Mietshaus innehalten durfte, das ihm, aber nicht seinem Körper, fremd war. Denn ehe er überhaupt Muße fand, den geschmacklosen Stuck der Fassade zu belächeln, trat sein Körper bereits durch die Haustür in den Flur, um die Treppe hinaufzusteigen, wo im zweiten Stockwerk unter einem ihm nichtssagenden Namen ein Klingelknopf seinen ungeduldig bebenden Daumen erwartete. Eine Unbekannte öffnete und führte den Besucher durch einen langen, düsteren Gang in eine Kammer, vor ein aufgeschlagenes Bett, auf dem sie unvermittelt in routinierter Pose Platz nahm.

Das Ablegen des Mantels, des Hutes, vor allem des hinderlichen Schirmes, und bald darauf die hastige Wiederinbesitznahme in umgekehrter Reihenfolge, prägten sich ihm genau ein, als völlig bedeutungsloser Vollzug, dessen Nichtigkeit ihm daseinsbestimmend vorkam. Als er wieder auf dem Bürgersteig stand, war er bei der Lösung dieses Rätsels nicht vorangekommen. Gewissheit nur, dass er seiner eigenen vernunftlosen Gegenständlichkeit erlegen sein müsste. Er begriff nicht, was ihm da für ein Streich gespielt worden war. Er überlegte angestrengt, ob es nicht eine Möglichkeit gäbe, sich vor derartigen Überrumpelungen zu schützen, indem er seine Existenz einfach ohne diesen heimtückischen Körper weiterführte, da der ja jeden freien Willen paralysierte.

Als Humanum konnte man dergestalt seine Freiheit kaum behaupten! Musste er nicht täglich, sogar stündlich damit rechnen, von seiner Leiblichkeit zu unsinnigen, gar lebensbedrohlichen Unternehmen gezwungen zu werden? Bestand nicht die Gefahr, dass diese Hand, die er kopfschüttelnd anschaute, einen anderen Körper, wie den eben verlassenen, dematerialisierte? Er konnte sich seiner selbst nicht mehr sicher sein, solange er Umständen ausgeliefert war, die offenkundig Gesetzen und Befehlen gehorchten, gegen die sein Einspruch sich als machtlos erwies. Katastrophen ungeahnten Ausmaßes drohten über ihn hereinzubrechen, und um solcher zu befürchtenden Unausweichlichkeit zu entgehen, warf jener Jemand entschlossen diesen seinen Körper mit einem Ruck über die nächsterreichbare Brücke in den nächstfließenden Kanal – ohne sich jedoch aus der Umklammerung seines Feindes, wie er zuletzt erkannte, wirklich lösen zu können.

1982

Okkupation

Dass er nichts habe finden können, erklärte der Gynäkologe seiner Patientin, während sie von der Untersuchungseinrichtung abstieg, die sie vordem, wie die meisten Betrachterinnen, mit Bänglichkeit und Widerwillen gemustert hatte. Schwarz gepolsterte Halterungen für die Kniekehlen, bedrohlich blinkende Chromstäbe, die Kipphebel, mittels derer die zu Untersuchende in eine Lage absoluter Wehrlosigkeit und Hilflosigkeit versetzt werden konnte, als sei an der Entwicklung des Gerätes der Marquis de Sade patentrechtlich beteiligt gewesen.

Obgleich der medizinische Befund noch einmal laut und deutlich wiederholt wurde, bestritt die Patientin die Diagnose, während sie sorgfältig ihren Rock glattstrich. Sie sei hundertprozentig sicher, fuhr sie fort, dass er in ihr sei. Falls gewünscht liefere sie gern den Beweis. Sie besitze nämlich als zu solchen Zwecken aufbewahrte Indizien: seinen Anzug und seine Schuhe. Selbst seine Unterwäsche liege als unleugbares Corpus Delicti bei ihr zur Ansicht vor.

Er, so meinte nun der Arzt mit merklicher Ungeduld, halte einen intensiven nächtlichen Traum für den Anlass ihres Besuches in seiner Praxis, in deren Wartezimmer, worauf er jetzt dringlich hinweise, noch viele andere, wirklich behandlungsbedürftige Damen säßen und Rat und Hilfe erhofften.

Weder träume sie phantasievoll, noch neige sie zu unkontrollierbaren Einbildungen, erwiderte die Angesprochene, die indirekte Aufforderung zum Verlassen der Sprechstunde überhörend, sie sei ganz im Gegenteil eine durchaus nüchterne Person. Und es habe ja auch völlig normal begonnen, abends, in einem Restaurant, dem ebenfalls normalsten Ort zur Knüpfung zwischenmenschlicher Kontakte. Dort habe sich der Herr, jener Mann also, von dem die Rede sei, aus Platzmangel an ihren Tisch gesetzt, man sei ins Gespräch gekommen, und schließlich habe sie, weil bindungslos und zu keiner Rücksicht auf irgendwen verpflichtet, seine Einladung angenommen. Zu einem Abend der Gemeinsamkeit, so könne man sagen. Nach einem zunehmend intimeren Wortwechsel sei man zusammen aufgebrochen, in absoluter Übereinstimmung und in freudiger Erwartung des bevorstehenden Vergnügens. In ihrer Wohnung angekommen habe man noch ein wenig gelacht und gescherzt, bevor man ins Schlafzimmer hinübergewechselt sei, um die Begegnung, nun, also dadurch zu krönen, dass man einander jenen Dienst leistete, von dem der Herr Doktor berufshalber ausreichend Kenntnis besitze. Doch kaum habe sich jener eindeutig maskuline Mensch mit ihr zu beschäftigen begonnen, und zwar in einer der soeben beendeten Untersuchung nicht unähnlichen Positur, sei er zu ihrer anfänglichen Verblüffung und baldigem Schrecken einem Schrumpfprozess anheimgefallen, so dass sie sich auf die Ellenbogen aufrichten musste, um seine Figur, die ständig kleiner und kleiner wurde, überhaupt noch sehen zu können. Dieser Anblick wäre lähmend gewesen und sie darum auch außerstande, Gegenmaßnahmen zu treffen. So sei der Zwerg, dieser Liliputaner, dieser kaum noch handgroße Alraunik, für dessen Erscheinung und Aussehen ihr die Worte zum Beschreiben fehlten, in sie hineingeschlüpft wie die Maus in ihren Bau. Sie habe deutlich gespürt, wie er es sich da drinnen gemütlich gemacht habe, bis er am Ende still und bewegungslos verblieben sei. Sie wisse nicht, wie viel Zeit vergangen gewesen, bis sie die Kraft gefunden, sich zu erheben und ins Bad zu wanken, um in der Wanne durch eine Überschwemmung den unsäglichen Hallodri zum Verlassen seines Verstecks zu bewegen. Leider wäre das Unternehmen erfolglos verlaufen, trotz ihres Ausharrens im heißen Wasser.

Während des Erzählens hatte sich der Arzt halb von ihr weggewandt, die Brille abgenommen und mit der intensiven Gläserreinigung begonnen, die er jetzt unterbrach, um sie erneut aufzusetzen, so als bekleide er sein Gesicht mit dem Ausdruck beruhigender Anteilnahme. Sie solle sich keine weiteren Sorgen machen, heimgehen und in einer Woche zur Nachuntersuchung wiederkommen. Dabei trat er schon zur Tür, die Hand auf die Klinke legend, doch war sie noch nicht zu Ende und sprach von ernsten Befürchtungen, die ihr unaufhörlich Kopfzerbrechen bereiteten, nämlich was der da in ihr wohl treibe und inwieweit sein Verhalten ihr zu schaden vermöchte.

Die Klinke wurde heruntergedrückt, ein verabschiedendes, tröstendes Lächeln zum Abschied, der dennoch missglückte: die Patientin beharrte auf ihrem Standpunkt sowie auf dem Verlangen, behandelt zu werden. Und als der Arzt sie nun mit unverstellter Entschlossenheit zum Gehen aufforderte, trat sie einen Schritt zu dem folterwerkzeugartigen Sessel, um sich daran mit beiden Händen festzuhalten, obschon nichts auf die Anwendung von mehr oder minder sanfter Gewalt, die Sprechstunde zu beenden, schließen ließ.

Ihr sei jetzt ein Verdacht gekommen, rief sie, sein Negativbefund habe sie wachgerüttelt! »Er hat ihnen Zeichen gegeben!« lauteten ihrer Worte: »Sie haben sich zum Komplizen machen lassen, auf den ersten Blick! Und nun verstoßen Sie gegen Ihren hippokratischen Eid.

Sie haben jedoch die Pflicht, mich von dem Okkupanten zu befreien – und weigern sich, ohne Nennung von Gründen.«

Er missachtete ihr Recht auf Freiheit, fuhr sie fort, und wenn ihm schon nicht an ihr gelegen wäre, so solle er wenigsten bedenken, dass eine solche Okkupation, wie die ihr angetane, mehr als nur eine von ihm geduldete Unfreiheit brächte. Die Art des Eindringens, die Überrumpelung lasse auf böse Absichten schließen, welche vermutlich erst ans Licht kämen, wenn es zu spät sei. Sie ahne es nur zu deutlich, der da drin werde sie verbrauchen, ausnutzen, aushöhlen, ausbeuten, solange in ihr schmarotzen, bis sie nur noch aus Hülle bestünde. Dann werde er ihr entschlüpfen, um sich ein neues Objekt zu suchen: »Helfen Sie nicht mir, Herr Doktor, helfen Sie uns! Trotz Ihrer unsinnigen Geschlechtssolidarität! Ich flehe Sie an!«

Achselzuckend mit leicht verkniffenem Mund half er der Patientin auf den wachstuchbespannten Sitz und durch Hebeldruck in jene Position, in der sich das Unglück, wie sie seufzend wiederholte, neulich ereignet hatte.

1982

Aus grauer Vorzeit

(In Memoriam Dr. E.)

Ein besonderes Schicksal ist heute alltäglich. Und wahrscheinlich vielmehr mein Dasein, das sich, aber nur durch Zufall, von Katastrophen freigehalten hat. »Jetzt kann mancher Mensch durch sein Unglück eine gewisse Bedeutung erlangen, dem das auf andere Weise nie gelungen wäre.« Heißt es bei Montaigne, und die Gültigkeit dieser Aussage war nie so unwiderlegbar wie gegenwärtig. Doch wie stark das Unglück den Einzelnen auch treffen mag, in welchen Farben und Formen es auftritt, welche nationalen und gesellschaftlichen Komponenten seine Symptome bilden, irgendwann endet es, weil der Betroffene endet. Diesenfalls bildet den Abschluss das Fließband einer unmodernen Begräbnismaschinerie, deren Kapazität für die anfallende Menge ehemaliger Mitarbeiter, aufrechter Kampfgenossen, nach langem Leiden sanft Entschlafener oder durch tragischen Unglücksfall aus dem Leben Geschiedener kaum ausreicht. Daher stehen vor dem Krematorium die Trauernden an, ans Anstehen gewöhnt. Sie kristallisieren zu dichten Gruppen, jede in sich eng verbunden, zumindest dem Anschein nach, um nicht in den Dunstkreis fremder Trauer zu geraten. Fremde Verstorbene sind bedeutungslos. Sie verlängern nur das Warten, während drinnen in jenem Gebäude, das man schon seiner Bezeichnung wegen mit Unbehagen mustert, ein weltlicher Redner, heiser vom Wiederholen oraler Versatzstücke, Ergriffenheit markiert und sterilen Trost zu spenden sucht. Aber vielleicht täuscht er inneres Beteiligtsein auch gar nicht vor, sondern empfindet wirklich mit, bedarf sogar dieser verquollenen Gesichter vor sich, der Tränen, des Schluchzens, der physischen Begleitumstände individuellen Leidens, um eigene Trauer zu löschen. Nur die Namen und zu diesen gehörige Daten wechseln in seinem Repertoire, dem sich die Hinterbliebenen zu beugen haben und das der Eingesargte zu seinem Glück nicht mehr zu vernehmen vermag, bevor er zur Verbrennungsanlage oder auch nur zur kurzfristigen Aufbewahrung in den Keller hinabgelangt, weil vorm Ofen der stille Andrang groß ist und – wie der Tod selbst – auch seine Handlanger keinen bevorzugen. Nur macht es dem Betrauerten nichts mehr aus, wenn sich die Abfertigung verzögert. Er ist jenseits der Ungeduld, auch der Geduld, des Duldens überhaupt, während die verehrten Anwesenden aufgerufen sind, seiner zu gedenken. Unmöglich jedoch, ihn mit dem blumenbedeckten Sarg im Zentrum des Raumes in eine überzeugende Verbindung zu bringen, denn unter dem Tremolo eines Harmoniums und nach festgelegtem Zeitplan senkt ihn ein überbeanspruchter Mechanismus beschleunigt abwärts, und man weiß, dass draußen andere Hinterbliebene frierend und ungeduldig von einem Fuß auf den anderen treten und dass es den ganzen Tag hindurch, die Woche, den Monat, Jahr für Jahr unaufhörlich so ablaufen wird: Eintritt, Rede, Harmonium, Verschwinden des Sarges, Hinausgehen, Eintritt der Nächsten und wieder Nächsten, Abschied, letztes Geleit, unzutreffende Worte für den organisatorischen Vollzug, der von keinem Harmoniumklang, von keiner Kranzschleife verdeckt wird.

Da wirkt es auffällig und abwegig, wenn jemand einen Plattenspieler auf den Friedhof mitbringt. Der Arm mit der breiten schwarzen Florbinde presst das Gerät an die rechte Brustseite, unter der linken Achsel in unangemessen bunter Hülle eine Schallplatte. Es war zu Lebzeiten des Toten sein Wunsch, unter den Klängen einer Dixieland-Band, New Orleans Style, begraben zu werden: Nun ist der Augenblick gekommen, aber die Wunscherfüllung, wie im Wesen der Sache beschlossen, erreicht den Betroffenen nicht mehr. Doch es schiebt den Beginn des Sich-Ablösens für seine Angehörigen und Freunde hinaus: für jene zusammengewürfelte Schar unterschiedlicher Gestalten, durch Habitus und Kleidung den weitgefächerten Daseinsbereich des Verstorbenen anzeigend, kontrastreich wie auf alten ethnologischen Farbtafeln Vertreter menschlicher Rassen, Eskimos, Indianer, Hottentotten, Kaukasier. Ein Fremdkörper zwischen den anderen wartenden und schweigenden Gruppen nicht allein durch den Plattenspieler, den Anlass für verstohlenes Hinlugen, für eindeutiges Geflüster.

Gerötete Lider und Nasenspitzen, Ausnahmezustand des Mienenspiels, das sich in der Skala seiner Ausdrucksmöglichkeiten auf die unteren Grade beschränkt: auf Starrheit, Zusammenpressen der Lippen, Verschlossenheit der Blicke, ohne die sonstige freundschaftliche Nähe. Immer aufs Neue kommen Verwandte oder nur Bekannte aus der Kulisse immergrüner Sträucher düsterer Taxushecken, um nach kurzer, unsicherer Ausschau ihrer Gesellschaft zuzustreben, sich einzuordnen, nachdem sie der Witwe ihr Beileid zugemurmelt haben.

Sind alle gekommen? Tuschelnd vermerkt man, dass eine Hauptperson wohl kaum auftauchen würde, obschon sie unabdingbar zur Vorgeschichte der traurigen Zusammenkunft gehört. Sie, jene Frau, hat den Toten in ihrer Wohnung aufgefunden, zwei Tage nach seinem Ende, als sie von einer Tournee zurückkehrte, und die das darstellt, was früher der romantische Begriff »Geliebte« mit einer rosigen Aura umgab. Natürlich kann sie nicht kommen, das ist doch wohl klar!

Gedämpfte Unterhaltung, Minute um Minute bis zum Beginn der Zeremonie zu überbrücken, wobei man seine persönliche Betroffenheit durch das Unbegreifliche der Tat bekundet, durch welche die Hauptperson sich in die Ewigkeit begeben hat. Noch ist keinem recht bewusst, dass man ihn nie wiedersehen wird: sein pausbäckiges Antlitz, das schüttere Blondhaar, das Geckenhafte seiner Maßanzüge, ein altgewordener Putto, zu elegant für seinen Beruf, für sein schwaches Selbstbewusstsein jedoch nie elegant genug. Versteht ihr, warum er das getan hat?

Unter dem kalten Wind wollen die Gesprächskeime absterben, blühen trotzdem ständig neu auf, entfalten sich zu Hypothesen über die Gründe des Abganges und über ihre Unsinnigkeit. Geschah es aus verletztem Ehrgeiz? Glaubte er seine Karriere vernichtet? Angst vor strafrechtlichen Folgen seiner illegalen Unternehmungen? Dass ein Arzt, ein Gynäkologe, weil er den Berufseid, das ehrwürdige Äskulap-Versprechen, Leben zu schützen und zu bewahren, gebrochen, nun selber aus dem Leben geflohen sei, sozusagen aus schlechtem Gewissen, das anzunehmen wäre doch wohl übertrieben. Und außerdem: Keimendes Leben ist, nach unserem, nach aufgeklärtem Verständnis, das auf Bewusstsein besteht, doch kein Leben! Eine Form von organischem Sein, das von sich selber nichts weiß. Na, also. Abtreibung, um das Wort einmal klar auszusprechen, ist ein Eingriff wie jeder andere. Dass er unter Verbot steht, kann nicht Untersuchungsgegenstand medizinischer Praxis sein.

Aber er hat das Gesetz gebrochen! Und? Tun wir das nicht alle auf diese oder jene Weise? Wo die Übermacht des Staates zu keinem anderen Nutz und Frommen als der Selbsterhaltung sich in die sogenannte »Intimsphäre« einmischt, stell dir das mal bildlich vor, pfui Teufel, sich also meines Körpers bemächtigt, den ich ja weiß Gott nicht von ihm erhalten habe, glücklicherweise, sonst würde er vermutlich noch schlechter funktionieren als ohnehin, da besitzt sein Gesetz keine moralische Legitimation, ergo: keine Gültigkeit. Den Menschen mag viel Wissen mangeln, dafür haben sie einen feinen Instinkt, um zu erkennen, wo ein Gesetz zu Recht besteht und wo es sich nur um kodifizierte Willkür handelt.

Denken Sie doch nur an die repressive Sexualgesetzgebung früher, Homosexuelle wurden von der Kirche verbrannt und von Hitler ins KZ gesteckt, als könne man den Menschen ihre Lebensweise vorschreiben! Ja, ich bin den Gesetzen Gehorsam schuldig, denen zufolge mir ohne ein Verschulden meinerseits die Beine gefesselt werden, dass ich zwar noch den Friedhof hier verlassen, die Baumschulenstraße Richtung Johannisthal hinuntergehen, aber schon nicht mehr zur Sonnenallee abbiegen kann? Dass mir die Zunge amputiert worden ist und das Gehirn halbiert? Immerhin hat er einen Riesen pro Abort kassiert.

Was für einen Riesen? Tausend Mark natürlich. Es ging auch gar nicht darum, Ungeborene vor dieser Welt zu bewahren, aus altruistischen Motiven, meine ich. Nicht noch mehr Unselige produzieren, sondern bloß um Geld, um Nebenverdienst, Extraeinnahmen!

Immerhin half er Frauen aus einer Notlage, zumindest aus einer seelischen, verhinderte vielleicht sogar Scheidungen, Depressionen, sozialen Niedergang und unaufhebbare Abhängigkeit – ist denn ausschließlich selbstloses Handeln, vorausgesetzt es ist vernünftig, lobenswert? Da können Sie ja gleich von Künstlern verlangen, auf Gagen und Honorare zu verzichten, weil die Annahme von Entlohnungen ihre ethischen Intensionen in schiefes Licht setzt. Überhaupt: das ist doch kein Anlass zum Suizid.

Weil er den Ehrenkodex des Berufsstandes verletzt hat oder weil es herausgekommen ist? Oder weil er selber die zu erwartende Reaktion überschätzt, die Toleranz seiner Kollegen jedoch unterschätzt hat? Wollte er sich nicht habilitieren? Er spezialisierte sich ja auf Berufsschäden im Uterusbereich bei Arbeiterinnen, veröffentlichte bereits Auszüge aus einer umfangreichen Arbeit, ja, Schreiben, das schien eher seine Leidenschaft anstatt Diagnostik und Therapie, sehen Sie sich doch um, lauter Schriftsteller und Schauspieler als letztes Geleit, diese Sphäre interessierte ihn mehr als die seiner Klinik, und gerade für sie hat er das viele Geld gebraucht, um mithalten zu können – sogar seine, nun, enge Bekannte stammt aus diesem Milieu, Tänzerin oder ähnliches, und dass er sich in ihrer Wohnung die Injektion gemacht hat, das beweist doch wohl, wie viel mehr ihm an der Kunst als an der Heilkunde gelegen war! Dieser Ort, ausgewählt für den Schluss, bedeutet eine klare Bevorzugung der Musen, jedenfalls einer Muse!

Meinen Sie etwa, er hätte sich lieber zuhause umbringen sollen? Bei Frau und Kindern? Um ihnen zu zeigen, wie stark seine familiäre Bindung sei?

Wie ist eigentlich die ganze Affäre ans Licht gekommen? Hat ihn eine »dankbare« Patientin angezeigt?

Durch Zufall. Wie so was immer aufgedeckt wird. Seine Sprechstundenhilfe, die ihm bei den Küchentisch-Operationen assistierte, ist, man weiß nicht wie, in eine Kontrolle geraten und hatte gynäkologisches Besteck bei sich – alles Weitere kann man sich denken! Oder eigentlich doch nicht denken. Die Methode zum Beispiel, die ließe sich unter die Gründe einreihen.

Ja, das ist möglich. Haben die also bei Ihnen auch angeklopft?

Wer?

Die Kriminalpolizei.

Nach seiner Verhaftung?

Nein, nein, nachdem er sich –. Da wurden doch alle engeren Freunde befragt, ob er sich über die Art seiner Festnahme beklagt hätte. Sie wissen ja, die holten ihn während eines Vortrages aus dem Publikum. Vor den Augen ihm mehr oder weniger bekannter Leute. Das muss grauenvoll für ihn gewesen sein. Plötzlich als Schwerverbrecher dazustehen. Über die Verhöre hat er zu keinem gesprochen.

Als ich noch beim Theater war, hat Brecht mal zu mir gesagt, in diesem System darf man weder was mit der Medizin noch mit der Justiz zu tun kriegen – beides sei nahezu tödlich.

Die den Selbstmord untersuchenden Beamten waren ja ganz offenkundig beauftragt, zugleich das Verhalten ihrer Kameraden zu untersuchen, aber dass dabei etwas herauskommt, glaube wer will.

Kein Polizist hackt dem anderen ein Auge aus.

Sehen Sie dort drüben, da neben der Witwe, der Mann mit dem welligen Haar, das war sein letzter Begleiter. Kurz bevor es geschah, fuhren sie in des Doktors Wagen in die Innenstadt, und er, der Freund, erzählt, sie hätten vor einem Krankenhaus in einer jener älteren Berliner Querstraßen gehalten, deren trübe Nachtbeleuchtung das Ausmaß ihrer Verkommenheit zumindest um diese späte Stunde verdecke, und während des Parkens habe der Doktor auf seinen Knien ein Rezept ausgeschrieben, mit der Bemerkung, in der Krankenhausapotheke Medikamente für eine Patientin abholen zu müssen – was er gleich getan habe, nur war nicht voraussehbar, dass er selber das Mittel zur radikalen Beseitigung seiner Leiden anwenden wollte. Nachdem er seinen Freund an einer Ecke abgesetzt, sei das Auto langsam davongerollt, äußerst langsam, so dass der Eindruck entstanden wäre, es würde stehenbleiben und zurückkommen. Vielleicht hat dieser Eindruck auch im Nachhinein mehr Gewicht erhalten. Die Verzögerung beim Anfahren kann ebenso gut technischer Natur gewesen sein und ist nur in der Erinnerung zum unterdrückten, allerletzten unverständlichen Hilferuf geworden. Später wird ohnehin alles zur Spekulation.

Das Leben ist doch eine ziemlich einmalige Angelegenheit. Außerdem geht es weiter, man merkt es bereits hier an der gewissen Unruhe unter den Wartenden, ungeduldige Armbewegungen, mit denen die Armbanduhr entblößt wird, um das zaghafte Vergehen der Zeit gedankenlos zu beaugenscheinigen: lauter Gesten unbewussten Abschiednehmens, wachsender Trennung: Wer nicht vergessen kann, ist lebensunfähig.

Jetzt endlich öffnet sich das Doppeltor: unähnlicher den Pforten der Unterwelt war kaum je eine Tür. Die Heraustretenden wirken, als atmeten sie in der frischen Luft auf. Es geht weiter, siehst du, immer weiter: begraben und begraben werden. Dialektik nennt man das. Stets verdrängt, dass eines das andere bedingt. Akt, an dem man erst aktiv, später auch einmal passiv beteiligt ist. Vordem aber herrscht die irrationale Vorstellung, der in dem länglichen Behälter aus Eiche, jedenfalls verweist die Maserung auf das Material, nähme auf ungeklärte und geheime Weise wahr, was vorgehe. Als wisse er es ganz genau. Als höre er zu, ohne genau zu vernehmen, was über ihn gesprochen werde. Totsein entzieht sich der Imagination. Das Nichts bleibt unfassbar und unbegreiflich. Zwar kann man Gott daraus entfernen, wie geschehen, doch wiederauffüllen mit irgendeinem Ersatzstoff lässt es sich nicht. Ein Irrtum der Philosophie. Eine Fehlleistung aufklärerischer Vernunft.

Darum haspelt sich der Redner auch derart ab, selber kaum mehr als das sich artikulierende Geräusch der Leere.

Zwischen den weit geöffneten Flügeltüren, damit unverbrauchter Sauerstoff ins Innere wehe, steht der schwarzgekleidete Sprücheklopfer, ein Schwerarbeiter, sein steinernes, fruchtloses Werk fortzusetzen, und winkt den Wartenden. Der Plattenspieler wird fester umklammert. Der Moment ist da. Die heterogene Gruppe setzt sich sacht in Marsch, überquert den knirschenden Teppich aus feuchtem Kies, eigentümliche Laute in der Stille, und schiebt sich die wenigen breiten Stufen hinauf, den Harmoniumtönen entgegen, die am Tor mit dem eindringenden Luftstrom kollidieren, ihn durchdringen, um die Eintretenden schon vor der Schwelle zu umfangen.

Während gleich darauf eine Steckdose gesucht wird, um den Plattenspieler in Betrieb zu setzen, hält unterdessen vor dem Friedhofsgitter, aber weit vom Eingang entfernt, ein Auto, gesteuert von einer jüngeren Frau, die den Motor abstellt und die Hände vom Lenkrad löst. Sie steht im Parkverbot und weiß es nicht.

Aus der regenbogenfarbigen und quadratischen Hülle wird die Platte gezogen, auf den gummigepolsterten Metallteller gelegt, und gleich darauf ertönt durch die bildlose und kahle Räumlichkeit »When the saints go marching ...«, doch wenn das Ritual vorbei ist, wird beim Auftauchen der ersten vertrauten Gesichter der falsch geparkte Wagen abgefahren sein, aber dann ist die empathische Stimme, die von der rotierenden Scheibe so auffordernd rief: »I want to be in that number!« schon verklungen, ohne dass jemand ihrer melodischen Absichtserklärung innerlich zugestimmt hätte.

1978

Ein Schreiben

Sie haben gegen die Grabordnung verstoßen und müssen mit Maßnahmen rechnen. Die Friedhofsverwaltung hat Ihnen am 2.3. des Jahres per Einschreiben erlaubt, an der Letzten Ruhestätte Ihrer Gemahlin eine Bank aufzustellen, um Ihnen als Hinterbliebenem die Trauer körperlich zu erleichtern, was wir für unsere vornehmste Pflicht halten, aber kein Bett. Es sind bei uns Beschwerden von anderen Hinterbliebenen eingegangen, deren inniger Schmerz durch den Anblick eines Mannes, der nur zwei Grabstellen entfernt in langen, weißen Unterhosen sich zur Ruhe begeben hat, welche nicht einmal die ewige ist, empfindlich gestört wurde. Dass Sie der Verstorbenen nah sein wollen, findet unser vollstes Verständnis, weisen Sie jedoch nachdrücklich darauf hin, dass dieser Modus nicht den ordnungsgemäßen Gepflogenheiten entspricht. Der Freiheit des Einzelnen, die bekanntlich die aller ist, zu dienen, ist auch unser Gebot, da sie über unser Ableben hinausreicht. Voraussetzung jedoch ist, dass sie nicht zugleich die anderer einschränkt. Das veranlasst uns zu der Frage, die wir, informiert von einer Friedhofsbesucherin, zu stellen wohl berechtigt sind, ob Sie dadurch, dass Sie das Bett auch tagsüber benutzen und außerdem nicht nur allein, damit der Verstorbenen nicht entziehen, was Sie ihr ja eigentlich widmen wollten: Dauerndes Angedenken, und, darüber hinaus, den Freiraum, in den wir uns alle eines Tages einmal begeben. Sie sollten Ihr Gewissen erforschen, ob Sie, indem Sie sich maßlose Freiheiten herausnehmen, auch wenn Sie die Stelle für neunundneunzig Jahre bezahlt haben, nicht die volle Entfaltung der Verblichenen unzulässig einschränken. Sie, mein Herr, gehören zur Welt der Lebenden mit den entsprechenden Rechten und Pflichten, und sollten nicht verkennen, dass auch die Toten ihre unabdingbaren Rechte und Pflichten haben, die ein Höherer bestimmt als Sie. Außerdem liegt uns die Beobachtung vor, dass die Benutzung auf eine Weise geschieht, die mit dem Sinn und Werk der Anlage nicht im geringsten übereinstimmt, und sich wohl auch niemals in Übereinstimmung wird bringen lassen. Jedenfalls befindet sich die Zeugin seit der Beobachtung Ihres unstatthaften Verhaltens in stationärer Behandlung, wofür Sie, zumindest mittelbar, die Verantwortung tragen. Das Gleichheitsprinzip, welches von allen Trauernden die gleiche Reaktion nicht nur erwartet, sondern sogar strikt verlangt, kann ohne Schaden für die Allgemeinheit Ihretwegen nicht durchbrochen werden. Wir achten das Individuum, wofür sämtliche Grabstätten einwandfrei Zeugnis ablegen, können aber solchen hemmungslosen Individualismus wie den Ihren nicht dulden: Sie haben ja noch nicht einmal für den Betrieb Ihres Fernsehgerätes unsere Erlaubnis eingeholt. Die Befestigung der Hochantenne am Grabstein ist überhaupt unzulässig. Eher noch würden wir uns bereit erklären, Ihnen den weiteren Gebrauch des von Ihnen benutzten Plattenspielers zu gestatten, vorausgesetzt, dass Sie sich auf bestimmte Musikstücke und Tagesstunden beschränken: Operettenmelodien wie bisher erscheinen uns der Örtlichkeit nicht angemessen, und gerade die Nachtstunden, die der Ruhe und Erholung dienen, sollten von Ihnen respektiert werden. Es ist immer das Bestreben der Verwaltung gewesen, Traditionen zu erhalten und gerade den Abend und die Nacht so stimmungsvoll wie möglich zu gestalten: Vogelstimmen, Blätterrauschen, ein leiser Luftzug, tiefe Schatten, hin und wieder ein letzter Sonnenstrahl, ein früher Mondaufgang – damit haben wir die besten Erfahrungen gemacht und Beschwerden nie bekommen.

Im Übrigen erheben wir Einspruch dagegen, dass Sie die letzte Ruhestätte durch eine Grenzlinie aus leeren Weinflaschen abgesteckt haben, auch wenn Sie auf das Dekorative der Anordnung eine gewisse Sorgfalt verwandten: Die Verordnung über die Ausschmückung von Grabstätten erwähnt derartige »Verschönerungen« nicht, so dass wir eine als strikt untersagt bezeichnen können, selbst wenn Sie, sehr geehrter Herr, wie wir von unserem Aufsichtsbeamten erfuhren, die leeren Flaschen »symbolisch« meinen. Wir bitten Sie dringend um nähere Aufklärung, was Sie zu symbolisieren beabsichtigen, da nur Symbole Verwendung finden dürfen, in denen die Unendlichkeit der Gnade zum Ausdruck kommt. Zugleich benachrichtigen wir Sie davon, dass der Zustand unseres Aufsichtsbeamten zu keiner Besorgnis mehr Anlass gibt: Er befindet sich auf dem Wege der Besserung. Nachdem er bereits in der Narkose bestimmte Andeutungen gemacht hat, gab er später zu Protokoll, an der Feier für die liebe Heimgegangene teilgenommen zu haben, auch am Leichenschmaus, bei dem er das Knöchelchen, das operativ entfernt werden musste, verschluckt hat. Des weiteren teilte er uns mit, durch welche Prozeduren Sie sich über den schweren Verlust, der Sie unerwartet getroffen hat, hinwegtrösten, die jedoch niemals unsere Billigung erlangen können. Uns scheint dazu die stille Feierlichkeit des Ortes unangebracht. Bedenken Sie, was Sie anderen Betroffenen antun, wenn Sie die Würde des Todes vermissen lassen, die auch für Sie, ja grade für Sie gilt, selbst wenn Sie momentan noch leben: das ist nur vorübergehend, und wie Sie jetzt an Ihrer verehrten Frau Gemahlin handeln, könnte diese Ihnen einmal später nicht verzeihen. Daher schlagen wir Ihnen den Rückkauf der Nutzfläche zum doppelten Quadratmeterpreis vor; wir würden uns bereiterklären, die von Ihnen gezogenen Tomaten extra zu vergüten. Die Wärmepumpe jedoch, mittels derer Sie Ihre bisherige Schlafgelegenheit beheizen, ist unbedingt zu demontieren. Das Bidet könnten wir vielleicht übernehmen, falls Ihre preislichen Vorstellungen nicht unsere Möglichkeiten überschreiten, um es in eine öffentliche Wasserzapfstelle zur Gräberpflege umzuwandeln. Über die Verwendung des Elektroherdes berät die Verwaltung noch, weil sie es für denkbar hält, an kalten Wintertagen den Trauernden durch eine Tasse heißen Tee den Abschied von den Lieben zu erleichtern; falls die Verwaltung sich in dieser Hinsicht positiv entscheidet, teilen wir Ihnen unser Angebot umgehend mit. Bis dahin bitten wir Sie um etwas Geduld und verbleiben mit allen Zeichen tief empfundenen Beileids:

Die Friedhofsverwaltung.

1981

Keine Affäre

Die amtlichen Schreiben, die der Gefängnisdirektor täglich bekam, ähnelten alten Bekannten, die stets im gleichen Ton die gleichen Ansichten äußern: Notzucht, Kinderschändung, Totschlag, Einbruch, Heiratsschwindel, unbefugter Waffenbesitz, Betrug, abstrahiert und verdünnt zu umständlicher Juristensprache, Urteilsbestätigungen, Entlassungsbescheide, Haftverschärfungsanweisungen. Das wirkliche Leben der Wirklichkeit ließ sich durch das graue, lappige Papier nicht blicken. Gewöhnlich lochte der Direktor die amtlichen Schreiben und heftete sie ab: dazu waren sie da. In Aktendeckeln aufgereiht standen sie jahrzehntelang in Schränken, bis sie in der Heizung verbrannt wurden: auch dazu waren sie da.

Eines Tages aber wurde der gemächliche Fluss des Alltags heftig unterbrochen. Eines der Schreiben enthielt einen Hinrichtungsbescheid. Das Gesicht des Direktors, sonst freundlich und rosig, verlor Farbe und Ausdruck, und in seinem Magen entzündete sich ein durchdringendes Brennen: in seinem Gefängnis war noch nie eine Hinrichtung vorgenommen worden. Nachdem der Direktor mit unruhiger Hand die Kartei durchgeblättert hatte, fand er die Karte des Delinquenten: Häftling Heinrich, vor einer Woche eingeliefert, und, wie dem Schreiben zu entnehmen war, rechtskräftig zum Tode verurteilt wegen nichts. Delikt und Strafe wollten sich im Kopfe des Direktors nicht recht zueinanderfügen, doch ehe der Kopf noch zu einem Schütteln ansetzte, konnte ihn der Direktor an dieser Ungehörigkeit hindern: dazu haben Gefängnisdirektoren nicht den Kopf, sondern um logisch zu denken, nämlich: wegen nichts kann ja nur bedeuten: seines Nihilismus halber! Griff zum Lexikon: »Anarchist. Standpunkt der völligen Verneinung aller Werte, Ziele, jeder Möglichkeit des Fortschritts …!« und im Kopf den Mund, um auszurufen: Und dieser Kerl atmet noch die gleiche Luft mit uns?!

Kräftiger Zug der Direktorenhand am brünierten Hebel, der seitlich aus der Schmalseite des Schreibtisches ragte, und das rote Signallämpchen an den Plätzen der Hauptwärter aufleuchten ließ; Zeichen, das sie in die Direktion rief. Von den Hauptwärtern erfuhren rasch die Flurwächter das bevorstehende Ereignis, damit sie die Unteraufseher verständigen konnten, und gleich darauf wusste es das ganze Gefängnis. Häftling Heinrich wurde aus der Gemeinschaftszelle in eine Einzelzelle gebracht. Bevor die Eisentür, dick wie die Werke der Klassiker, hinter ihm zuklickte, erklärte der ihn begleitende Unteraufseher dem Häftling den Grund des Umzuges: Eigentlich müsste ich schweigen, aber schließlich: ich bin kein Unmensch. Morgen kriegst du den Kopf abgehackt, Heinrich!

Der nun raste in seiner Zelle, wälzte sich auf dem rauen Zement, brüllend und winselnd und Laute ausstoßend, wie sie ein ganz junger Hund von sich gibt, nachdem er ausgesetzt worden ist. Dann wurde Heinrich ganz ruhig: mit einem Schlag; als wäre ein wichtiger Draht, eine Hauptleitung in ihm zerbrochen. Gleich darauf verlangte er den Pfarrer, welcher wenig später mit milder Miene neben ihm auf der Pritsche Platz nahm, seinen schweren, quallenhaften

Arm auf Heinrichs Schultern bettete, die sich tief unter der unangenehmen Last beugten. Häftling Heinrich wollte erklären, dass er doch nichts getan habe, was dieses – dieses Ende rechtfertige, doch der Pfarrer winkte gleich ab: Er kenne Heinrichs Fall. Und seine Behauptung, nichts getan zu haben! Das sei doch ein offenes Geständnis, ob Heinrich das denn nicht begreife? Denn gerade das Nichts, auf das sich Heinrich berufe, sei ja sein Verbrechen. Die Menschheit, Heinrich, leidet an einer fürchterlichen Furcht vor ideeller und tätlicher Leere. Wo, sagen wir mal, keine Liebe ist, da soll wenigstens Hass sein, oder umgekehrt, weil das eine dem anderen als Markierung für den eigenen Standpunkt dient. Wir, Heinrich, wissen nur, dass wir Weiße sind, weil es Schwarze gibt; wo kein Optimismus vorhanden ist, soll zumindest Pessimismus sein, mit dem man noch was anfangen kann: ihn brandmarken immerhin. Aber wo nichts ist, da steht es schlimm, sehr schlimm, und wer nichts tut, ist schlimm dran, weil er derjenige ist, der weder im positiven noch im negativen Sinne den Weltlauf mitläuft. Weder für noch gegen etwas agieren (und was von beiden ist egal, es sind ja nur zwei Seiten ein und derselben Sache), das bedeutet Sabotage am irdischen Betrieb, und jeder Herr wird die Lauen ausspeien aus seinem Munde …

Das Gespräch schien Heinrich auf den rechten Weg gebracht zu haben; die Unteraufseher, pausenlos den bald Scheidenden durch den Spion an der Tür beobachtend, erblickten fernerhin einen stillen, gefassten Mann, der sich ständig mit einem Streichholz die Fingernägel reinigte.

Wenn Sie sich alle zwei Stunden ablösten, kam manchmal zwischen den Wärtern etwas Gesprächsähnliches auf, das sich jedoch nie zu einem flüssigen Dialog ausweiten wollte. Meinte der eine halblaut und zur Zelle hinnickend, ob der da nicht wenigstens einen Mord hätte begehen können, einen bestialisches Sexualverbrechen …? trübte sogleich ein Schatten von Unruhe, von Unsicherheit sein Gesicht, das die gleiche Erscheinung in den Zügen des Angesprochenen hervorrief, der überlaut erwiderte: Seine Strafe ist vollkommen gerecht! Was die Erstere eilfertig bestätigte.

Da im Etat des Gefängnisses keine Geldmittel vorhanden waren, Guillotine oder Block und Beil anzuschaffen, wurde die Hinrichtung mit einem alten Dragonersäbel vorgenommen, den das örtliche Heimatmuseum bereitwillig zur Verfügung stellte. Natürlich dauerte es eine gewisse Zeit, bis Heinrichs Kopf vom Leib getrennt war, denn das Honorar für einen teuren Spezialisten, der diese Operation schlagartig vollzogen haben würde, wäre finanztechnisch gar nicht zu verbuchen gewesen. Leider hatten die Unteraufseher bei den ersten Versuchen nicht den gewünschten Erfolg. Dafür ging das Begräbnis umso rascher vor sich. Man warf Heinrichs Reste in eine Grube auf dem Hof und schüttete sie zu, während der Pfarrer dabeistand, die Augen zum sonnigen Himmel gekehrt, an dem sich eine einzige Wolke unendlich langsam regte.

Doch der Tag endete besser, als er begonnen. Kaum war die kleine Angelegenheit vorüber, traf beim Direktor ein Schreiben der vorgesetzten Justizbehörde ein, und zwar des Inhalts, dass mit dem Hinrichtungsbescheid für Häftling Heinrich ein anderer Häftling Heinrich in einer anderen Stadt gemeint sei, ein notorischer Muttermörder und Trinker; das irrtümlich übersandte Schriftstück sei an die Behörde zurückzureichen.

Kaum hatte der Direktor recht begriffen, worum es ging, verklärten sich seine Augen, hob sich sein Direktorskopf und langte die Direktorshand zum Signalhebel, um allen seine direktorialen Anordnungen bekanntzugeben: die Feier fand am Abend statt, an der alle Wärter, Wächter und Aufseher gemäß ihrer Rangfolge und ihrer dienstlichen Abkömmlichkeit teilnahmen. Nach dem zweiten Glas Bier hielt der Direktor eine launige Ansprache darüber, dass irren sehr menschlich sei, und dass zuguterletzt doch die Gerechtigkeit triumphiere und am Ende eben immer wieder alles ins Lot komme, man müsse nur Geduld haben und Vertrauen! Für nichts wird hier bei uns keiner geköpft, das haben wir immer gesagt! Und er fuhr in seiner Rede fort, die Heinrich in seiner Grube nicht hören konnte, weil etwas mit ihm geschehen war, was seine Aufnahmefähigkeit selbst für gute Neuigkeiten ausgeschaltet hatte.

1976

Tomerton

Aus der Kriegsgefangenschaft entlassen, gewöhnte Tomerton sich nicht daran, außerhalb des Lagers zu leben.

Der Stacheldraht, den er einige Jahre täglich gesehen, war unterdessen zu seiner Inkluse geworden: Unaufgefordert schlug er beim Kaufmann die Hacken zusammen, die Blechschüssel hinhaltend, empfing er freudig lächelnd seine »Ration«. In der Nähe von Polizisten erstarrte er, sprach er nur noch im Flüsterton und suchte sie zu umgehen, indem er sich durch Querstraßen drückte.

Zuerst fanden die Nachbarn und Leute seiner Straße das Benehmen des Heimgekehrten erheiternd, aber in Kürze bedrückte sie es schon. Seine Eilfertigkeit, der Marschtritt, das demütig-leere Gesicht erfüllten sie mit Unbehagen. Verschiedentlich sprachen sie ihn an, ihn darauf hinweisend, dass er sich doch in Freiheit befinde, worauf Tomerton nur mit »Ja, ja« und einem Augenzwinkern antwortete: Er wusste es eben besser. Vor seiner Frau und vor seinem Chef stand er stets auf, wenn er sie ansprach, die Hände an die Hosennaht gepresst, den Blick durch sie hindurchleitend, um nicht Gewalten zu wecken, die über ihn hereinbrechen konnten wie tödliche Unwetter.

Nun verführte Tomertons Demut die anderen dazu, ihn noch tiefer zu ducken; der Chef, geärgert durch die devotstramme Haltung, schrie ihn an: Warum er sich so lässig vor ihm herumlümmele, und wer hier eigentlich der Chef sei?! Tomertons Frau hielt ihn stundenlang im Gespräch fest, und weidete sich daran, dass er sich nicht zu setzen wagte. Und der Kaufmann warf ihm die Eier in die Blechschale, dass sie zerbrachen und die übrige Kundschaft schrecklich vergnügt lachte. All das trug dazu bei, Tomerton zu bestätigen, er habe recht.

Und die letzten Zweifel, wenn er wirklich jemals welche besessen, mussten ihm genommen sein, als sich das Verhalten zu ihm und um ihn dramatisch änderte. Von heute auf morgen reizte den Chef nicht mehr das Benehmen Tomertons, sondern es schien ihm zu gefallen, denn er wurde freundlich zu dem strammstehenden Mann, den er sogar dessen Kollegen als Beispiel darstellte; ja, wenig später forderte er von allen anderen »Tomertonsches Verhalten«.

Beim Kaufmann erblickte Tomerton bald eine wachsende Anzahl von Kunden, die ihre Nahrungsmittel in mitgebrachte Blechschalen gelegt erhielten, und eines anderen Tages sah er, wie sich sein Nachbar beim Anblick eines Polizisten auf den Boden warf, um hastig durch ein offenes Kellerfenster in Deckung zu kriechen.

Seine Frau hieß ihn allabendlich von seinen Erlebnissen schweigen, denn über die Situation, der man sich gemeinsam ausgesetzt weiß, ist selten etwas Neues voneinander zu erfahren. Und Tomerton wars zufrieden. Die Welt stimmte wieder mit seiner Vorstellung von ihr überein, und wenn ihn jemand auf der Straße ansprach, brauchte er nicht zu fürchten, irgendeinen Unsinn über »Freiheit« anhören zu müssen, sondern man würde, nach einem vorsichtigen Blick über die eigene Schulter hinter sich, ein paar gemütliche Worte über ungemütliche Dinge wechseln, und dabei glückselig verspüren, dass man wirklich und endgültig in der gewohnten Umgebung war: daheim.

1981

Das Auge

Hören Sie, Kollege, von einem merkwürdigen Fall, mit dem ich neulich in meiner Praxis Bekanntschaft machte, sagte der Arzt zu mir (wobei er mir ein Thermometer unter die Achsel schob, sicher um zu sehen, ob ich schon gar wäre), solch einen Fall hatte ich vorher niemals behandelt. Da kommt doch vor einiger Zeit zu mir ein Mann, durchschnittlich aussehend, unauffällig, und als ich ihn frage, was ihm fehle, weist er auf sein Auge.

»Sie müssen mir helfen, Herr Doktor«, sagt er seufzend und blickt mich flehend an. Ich untersuche also das Auge – nichts. Ein ganz gesundes und normales Auge.

»Mit dem Auge können Sie hundert Jahre alt werden«, beruhige ich ihn, »es ist kerngesund.«

»Nein, Herr Doktor«, murmelte er, und plötzlich, ehe ich es mich versehe, liegt er mir an der Brust und heult meine Krawatte nass.

»Ruhe, nur Ruhe«, sage ich, »es wird schon alles werden.«

»Herr Doktor«, schnüffelt er und wischt sich das Gesicht mit Watte ab, die auf dem Tisch lag, so dass er aussieht wie ein Urwaldmensch, aber ein recht alter, »Herr Doktor – mein linkes Augenlid zuckt! Retten Sie mich!«

»Mann!« rufe ich nun erbost, »solche Kleinigkeit nehmen Sie so schwer? Aber gut, gut, ich will es untersuchen. Das ist sicher von den Nerven. Eine Atrophie. Es zuckt sicher bei großer Erregung, wie? Was sind Sie von Beruf?«

»Ich bin zweiter Sekretär im Zentralverband der koordinierten Dienststellenaufsicht. Wo sollen denn da Erregungen herkommen?«

»Frauengeschichten?« frage ich. Er überlegt einen Augenblick, zögert und sagt: »Eigentlich nicht. Als zweiter Sekretär …«

»Also auch nicht«, sage ich, »wieso stört Sie also das Lidzucken: so sehr?«

»Ich werde es Ihnen genau erzählen, Herr Doktor«, sagt er und stützt sich schwer auf meinen Schreibtisch, so dass ich ihm einen Sessel unterschieben muss, »stellen Sie sich vor, ich komme in eine Dienststelle, lasse mich bei irgendeinem Abteilungsleiter melden, um die Arbeit zu kontrollieren, und dann …«, mein Patient schluckte mühsam, »dann, Herr Doktor, fängt das Zwinkern an. Schon unten beim Pförtner, dem ich gewöhnlich zurufe: »Na? Immer schön wachsam?« Und dabei muss ich, ob ich will oder nicht, zwinkern. Darauf zwinkert der Kerl zurück und grinst dabei, dass ich ihn erwürgen könnte. Sitze ich dann dem Abteilungsleiter gegenüber, stelle ich meist meine erste Frage: »Wird hier Vetternwirtschaft getrieben, Kollege?« Und wieder muss ich zwinkern, und mein Gegenüber zwinkert zurück, holt eine Flasche Schnaps aus dem Schreibtisch und sagt: »Nur mein Onkel ist hier angestellt, und meine Frau als Referentin, und unser Hund, wissen Sie, ist natürlich als Hund im Amt tätig …«

»Aber das geht doch nicht!« brumme ich dann, und – schon wieder zwinkere ich, und der andere auch, worauf ich nicht mehr in der Lage bin, irgendwelche Maßnahmen gegen Vetternwirtschaft zu ergreifen.

Oder, denken Sie, lieber Herr Doktor, wenn ich mit dem Dienstwagen fahre. Wenn ich zu dem Fahrer sage, ich hätte noch einen wichtigen Weg zu erledigen, muss ich zwinkern, und der Fahrer sagt dann: »Geht in Ordnung, Kollege!« und fährt mich stracks vors Weinlokal. Auch wenn ich mal gar nicht hin will.

Oder, lieber Doktor, wenn ich jemand qualifizieren will, sage ich zur Kollegin Kleeturm: »Kollegin, ich als alter Sozialist – schon zwinkere ich – empfehle Ihnen, den Marxismus zu studieren – zwink – immer lernen, lernen und nochmals lernen – zwink«, dann lächelt mich Kollegin Kleeturm an, zwinkert zurück und sagt mit süßer Stimme: »Aber natürlich, Kollege!«

Darum müssen Sie mich retten, Herr Doktor! Ich als fortschrittlicher Mensch – da, schon wieder, Herr Doktor – kann es einfach nicht mehr aushalten. Herr Doktor, wir kämpfen doch beide für die Zukunft – da, wieder – aber so erscheint einem die Zukunft grau und trübe. Und dann, Herr Doktor, das schlimmste: Ich weiß schon gar nicht mehr, zwinkere ich aus Nervosität, oder zucke ich bereits mit Absicht, wenn ich mein Bewusstsein – da, ach noch mal – beweisen will? Helfen Sie mir, liebster Doktor!«

Der Arzt zog das Thermometer unter meiner Achsel hervor, schaute es kopfschüttelnd an, als ob er zum ersten Male so ein Thermometer sähe und gar nicht wüsste, wozu man es benützen könnte, und steckte es in seine Tasche.

»Und«, fragte ich gespannt, »was ist aus dem Mann geworden? Haben Sie ihm geholfen, Doktor?«

»Natürlich«, sagte er und wusch sich die Hände, »das war ganz leicht. Er brauchte ja nur alles umzudrehen; denn wenn er Negatives spräche, würde ja sein Zwinkern beweisen, dass er es positiv meine. Leider zwinkert er da auf einmal nicht mehr …«

»Tolle Kiste«, sagte ich, »das haben Sie gut gemacht, Doktor!«

»Tja«, antwortete er und zog sich seinen Mantel an, »ich als progressiver Wissenschaftler …« Und da zuckte plötzlich sein Auge, und er zwinkerte so heftig, dass er sich rasch abwenden musste und hinausging.

1954

Aus der Nachbarschaft

Immer wieder treffen die gleichen Leute an den gleichen Stellen auf einander: Das ist das Hauptkennzeichen des Vorortes. Nicht mehr ganz Großstadt, durch Anonymität der Bewohner gekennzeichnet, auch nicht Dorf, familiär durch das Brutklima engen Zusammenlebens, sondern eine Zwischenwelt, manchmal von der Atmosphäre längst geschehenen aber unerkannten Abgestorbenseins durchweht. Unverbindliche Begegnungen, durch Gruß und Namensnennung menschliche Nähe vortäuschend, die doch nur mattere Fremdheit ist.

»Guten Tag, Herr Schwarz.«

»Guten Tag, Frau Weiß.«

Immer dasselbe, eventuell mit Wetterprognosen oder Anfragen nach dem persönlichen Befinden verbunden:

»Wenn Sie wüssten, Herr Schwarz, mein Rheuma. In diesem Jahr ist es besonders schlimm.« Oder in einem der Gemeinschaftstreffpunkte, etwa dem Gemüseladen:

»Die Ärzte zucken die Achseln und meinen, gegen Ihre Beschwerden gibt's nur ein Mittel: Weniger Arbeit. Solche Ratschläge geben die einem, da sollten sie gleich das Geld dazu geben. Bitte einen Beutel neuer Kartoffeln!«

»Neue Kartoffeln sind alle, da hätten Sie früher aufstehen müssen!«

»Ja – fünfzig Jahre früher!«

Unter ähnlich nebensächlichen Bemerkungen fließen den Ansiedlern des Vorortes die Tage dahin. Weltgeschichtliche Ereignisse gelangen bereits abgeschwächt hierher und präsentieren dabei eine unerwartete Seite, jene, durch die sie dem Verständnis überhaupt erst eingeordnet werden können: Der irakische Ministerpräsident ist eingetroffen? Da wird es wohl in diesem Jahr weniger Zement zu kaufen geben … Nur der Tod, zumindest einer in gerüchteweiser Erscheinungsform, bremst den ohnehin langsamen Alltagsablauf, bildet Strudel rasch wieder sich auflösenden Eingedenkens:

»Haben Sie gehört, die alte Frau Grau ist gestorben. Drei Stunden haben sie an ihr herumoperiert, aber es war schon zu spät, der Tumor groß wie'n Kohlkopf …« Und dazu die illustrierende Geste mit beiden Händen, eine Kugel von Fußballgröße andeutend: ein Faktum, exakt oder nicht, das eher das allgemeine Interesse vor und hinter dem Ladentisch findet als Tatsachen, die weniger plastisch vorstellbar sind.

Dieser Weg, der allen Fleisches, wie sie damit andeuten wollen, stünde allen bevor, meint milde resignierend die Verkäuferin, während sie in der Kiste mit überreifen Tomaten kramt, die Finger schon verfärbt wie der Chirurg, von dem die tote Frau Grau Besseres erhofft hat, als so rasch zum Gegenstand gleichmütiger Nachrufe zu werden. Doch selbst diese unterblieben, stünde nicht die Schlange von den Stufen der Eingangstür mehrfach gewunden bis vor die Registrierkasse, geduldig, gelangweilt, des Gesprächsstoffes bedürftig, den Frau Grau noch nach ihrem Ableben den dankbaren Kunden liefern darf.

»Geben Sie mir auch zwei Pfund, aber schnittfest!« Verlangen, das nicht befriedigt werden kann und durch stummen Hinweis der Verkäuferin auf den Kisteninhalt abgewiesen wird.

Doch zum Staunen aller anderen, in das sich heimliche Bewunderung mengt, hebt die eben auf mangelhafte Qualität der angelieferten Ware verwiesene Kundin ihre Hand und zeigt mit ausgestrecktem Zeigefinger auf den Vorhang, der Laden und Lagerraum trennt, das Reich der Notwendigkeit von den Gärten der Hesperiden:

»Dann geben Sie mir von den Tomaten, die da hinten sind!«

Das atemlose Schweigen der Anstehenden ist beredt: Welche Kühnheit, welch Wagemut! Das kann doch keine Einheimische sein?! Und ein unübersehbares Warnlicht, das purpurn anlaufende Antlitz der Verkäuferin, signalisiert die Verletzung prinzipieller Spielregeln. Gewisse Fragen fragt man nicht, gewisse Forderungen stellt man nicht, gewisse Ansichten spricht man nicht aus, ohne schwere Störungen im reibungslosen Ablauf örtlichen Zusammenlebens zu verursachen. Keiner von denen, die am leichtfertig offengelassenen Spalt im Vorhang vorbeidefilierten, wobei für niemanden die besseren, vorsortierten Früchte zu übersehen waren, hätte auch nur daran gedacht, danach Verlangen zu äußern. Verlangen gehört nicht zu unseren Errungenschaften. Und es zu äußern, ist sowohl ungewöhnlich wie verdächtig. Blicke, die einander über reglose Köpfe hinweg begegnen, spiegeln den Verdacht wieder: Handelt es sich bei dieser Kundin möglicherweise um ein Kontrollorgan, einen amtlichen Eingriff in einen Vorgang, der amtlicherseits erst verursacht worden ist? Aber kann denn der Mangel durch Demokratisierung beseitigt oder nicht nur noch mangelhafter werden? Wie im Theater, in das man aus dem Vorort des langen Weges halber nur selten kommt, wenn die Spannung ihren Höhepunkt erreicht, die Situation scheinbar ausweglos ist, tritt die Peripetie ein: diesmal in Gestalt von Frau Weiß, der sich alle aufatmend zuwenden, als sie, kaum eingetreten, in die Stille nach ihrem Kater Peter fragt: Ob den zufällig jemand gesehen habe? Erleichtertes Kopfschütteln, akustische Verneinung, die tollkühne Kundin, als habe sie ihr Wagnis jetzt erst erkannt, setzt erschrocken zum Rückzug aus dem Laden an, die Verkäuferin reagiert darauf mit weniger apoplektischem Aussehen: die Wartenden rücken in die Lücke, niemand hinterlässt eine, denken Sie an Frau Grau, die wird auch keiner mehr vermissen, wie etwa Frau Weiß ihren Kater. Und weil Erleichterung den Geist anregt, erwidert die Verkäuferin auf wiederholte Fragen nach dem Kater:

»Wollte er denn heute einkaufen gehen?!« Gutwillig lachen alle mit, das mag bessere Bedienung bewirken, und auch Frau Weiß, obwohl sie der Anlass, schließt sich nicht aus und erklärt zusätzlich, es handele sich um ein ganz junges Tier. »Mit einem dünnen langen Schwanz!« fügt sie, das Signalement vervollständigend, hinzu, und versteht nun nicht mehr, warum das Lachen in Kichern übergeht. Hat sie vielleicht etwas Ungehöriges gesagt?! Verlegen verschwindet sie, weiter nach dem sonstwo umherirrenden Produkt der guten Mutter Natur zu suchen, jener leicht abgeschlafften Riesin, die auf ihre Unermüdlichkeit durch die ungezügelte Fruchtbarkeit streunender Katzen, sorgfältig gepflegte Erdbeerbeete, Unmengen von geilem Unkraut und ferne Kuckucksrufe auf sich aufmerksam macht.

»Hängen Sie doch einen Zettel an den nächsten Baum!« ruft es ihr noch nach, aber daran hat sie selber schon gedacht.

Vielleicht hat Peter sich auch inzwischen wieder eingefunden, während sie nach ihm Ausschau hielt? Sitzt im Garten oder liegt ausgestreckt und schlafend vor der Tür, indessen sie sich von unverschämten Hausfrauen auslachen lassen muss! Heimgekommen findet jedoch Frau Weiß von ihren verärgerten Überlegungen nichts bestätigt: Kein Peter empfängt sie, von einem Pfötchen aufs andere tretend, den Kopf emporgereckt, die gelben Augen hypnotisch auf ihre Einkaufstasche gerichtet. Ihr kleines, dringend eines neuen Verputzes bedürftiges Haus steht einsam und verlassen mitten auf dem quadratischen Grundstück, als hätte der einstige Bauherr absichtlich zu allen vier Nachbarn den gleichen Abstand einhalten wollen. Der Zaun, ein verrostetes Drahtgeflecht, ist sorgfältig hier und da mit Resten von Eisenbettstellen ausgebessert, ohne dass dadurch die Grenze für Kleintiere undurchlässiger würde.

Peter! Peter! Mietz-mietz! So klingt es über die ordentlich gereinigten Rabatten hin, doch außer einigen schwerfällig aufflatternden Elstern zeigt sich nichts Zoologisches. Mühsames Hinknien, um unter den Holzstapel zu lugen: Ach, das Knie! Ja, das Alter! Bewegung, die, bis sie unten am sandigen Boden ist, eine Kette unangenehmer Assoziationen nach sich zieht, an deren Ende beängstigend Frau Graus Chirurg das Skalpell schwingt, über ihr bleiches Rentnerbein gebeugt, mit besorgter Miene – an diesem Punkt ihrer bildhaften Befürchtungen zwingt sich Frau Weiß abzubrechen und an etwas Schönes zu denken. An einen Sommertag auf der Insel Rügen vor fünfundzwanzig Jahren. Der leuchtende Kreidefelsen. Die herrliche Küste. Die ausgedehnten Wanderungen, damals, als ihr Knie noch tadellos funktionierte und zur Besorgnis keinen Grund gab, anders als jetzt, wo möglicherweise ein operativer Eingriff: An etwas Schönes denken! Sofort! Zumindest an Vordringlicheres:

»Peter! Peterpeterpeter!«

Also doch die Suchanzeige verfassen. In Druckbuchstaben. Wie das stets auf Fragebögen und Visa-Anträgen gefordert wird. Am besten vier Zettel: einer vor dem Gemüseladen, einer vorm Konsum an den Baum, eine vor den Fleischer und einen beim Schumacher an dessen Annoncentafel mit Tausch- und Verkaufsanzeigen. Oder noch besser: fünfmal. Einen Text noch für den Ahorn an der Bushaltestelle an der Hauptstraße. Falls Peter bis dahin gelangt sein sollte. Nichts als Aufregung hat man, ruhiger Lebensabend, so kann man sich irren!

Langsamen Schrittes, des rechten Knies wegen, sucht Frau Weiß die fünf Bäume auf, alle Ahorn, widerstandsfähige Bürgersteigbesiedler, unbeeindruckt von Kohlenmonoxid und den bedenklichen Ingredienzen, die sie mit dem Grundwasser bis in ihre vielspitzigen Blätter saugen. Aus der Einkaufstasche jeweils einen der Zettel und diesen mit vier Reißzwecken an der in Augenhöhe zerstochenen und lädierten Rinde befestigt. Neugierig die Brille aufsetzen, nachzulesen, was andere anbieten oder erbitten, möblierte Zimmer und entflohene Wellensittiche, gut erhaltene Autos unterschiedlicher Marken, Panorama-Kinderwagen, Kohlebadeöfen, Dachziegel, und einer preist sich und seine Kreissäge an, ein Kleinunternehmer im Dienstleistungsgewerbe, bereit, für jeden sein Holz ofengerecht zu zerkleinern.

HÖRT AUF DEN NAMEN PETER! Ob das aufzuschreiben eigentlich richtig gewesen ist? Schließlich ist das Tier noch viel zu jung, um auf seinen Namen zu reagieren, und meist tappte es nur herbei, weil es ihre Stimme erkannte, und das

Klappern mit dem Futternapf mehr als jeder Ruf anlockte. Schade, dass ihr erst im Bett einfiel, wie sinnlos der Namensverweis war, doch um diese Zeit durch die Dunkelheit zu marschieren, von Baum zu Baum, und den Zusatz streichen, das konnte ja von ihr wohl auch keiner verlangen!

Vor den sorgsam verhängten Fenstern die Finsternis enthielt viel zu viele Gefahren. Nicht allein undeutliche Gespenster, abgeschiedene Bekanntschaften aus der eigenen Vergangenheit, von denen man nicht wusste, ob sie nicht doch Kraft genug zur Rückkehr besaßen, sondern auch Verbrecher trieben vor der mit einem Vorhängeschloss gesicherten Gartenpforte ihr Unwesen. Keineswegs aus Überschuss an Freizeit war vor vierzehn Tagen der Polizist von Haus zu Haus gegangen, vielmehr um vor einem Selbstentblößer zu warnen. So einer taucht vor Frauen auf und zieht urplötzlich mir nichts, dir nichts sein Ding raus und freut sich, sobald die erschrockene Betrachterin losjuchzt! Pervers: solch Kerl gehörte hingerichtet. Aber vorher das Ding abgeschnitten. Mitleid galt in solchem Falle nicht. Wer hatte denn schon mit ihr Mitleid, wo sie doch keinem was zuleide tat und eigentlich verdienen würde, dass man sich um sie kümmerte … Traum vermischte die unterschiedlichen Bestandteile ihrer müden Gedanken endgültig, so dass wenig später ein Mann Frau Weiß in den Weg trat, mit unkenntlichem Gesicht, seinen Hosenschlitz aufknöpfte und den langen dünnen graugeringelten Schweif Peters hervorzog, immer länger und länger – sie erschrak furchtbar und lief fort, wobei ihr das Knie weh tat und sie nur noch hinkend rennen konnte und mit diesem Schmerz oder durch ihn am Morgen erwachte.

Am vorhergehenden Nachmittag hatte Herr Schwarz ein Geräusch an seiner Haustür gehört. Eben heimgekommen, die Krawatte lockernd, das Jackett in die Flurgarderobe hängend, hielt er in der Bewegung inne. Unsicherheit, ob da wirklich was zu vernehmen gewesen oder ob es sich nicht um Bekundungen gesteigerter Nervosität gehandelt hatte. Am Ende eines anstrengenden Arbeitstages wurde man sich selber fragwürdig. Abends wirkte die Umwelt bedrohlicher und trister als am frühen Morgen: Herr Schwarz wusste, dass diese wahrnehmbare Veränderung nur eine innerhalb seines Kopfes war, aber leider war sein Kopf für ihn maßgebend und die gleichgültige Außenseite seiner Existenz ließ sich nicht objektivieren, wie es für sein Befinden wünschenswert wäre. Trotz Überzeugung, von sich selber genarrt worden zu sein, klinkte er die Tür nach draußen auf: da saß Peter, von dessen Dasein Herr Schwarz eben beim Aussteigen aus dem Bus unterrichtet worden war: der Zettel am Baum neben der Haltestelle sprang jedem ins Auge.

Obgleich er sogar informiert war, das Tier höre oder vielmehr »höhre« auf seinen Namen, brauchte er diesen nicht auszusprechen, denn ohne die Aufforderung abzuwarten, schoss Peter zwischen Herrn Schwarzens müden Füßen hindurch und in die Küche und auf den Tisch und nahm ungeniert vor dem Stück Leberwurst Platz, das eben erst beim Fleischer erworben worden war. Herr Schwarz hatte die Absicht gehabt, diese 150 Gramm bräunliche Masse im Kunstdarm durch Vitamine in den Magen begleiten zu lassen, aber Tomaten waren ausverkauft. Resigniert kaufte er stattdessen eine Plastiktüte mit angefaulten Radieschen. Auch Peter musste bei seinen Nahrungserwerbsversuch wenig erfolgreich gewesen sein, denn ehe Herr Schwarz den Zipfel retten konnte, fehlte bereits ein ansehnliches Stück. Der Kater protestierte plärrend, als ihm der Rest entzogen wurde und

Herr Schwarz die Bissfläche erblickte, den Abdruck der kleinen spitzen Zähne, verging ihm der Appetit: das Überbleibsel wurde dem Hungrigeren von ihnen beiden überlassen. Genüsslich die Augen geschlossen, ganz dem Fressen und Schmatzen hingegeben, bei Nennung seines Namens in erheiternder Weise die spitztütenähnlichen, flaumgefüllten Ohren in Richtung seines Gastgebers drehend, ließ er sich bei der Mahlzeit nicht stören.

Herr Schwarz beobachtete den Vorgang von einem Küchenstuhl aus: hießen die Ohren nicht eigentlich »Lauscher«? Und diese beiden fest zugekniffenen Schlitze im Gesicht »Lichter«? Aber sagte man überhaupt in diesem Falle »Gesicht« und nicht »Maske«? Oder galten solche kuriosen Bezeichnungen nur für größere Wildtiere? Früher, als anstelle des Vorortes rundum Wald gewesen war, moorige Stellen, von Unterholz geschützt, hohes Gras und gefallene Bäume, ein unvorstellbarer Zustand, da hätte man alle diese komischen Begriffe noch gekannt. Dabei war das doch noch gar nicht so lange her, siebzig Jahre, vielleicht auch bloß sechzig, ein Menschenalter, nicht mehr, und schon fern wie die Steinzeit. Heute bezog man solche terminologischen Kenntnisse bloß noch aus Kreuzworträtseln.

Ausstrecken der Hand: Keine Angst, musst keine Angst haben, komm, na, komm schon: über die warme Glätte streichen, Fell oder Pelz, unter den vorsichtigen Fingern die zarte und doch kräftige Knochen- und Muskelkonstruktion, die auf Betasten zutraulich und schweigsam reagiert. Plötzlich ein gleichmäßig monotones Geräusch, fast ein mechanisches, dessen Ursache die Fingerkuppen an der behaarten Kehle orten, als sei dort ein winziges Gerät implantiert worden. Wohl Ausdruck von Wohlbehagen? Unerwartet reibt sich der runde bärtige Schädel an den Knöcheln, stupst gegen den Unterarm, so das Herr Schwarz lachen muss: der versteht's aber!

Und als er aufsteht, den Kühlschrank öffnet, um auf eine Untertasse Milch zu gießen, steht sein Gast schon hinter ihm, den kleinen Körper bis zur Schwanzspitze in Bewegung, Gier und Unruhe, begleitet von Tönen innigen Verlangens, vergleichbar dem Knarren ungeölter Türangeln, nur komischer, weil aus einem sperrangelweiten Rachen kommend, das winzige Gebiss entblößt, die rosige Zunge bereit, sie rhythmisch in die weiße Flüssigkeit zu tunken, rau wie ein Reibeisen, merkt Herr Schwarz, als er den Teller auf das Linoleum stellt und die Zunge voreilig über seine Hand gleitet. Nahezu menschliches und mehrfaches Rülpsen, den ganzen Rumpf erschütternd, beschließt das Abendbrot, überleitend zur Selbstreinigung: bewundernswert durch unangestrengte Akrobatik.

»Jetzt musst du aber nach Hause, Peter!« wendet sich Herr Schwarz direkt an das Geschöpf, von dem er, da es gesättigt ist, nicht weiter beachtet wird:

»Zum Frauchen!« Der Kater hält inne, die winzige Zungenspitze reglos, ein quittegelber Blick trifft durchdringend seinen Futtermeister.

»Wir brauchen bloß noch was zum Transportieren …« sinnlos in die Stille der Küche hinein gesprochen, denn außer Peter ist niemand anwesend, und der wohl kaum in der Lage, ihm zu antworten. Doch hat sich etwas verändert. Dass da ein Augenpaar ihm folgt, ein Kopf sich ihm zuwendet, ein lebendiges Wesen in sonstiger Leere, das sich über alle Vernunft hinwegsetzt und sich zum Gesprächspartner macht, auch wenn der Dialog einseitig ausfällt, eine neuartige Erfahrung. Es ist nicht gut, dass der Mensch allein sei!

»Aber behalten kann ich dich auch nicht, Peterchen, du wärst den ganzen Tag über ohne Gesellschaft, und was für Menschen zutrifft, gilt auch für Tiere. Einsamkeit zerstört uns. So sehr unterscheiden wir uns voneinander nicht. Wir tun bloß so. Oder haben es vergessen.«

Reden, Gerede, mal murmelnd, mal lauter, dabei beschäftigt, in den Deckel eines größeren aber leeren Waschmittelkartons mit einem Schraubenzieher Luftlöcher zu stechen und durch Drehen und gewalttätiges Quirlen zu erweitern. Herrn Schwarz befällt bei dieser Tätigkeit eine Unlust am Menschsein. Wenn man es recht bedenkt, mein lieber Peter, dazu hat man nun hunderttausende Jahre gebraucht, bloß um morgens nicht ausschlafen zu dürfen, in einem Zimmerchen namens Büro sitzen zu müssen, wo man Zahlen untereinander schreibt und sie addiert, obwohl sie einen überhaupt nicht interessieren. Bloß damit man 150 Gramm »Landleber« im Kunstdarm bekommt?

Unwillkürlich saust die Faust energischer nieder, ein dumpfer Knall, ein neues Luftloch: Ist ja alles gar nicht wahr, Peter, was man über uns sagt und schreibt: vieles gewaltige lebt, aber nichts ist gewaltiger als der Mensch! Dabei kann ich, die Krone der Schöpfung, frei geschaffen, nicht vom Brot allein lebend, hilfreich und gut, der mit seinen größeren Zwecken wächst, den der Tod rasch antritt, genauso wenig über mein Leben bestimmen wie du, mein Freund! Der Unterschied zwischen uns beiden besteht darin, dass ich für meine Lebenshaltungskosten selber aufkommen muss, und du nicht. Na, komm, mein Guter!

Zaghafter Griff unter den entspannten schlanken Leib, ihn hochheben, wie ein gefüllter Strumpf hängt es vertrauensvoll und willenlos zwischen haltenden Händen, fängt wieder an zu schnurren und lässt sich in den Karton plazieren. Erst als der Deckel naht, die drohende Dunkelheit der Falle, duckt es sich fluchtbereit; zu spät; Verdauungsträgheit verzögert die Reaktion, so dass nur noch in der Finsternis des provisorischen Beförderungscontainers ängstlich geklagt werden kann. Beruhigend klopft Herr Schwarz auf die bunt bedruckte Pappe: keine Sorge, gleich bist du zu Hause!

Doch die ganze Wegdauer, glücklicherweise nur eine kurze Strecke um drei Ecken, hält das Jammern an, mal lauter, mal leiser, bricht ab und setzt erneut japsend ein. Als ginge es zur Schlachtbank. Peinlich, begegnete einem jetzt jemand Bekanntes. Schweißperlen: von der Stirn in die Augenbrauen, aus den Achseln an den Rippen seitlich herunter, bis zum erlösten Aufatmen, als endlich, endlich der Karton von jener älteren Frau entgegengenommen wird, gleich am Gartentor, zu dem sie nach längerem Klingeln heranhumpelte. Im Moment, da sie sich bedankt, verstummt der Kartoninhalt.

Herr Schwarz lehnt die Kaffee-Einladung ab, entschuldigt sich mit unaufschiebbaren Aufgaben und merkt, zurückgekehrt und anstelle der verfütterten Leberwurst aus einer Blechdose locker zerfallendes Makrelenfleisch auf Brotscheiben drückend, dass er allein ist. Mehr als vordem. Weil die Gewohnheit durchbrochen worden war. Alle Gegenstände in der Küche, auf dem Bord über dem Herd die Gewürzgläser oder der chromglänzende Toaster auf dem Tisch machten den Eindruck, als gehörten sie ganz wem anderen oder sogar niemand. Lauter fremde Dinge, und er dazwischen nicht dazugehörig. Vielleicht kam das Unbehagen von der Makrele in Senftunke. Makrele stimmte ihn immer depressiv. Aber über die geheime Fehlverbindung zwischen Magen und Seele konnte er sich, trotz allen Grübelns, nicht klar werden. Am besten vergaß man, was sich länger als eine Stunde unaufklärbar erwies. Und es hätte gar nicht der nächsten Tage bedurft, das ihm kaum zu Bewusstsein gekommene Problem innerer Schaltungsdefekte zu vergessen, die Katzenaffäre auszulöschen, da es, wenige Minuten nachdem er das Haus betreten, an der Tür nachdrücklich läutete.

Im Gegenlicht des frühen Abends die Störung, eine schwer erkennbare Silhouette, die unvermutet zu Frau Weiß wurde, als sie einen unsicheren Schritt voran, eher einen kränklichen Knicks ins Flurlicht getan hatte. Sie hielt ihm ein Körbchen hin, Erdbeeren, besonders ausgesuchte, wie sie betonte und wie er erkannte, auf ein gemustertes Papierserviettenpfühl gebettet:

»Finderlohn für neulich!« Mit dankenden Worten nahm Herr Schwarz die Gabe entgegen und fragte nach Peter, eine Andeutung von Konversation, die, trotz seiner Müdigkeit, ihren Abschied hinauszögern würde.

Den habe sie weggebracht, erklärte Frau Weiß, und auf seine sichtliche Begriffsstutzigkeit hin: Sie habe ihn töten lassen. Weil ihr weder Zustimmung noch sonst ein Kommentar über das entstehende Schweigen hinweghalf, meinte sie erklärend: »Ordnung muss sein!« Wobei die Kausalität dieses Prinzips mit Tod des Tieres sich für Herrn Schwarz nicht decken wollte. Vielleicht lag es an ihm, an seiner Erschöpfung, dass ihm ihre Logik nicht einleuchtete. Längst wieder in der Küche kostete er von den Erdbeeren, wobei ihm plötzlich das dumme Wort »Judaslohn« einfiel. Trotzdem kaute er weiter an der mäßig süßen Beere, den Kopf schüttelnd, damit die Konzentrationsfähigkeit sich wiederherstelle. An den Erdbeeren an sich war nichts auszusetzen. Frau Weiß hatte die reifsten ihrem Beet entnommen, sorgsam abgespült und sie vermutlich einzelnen ins Körbchen gelegt, damit sie nicht gedrückt würden: »mit Liebe«, wie man zu sagen pflegt, aber was das für eine Liebe sein könnte, das zu überlegen fiel nicht in seine Kompetenz, wie Herr Schwarz spürte. Solche Fragen überließ man besser jenen, die die entsprechende Qualifikation hatten. Und erleichtert nahm er vor dem vollen Körbchen Platz.

1978

Stummer Schrecken

Überall gibt es Gespenster, die internationale Sippe. Unterscheiden sich bloß durch Namen, heißen mal »Tradition«, mal »Historie« und entziehen sich geschickt jeder Entdeckung. Alltäglicher Spuk, der überall wartet, tätig zu werden. Auch in unserer Stadt.

Gewiss, mit dem klassischen Land transzendentaler Epiphanien, mit England können wir uns kaum messen, denn so wenig dazugehört, dem Spuk zu begegnen, soviel gehört dazu, die Begegnung auch einzugestehen: Selbstsicherheit nämlich, die sich nicht scheut, belächelt oder bezweifelt zu werden, keine deutsche Eigenschaft, fürchte ich. Auch die Fähigkeit zuzugeben, möglicherweise im Nebel von einem Schatten getäuscht worden zu sein, ist hierorts so wenig verbreitet wie der Mut, eigene Irrtümer einzugestehen. Wie ärmlich gegenüber der ungeheuren Vielzahl geisterhafter Erscheinungen, was Preußen, näher: die Mark Brandenburg, an übersinnlichem Geschehen aufzuweisen hatte.

Eigentlich nur die »weiße Frau«, Hausgespenst der Hohenzollern, dessen Wirkungskreis noch dazu auf das Berliner Stadtschloss beschränkt blieb, und wo es auch nur auftauchte, wenn einem der Preußenkönige das Ende nahte. Aber nicht eine ethnologisch-politische Kategorisierung des Spuks, sondern eine Art Tatsachenbericht über einen ungewöhnlichen Vorgang ist Ziel dieser Zeilen.

Der Vorfall ereignete sich mitten im Zentrum, nahe dem

Alexanderplatz, wo bis kürzlich noch rudimentäre Bauten aus dem neunzehnten Jahrhundert auf ihren Abriss warteten, der auch prompt und äußerst radikal erfolgte. Abrissarbeiter, dem Spiritistisch-Spirituellen weniger geneigt als dem Spirituösen, bemächtigten sich der bedauernswerten verlassenen Mauerwerke und machten sie nacheinander dem Erdboden gleich, und, obwohl sie dabei nach möglichen Werten Ausschau hielten, nach eventuell zurückgelassenen altertümlichen Gebrauchsgegenständen, die als »Antiquitäten« zu Geld gemacht werden konnten, ja, sogar hier und da die Wände abklopften, falls verdächtige Vertiefungen oder Erhöhungen unter der Tapete sich zeigten, fand sich nichts Wesentliches. Hartnäckig aber hielt sich das Gerücht, es müsse hinter einer Wand ein Schatz verborgen sein, gegen Kriegsende eingemauert von Nutznießern des Systems, die dann auf der Flucht aus Berlin umgekommen seien; wer diese Legende zuerst verbreitet hatte, war nicht auszumachen. Einer von den Arbeitern, Albert oder Albrecht, tat sich bei der Suche ganz besonders hervor.

Während die anderen in der Mittagspause ihre Flaschen Bier zum Brot tranken, die letzten Fußballergebnisse besprachen, den gestrigen Kriminalfilm im Fernsehen, ging Albrecht oder Albert in den leeren, hohl hallenden Räumen umher und legte hier und da seine Wange an die kühle Wand, kniff ein Auge zusammen und musterte mit dem anderen die weite glatte Fläche vor sich, ob nicht Riefen oder Buckel jene Stelle anzeigten, an die er immer fester zu glauben begann: hinter der etwas auf ihn wartete, Gold vielleicht, oder kostbarer Schmuck, man wisse ja, wie häufig derlei irgendwo durch Zufall aufgefunden wird. Er wollte der Finder sein.

Aus diesem Grunde erschien er bereits zwei Stunden vor Arbeitsbeginn, die Hausleichen standen im frühen Dämmerlicht da, als sei der Krieg vor zwei Stunden zu Ende gegangen und nicht vor Jahrzehnten; als seien alle Bewohner gefallen, krepiert, denn die Stille war so umfassend, dass Albrecht auf Zehenspitzen über den Schutt kletterte, um die leeren Zimmer zu inspizieren. Da konnte einem schon eigenartig werden. Wie in einer toten Stadt. Wie wenn man Beginn und Ende des dritten Weltkrieges verpennt hat und, durch unglaublichen Zufall verschont, als einziger Überlebender zurückgeblieben ist. So was gibt's nur im Film, Albert: reiß dich zusammen, tat es auch und klopfte mit einem Hammer die ihm schatzhaltig vorkommenden Wände ab, wurde aber ständig aufs Neue enttäuscht. Sein anfängliches Unbehagen, das er der Verlassenheit des Ortes zurechnete, wich jedoch nicht, verstärkte sich eher noch, sobald er in der anhaltenden Trübnis wieder einen der düsteren Hausflure betrat.

Und noch geringer erwies sich die Helligkeit der Zimmer, da meist die Fensteröffnungen mit rohen Brettern vernagelt waren. Auch bemerkte er bald eigentümliche Geräusche in solchem Haus, ein Knistern hinter abblätternden Tapeten, Knacken verborgener Balken, Knarren verbliebener Türen im Luftzug: als wäre man nicht alleine im Gebäude. Steigerte sich dieses Gefühl bis zu einem bestimmten Alarmpunkt, fuhr Albrecht hastig herum, den Hammer drohend erhoben, doch nie erblickte er jemand. Immer häufiger schaute der Schatzsucher über seine Schulter, indessen er eiliger und eiliger die Wände untersuchte, beinahe schon flüchtig, bloß noch, um sich selbst zu beweisen, dass ihn nichts verstören könne.

Einmal klang eine Stelle hohl. Voll großer Hoffnung schlug er mit der Spitze den Putz ab, kam sofort auf eine Öffnung und legte endlich einen Raum im Format zweier fehlender Ziegelsteine frei: in diesem dürftig verputzten und übertapezierten Rechteck ruhte, wie in den römischen Katakomben, die Albert nie gesehen hatte, ein winziges Skelett, zartknochig, menschlich. Vermutlich die Reste einstmals unerwünschten Nachwuchses, gleich nach der Geburt eingemauert, lästiges Leben sich vom Halse zu schaffen. Den knapp faustgroßen Schädel steckte Albert in die Jackentasche, irgendwann einem der Kollegen damit einen Schabernack zu spielen, die Knochenkugel unbemerkt in eines anderen Brotbüchse zu schmuggeln, um beim gemeinsamen Frühstück, nach Aufklappen der Büchse, dem Gefoppten zuzurufen: »Karl, du Kannibale, hast schon wieder dein Jüngstes gefuttert! Darum macht der Kerl andauernd seiner Alten Kinder ...!« – denn Albert hielt darauf, für einen Spaßvogel zu gelten. Die lebhafte Vorstellung seines künftigen Erfolges munterte Albrecht auf; auch nahm draußen sacht das Tageslicht zu, so dass seine Rückzugsbereitschaft wieder verflog. Er stieg weiter im Treppenhaus empor, kontrollierte ergebnislos den zweiten Stock und erreichte den dritten und befand sich vor einer halb angelehnten Wohnungstür, hinter der es verdächtig schattete.

Aufgeschoben das zerschrammte Holzrechteck und »hinein in die jute Stube«: muffige Luft schlägt einem entgegen. Vermutlich sind hier noch die Scheiben intakt, das erzeugt solchen Dunst. Tiefviolette Komponenten: ein vergessener Kleiderhaken an der Wand, leider nicht »antik«. Durch den langen Schlauch vom Korridor bis ins letzte Zimmer, dem Tür wie Rahmen fehlte: da hinein. Sofort mit der Untersuchung anfangen, Albrecht! Pochen und Hämmern.

Rief da nicht einer? Lauschendes Kopfheben. Ruckhaftes Umdrehen, erneut den Kontrollblick nach hinten, doch mitten in der Bewegung erstarrte der Mann, weil sich an der gegenüberliegenden Wand etwas zeigt, eine vorgeneigte affenarmige Gestalt, bleichgesichtig, blöde die Zähne bleckend, ein grausiger Anblick.

Weil das da, Gespenst oder Geist, überhaupt nichts Menschenähnliches für Albert an sich hatte. Wie lange er dort gestanden, hypnotisch gebannt, Auge in Auge mit dem stummen Schrecken, ob Sekunden ob Minuten, das hätte er später nicht sagen können, nachdem er sich mit einem Krächzen losgerissen und zur Flucht gewendet, im Augenwinkel den Eindruck, auch der andere habe zu einer heftigen Bewegung angesetzt, nachdem er bereits durch die leere Wohnung gejagt und die Treppe hinuntergepoltert war, um unten vor dem Tor in die Gruppe der Kameraden zu platzen. Die wunderten sich, was ihren lustigen Albert wohl wie eine Rakete aus dem Haus schießen ließ, und der hatte noch die Geistesgegenwart, ein »Leibkrämpfe, Leibkrämpfe!« zu stammeln, bevor er zwei Querstraßen weiter gleichmäßiger ausschritt und die Kneipe betrat, wo sie ihr Bier holten. Drei doppelte Klare brauchte er, um Herz- und Pulsfrequenz zu regulieren, um die nötige Kraft zu gewinnen, an die Arbeitsstelle zurückzukehren. Dort hatte die Arbeit ohne ihn begonnen. Der Kleiderhaken im Korridor des dritten Stockwerkes, obgleich kein Wertobjekt, fand sofort einen Liebhaber, und ein übermannsgroßer Spiegel, eingelassen in die Längswand des letzten Zimmers, war in tausend Scherben zerschlagen und oberflächlich zusammengefegt worden.

Albert, auf »Fleischvergiftung« bestehend, ziemlich blass um die Nase, betrat im Laufe des Tages noch einmal das Zimmer, freilich nicht alleine, sondern erst, nachdem er einen Kollegen hineingehen sah. Der Raum von Spitzhacken demoliert, Fensterrahmen ausgebrochen, kein Anzeichen von dem, was Albert begegnet war.

Und beim Frühstück, nach der zweiten Flasche Bier, beinahe schon wieder auf der Höhe seines Witzes, tastete er in der Jacke nach dem Schädelchen, nach dem glatten runden Gebein, ohne es zu fassen; die Tasche hatte ihren Inhalt verloren, vermutlich bei der panischen Flucht, schade, denn nachdem er den Vorfall überwunden, hätte er nun gerne seinen Plan ausgeführt und bedauerte, nicht auf das kleine Ding geachtet zu haben. So blieb ihm nichts als die rasch verbleichende Erinnerung, von der zu reden ihm hier wie zu Hause komisch vorgekommen wäre – über solchen Unsinn spricht ein erwachsener Mann nicht! Nur beim Abendbrot zeigte der dem kalten Fleisch gegenüber Skepsis, schnüffelte daran herum, bis seine Frau ihn wütend auf ihre hausfraulichen Talente verwies: bei ihr gäbe es nichts Verdorbenes.

Aber Albert hatte sich inzwischen selber überzeugt, dass der Vorfall keinen anderen Grund und Anlass gehabt haben konnte als eine Kolik, an die er nun glaubte, und woher sonst holte man sich so was? »Nicht von meinem Braten!« hieß es, und Albrecht entschied sich dafür, keine Diskussion anzufangen und die ganze Angelegenheit auf sich beruhen zu lassen.

1969

Verwehte Spuren

Jede Gesellschaft ist ein Albtraum, jede ein anderer und doch derselbe, Tag für Tag, Nacht für Nacht, und nur durch Vergesslichkeit und Unaufmerksamkeit begünstigt, schafft sie und lebt sie zugleich von Wiederholungen. Da ist nichts gänzlich Neues unter der Sonne. Nur manchmal, verbunden mit der Eingebung, just diesen Augenblick schon einmal erlebt zu haben, in sicherer Kenntnis, wie nun gleich alles Weitere verlaufen werde, macht sich Wahrheit bemerkbar. Und wenn schon nicht Wahrheit, deren Gültigkeit fragwürdig ist, dann zumindest unterdrückte Erfahrung. Sie vermittelt den Eindruck, es handele sich um einen unaufhaltsamen Film, in den man als Mitwirkender geraten ist und trotzdem als Zuschauer davor sitzt. Der Schatten hat sich von der Gestalt gelöst und überwältigt sie. Wie Kristina Söderbaum am Montagabend bis in die fernsten Zuschauerkreise an alle Hotelzimmertüren pocht, auf der Suche nach ihrer Mutter, einer alten, kranken Frau, mit der sie eben in Frankreichs Hauptstadt eingetroffen war: sie findet sie nicht mehr.

Verkratzte Kopie, streifig, die Illusion mitliefernd, das Drama spiele sich während eines Dauerregens ab, der trotzdem niemand nässe. Unter namenlosen Beiträgern zur Einschaltquote einer, Bauleiter, robust von Leib und Seele, Erwin Simgar, die halbgeleerte Bierflasche in der Faust, vor dem Gerät von Erstaunen überwältigt, weil alles schon mal dagewesen ist. Sieh doch einer bloß diese Vortäuschung an!

Wo weilt die leidende, hilflose Mutter? Ihres Unwohlseins wegen eben ins Bett geschlüpft, von der Tochter getröstet, die gleich zum Arzt aufbricht, Abschiedsgebärde, schon ahnungsvoll, und nun steht die Zurückkommende vor der unglaublichen Tatsache, dass nicht nur die alte Frau, auch der Raum und sogar die Tür verschwunden sind. Wie nie gewesen. Es gibt kein Hotelzimmer Nummer dreizehn. Und als die Verstörte aufgeregt das Gästebuch einzusehen fordert, fahndet sie vergeblich nach der Eintragung. Nirgendwo ihr Name. Ein unheimliches Rätsel. Und Anlass zu dramatischen und dramaturgischen Verwicklungen, zu dem anhebenden Kampf gegen die Übermacht selbstsicherer Besserwisser, welche dem Mädchen einreden, sie bilde sich alles nur ein, Mutter, Ankunft, Krankheit. Der Protestierenden wird erst diskret, später massiv bedeutet, ihr Geisteszustand gaukle ihr vor, wofür es keine Beweise gäbe. Natürlich, eine Verrückte! Das bestätigt sogar die Polizei, bei der sie Unterstützung verlangt, erbittet, erfleht, und just in diesem Moment trüber Tränenseligkeit klinkt die Vergangenheit, Paris um 1900, ins Getriebe der Gegenwart ein.

Simgar, E. Punkt, Bauleiter, Biertrinker, schluckt den Rest aus der Flasche, Kopf im Nacken, doch seitlich gewandt, so dass die Augen über das braune Glas, das grüne Etikett hinweg im Bilde bleiben. Die Vereinigung von Phantasie und Wirklichkeit macht ihm zu schaffen. Verstummt seine Witzelei, der sonst bollerig und glucksend vorgebrachte Kommentar über die sentimentale Handlung, von der beigeordneten Gattin und Hausfrau vergnügt mit Kichern applaudiert. Jetzt macht sie der Wegfall spöttischer Worte unsicher, darum kichert sie ohne Ursache, vielleicht auf eben das Fehlen der Ursache verweisend, vor sich hin. Oder nimmt er den Kitsch etwa ernst?

Das ist unmöglich. Warum schweigen vor den Glyzerintränen, übertriebener Wehleidigkeit, der unmodernen Frisur; unauffällig sich zur Seite wendend, muss sie erkennen, dass ihr Lebensgefährte oder wie man solche Männer, mit denen man zeitlich und örtlich zusammengespannt ist, bezeichnen mag, sich in diesen Minuten jenseits dieses gemeinsamen Lebens aufhält, in anderen Räumen, die mit ihrem gemeinsamen und aufgeräumten Wohnzimmer nicht identisch sind.

Erwin ist in eine andere Dimension abgehauen und hat sie zurückgelassen, die unsichtbare Pforte ihr ohnehin verschlossener Überlegungen hinter sich zugeschlagen, und sie sitzt draußen und kommt sich ausgeschlossen vor.

Ob er noch ein Bier wolle?! Oder gesalzene Erdnüsse?! Mittels zunehmender Lautstärke versucht sie, ihn dahin zurückzubringen, wo er hingehört: in ihre Wohnung. Was ihr Beieinander, das sie erst als harmonisch empfindet, sobald es gestört wird, unterbricht; was die spürbare Gemeinsamkeit, hervorgerufen von einem Elektronenstrahl, der so schnell ist, dass ihm das Auge nicht folgen kann, einseitig aufkündigt, sie ahnt es nicht. Wohl kaum der Umstand, dass sich das Geheimnis jetzt enthüllt: Die Mutter ist tot. Gestorben an Pest, siehst du wohl! Und weil justament die Weltausstellung begonnen hat, das große Touristengeschäft anhob, fanden sich alle Interessierten zusammen, den Fall zu vertuschen. So geht es im Kapitalismus zu: Verschwörung des Schweigens zum Schutz des Profites!

Lange nach der musikalischen Apotheose, Absage und Abschalten, nach Aufstehen, Kniebeuge, Seufzen, Lichtausknipsen und Zubettgehen stellt sich etwas wie eine Erklärung Erwins für seine plötzlich nachlassende Aufmerksamkeit ein. Zögernd vorgebracht, als fände der Erklärer seinen Vergleich zwar treffend, aber doch so ungewöhnlich, dass die Verlegenheit, die Besorgnis, nicht ernst genommen zu werden, sein Reden behinderte:

»Wie vorige Woche bei uns auf dem Bau ...« Und während er spricht, ignoriert er ihre schmerzlich verrenkte Pose, ein weiblicher Sankt Sebastian, die Arme wie rückwärts um eine Säule gefesselt, den Leib Pfeilschüssen ausgeliefert, märtyrerhaft auch diese Frau mit verzerrtem Gesicht, da sie die drei Haken und Ösen ihres Büstenhalters zu öffnen sucht, um endlich, keine Assistenz mehr von dem unaufhaltsam Redenden gewärtigend, ihre primären Merkmale in den Naturzustand zurückfallen zu lassen.

Ihm sei immerhin Diskretion angeraten worden, jedem gegenüber, aber da sie seine Frau wäre (was sie nickend und zustimmend aufnimmt, während sie ihr Nachthemd überstreift), müsse er ihr berichten, was da auf der Baustelle, also, beinahe wie im Film vorgefallen sei; »utopisch, sage ich bloß!« Aber es bedarf doch noch mehrfachen Durchatmens und Kopfschüttelns, bis das Ereignis Wort wird. Sie indes den Leib zurechtrückend, die Lider krampfhaft offenhaltend, voller Befürchtungen, den Schluss der Geschichte möglicherweise nicht mehr und stattdessen morgen früh Vorwürfe zu hören. (Falls er jetzt das Licht ausknipst, weil Dunkelheit Geständnisse erleichtert, dann ist's um sie geschehen!) Aber er schob sich auf ihre Bettkante, das war ungewöhnlich, und schon nach den Einleitungssätzen fragte sie sich, ob sie richtig verstanden hatte: »Hohe Repräsentanten«?! War ihm denn die Zeitung zu Kopp gestiegen? Sonst nannte er den Obersten doch nur beim Vornamen, wie die meisten, daraus auf Zuneigung zu schließen wäre aber zu voreilig. Auf einmal solche Förmlichkeit.

Obgleich vor ihr sitzend, sah sie Erwins Rücken unter der zerknitterten gestreiften Pyjamajacke, weil ihr müder Blick dauernd abirrte, den Frisierspiegel streifte, übereck an der Fensterwand und aufs Bett fokussiert, die Lust zu erhöhen, wenn man überhaupt von Lust und nicht von Pflicht reden wollte. An diesem Rücken tat ihr etwas leid. So gebeugt hatte sie ihn nie gesehen. Das gefiel ihr nicht. Es musste sich um was Ernstes handeln.

Und das Ernste?

Ein Staatsbesuch auf der Baustelle: Denk mal an. Und was bedeutet das?

Eine mittlere Katastrophe. Stell dir vor: Für diesen Zweck musste extra eine Betonstraße angelegt werden. Völlig sinn- und nutzlos. Bloß damit die Kavalkade bis zu dem im Bau befindlichen Block im Neubauviertel fahren durfte. Und gestern – gestern haben sie die ganze Betonbahn bis zu diesem Punkt wieder abgerissen.

Und unsere Brigade hat sich im Innenausbau zu erhöhter Materialeinsparung verpflichtet.

Alles gut und schön oder traurig und schlecht, aber denk doch mal an Südafrika oder Libanon, Erwin. Oder die Ölpest an der französischen Küste. Oder das Erdbeben in der Türkei. Die Welt ist eben unvollkommen, Erwin. Du sagst: »Utopisch«, und was meinst du eigentlich damit? Dass eine Zukunft, weniger durch Glück und Wohlstand, Friedlichkeit und Menschlichkeit gekennzeichnet als durch das Gegenteil des Ersehnten, unbemerkt begonnen habe, und wo sie ihre negativen Vorwegnahmen zeige, zu dieser Charakterisierung verleite? Oder heißt das nur soviel wie: unglaubhaft?

Schlaf noch nicht ein. Der Film fängt erst an: Vierundzwanzig Stunden vor dem Besuch werden alle Bauarbeiter jenes besagten Abschnittes, der besichtigt werden soll, abgezogen. Anstatt der Kollegen bevölkern Personen in Arbeitskluft und mit Schutzhelmen auf den Köpfen die Baustelle. Als der »hohe Gast« auftaucht, begrüßt ihn das »Vertrauen der Werktätigen«, die »enge Verbundenheit« und anderes Unaussprechliches, in das man nicht mal morgens seine Brote einwickeln mag, und er, der Erste über viel zu Ungleichen, schüttelt prompt und freundlich und beiläufig alle amtlichen Hände, denen man ansehen, anfühlen müsste, dass sie noch nie einen Stein, eine Kelle, einen Betonblock angefasst haben. Und ich kann nicht einschlafen, weil mich die Frage quält: Weiß er's oder weiß er's nicht? Will er es überhaupt wissen? Und wem spielen sie was vor? Uns? Der Welt? Sich selber? Und zu welchem Preis?

Nie wieder soll es morgen früh werden, betet ein Stimmchen hinter der umlockten Stirn, hinter haltlos zuklappenden Lidern: Können wir nicht morgen noch mal darüber. Morgen ist doch auch ein Tag. Gut Ding will Weile.

Später mitten in der Nacht und während einer zeitlosen Sekunde, zugleich wie durch das Objektiv einer Spiegelreflexkamera hindurch, rechteckig eingerahmt von Schwärze, es ist aber bloß die offene Schlafzimmertür, sieht sie ganz fern und in traumhafter Scharfeinstellung Erwin am Küchentisch: er beugt sich über etwas, das Profil geneigt, die Nase fast auf der Platte. Auch herrscht eine urtümliche Lautlosigkeit, so dass sie, ungewiss über den Charakter des Bildausschnittes, ob real oder nicht, gleich wieder in ihre vorhergehende Abwesenheit zurücksinkt. Erst als sie den Schlafenden neben sich nach dem Weckerläuten wachrüttelt, unerwartet Schnapsgeruch aufsteigt, erinnert sie den schon vergessenen Anblick.

Der Mann an ihrer Seite kommt nur unwillig zu sich.

Wehrt sich brummelnd gegen das Aufwachenmüssen. Hält sich gar am Kopfkissen fest, drückt die Stirn tiefer in die nachgiebige Federmasse, zurück, nur zurück ins Ungeborensein, und es bedarf erst eindringlicher Ermahnungen, ehe der Murrende ins Bad wankt; von wo es gleich darauf kraftlos plätschert, herzzerbrechend seufzt und trostlos stöhnt.

Auf dem Küchentisch eine Dekoration aus verkritzelten, linierten Bogen: »Sehr geehrter Herr Vorsitzender ...« stand da, darunter das meiste unleserlich, vieles ausgestrichen, verbessert, mit Ausrufezeichen geschmückt. Ihr Unterleib, eine Art organischer Seismograph, registrierte sofort, dass solch Geschreibsel Unheil bedeutete. Seit der Schulzeit besaß man Kenntnis, zwar mangelhaft, doch für das eigene Verhalten ausreichend, dass die Oberen eben anders waren und anders sind und anders bleiben. Wenn sich das in ein paar tausend Jahren nicht geändert hatte, warum dann eigentlich heute und an diesem Mittwochmorgen? Und: war denn nicht vieles viel besser geworden im Zeitlauf? Wir können in den Tierpark nach Friedrichsfelde fahren, die Bestien bestaunen, ohne befürchten zu müssen, ihnen zum Fraß vorgeworfen zu werden, was uns früher in Rom hätte leicht passieren können, auch leiden wir nicht an Pest und Aussatz, keiner wird enthauptet, keiner gevierteilt, weil er in der Kaufhalle eine Flasche »Herz As« stahl, müssen wir nicht dankbar sein? Quatsch, Löwen. Wegen solchem Brief doch nicht. Schließlich muss man *ihn* aufklären. Der weiß es nicht, das glaube ich nun doch. Der kann das gar nicht wissen. Die schirmen ihn einfach von allem ab. Der Mann erfährt ja nichts. Was soll denn da schon passieren?

Rhetorische Frage, weil man sicher ist, darauf keine Antwort zu erhalten. Erwartet auch keine. Besser keine. Jede enthielte doch bloß ängstliche Spekulation. Sind nicht Leute schuldlos bestraft worden? Für bloßes Mundaufmachen? Ja, früher. Aber ist denn früher vorbei?

Furcht, Gespenst aus Kindertagen, lebt auf, als wären wir aus den Kinderschuhen immer noch nicht heraus. Und wirkt wie eine starke Droge, lähmt den Körper, aber produziert rasend schnell Einfälle:

Hast du Beweise, Erwin?

Prusten, Lachen, als hätte sie einen Witz gemacht.

Beweise? Mensch, als wenn das nicht jeder wüsste – jeder! Alle reden davon, von nichts anderem!

Das weibliche Beharrungsvermögen, ein Faktor, der die Welt nicht allein erhält, sondern sie möglicherweise nur erhalten hat, um sie doch noch der Zerstörung auszuliefern, durch Beharren auf biologischer Reproduktion, unter allen Umständen, setzt sich gegenüber männlicher Voreiligkeit und unüberlegter Hast meist durch.

Und falls nun die andern tun, als wüssten sie nichts? Dann stehst du als Lügner da oder als was Schlimmeres, und das ist kein Spaß …

Also gut.

Bereits nahe am Rande ihrer verfügbaren Zeit, vor dem Absprung in Gewohnheit und Wiederholung, Taschen schließend, Mäntel zuknöpfend, das Resümee ihres Dialoges, Zugeständnis und Versprechen: Mit den andern zu reden, zwecks Bestätigung seiner Eingabe oder wie man das nennt; damit war sie zufrieden. Eine leicht herstellbare Zufriedenheit, durch einfaches Nachgeben bewirkt. Nun darf man sich trennen, überhastet, keine Bahn wartet wegen ihrer Diskussion, immerhin im »gegenseitigen Einverständnis«, wie die Zeitung das bezeichnen würde.

Wie man einander aus den Augen verliert, über eine Weile hinweg, so aus dem Sinn. Arbeit, worin wir uns verwirklichen sollen, verdrängt jedes Erinnern. Ist ohne Gedächtnis das Selbst endlich realisiert? Wenn, was geschieht, seine Identität in der Zahl findet, muss Frau Simgars Ich hinter der Registrierkasse aufblühen. Nichts als Summen, von denen man kaum in der Mittagspause frei wird, um, mit der Rückkehr eingeprägter Szenarien, vielleicht weniger man selbst, dafür aber erneut desto bänglicher zu sein. Erwin in seinem Bauwagen blendet auf, Stullen kauend, müde, seiner kurzen Nachtruhe halber, maulfaul, sie sieht ihn sitzen, obgleich keine solche Bude von innen kennend, seine stumpfen oder insichgekehrten Blicke; Worte sammelnd, um gleich den Kollegen seine Absicht zu erklären. Oder ganz anders: Ins Streiten geraten, hat er unbedacht Grobheiten ausgestoßen, nun hockt er schon beim Verhör, Beamte umgeben ihn, Anstifter er, Hintermänner wer, wer zu überlegen anfängt, wird verrückt. Das denkt man so beiläufig und nebensächlich in sich hinein, spricht es auch mal aus, und doch: Es ist die reine Wahrheit. Wenn aber Wahrheit und Verrücktheit so eng verschwistert sind, ist es dann nicht in der Ordnung, aus Sorge um die allgemeine geistige Gesundheit die Wahrheit unzugänglich zu machen? Auf was für Gedanken man gerät, Abwege, dass man sich selber verdächtigt, leicht defekt zu sein. Bekloppt. Undicht. Beschattet. Mit einer Tasse zu wenig im Schrank.

Der Mann und Bauleiter am Küchentisch, schlechter rasiert als sonst oder es scheint nur so oder das Lampenlicht fällt ungünstig, neuerdings jedenfalls, und macht ihn älter, und statt der Bratkartoffeln, mit viel Liebe und viel Zwiebeln bereitet, nimmt er Schnaps zu sich, wieso das »Alkoholgenuss« heißt, wenn sich einer hinterher derart schüttelt, völlig unverständlich. Obschon sie das Ergebnis vorausgesehen hat, blondierte Kassandra, bis zu den rötlich aufgerauten Ellenbogen im Spülwasser, würde sie gerne auf solche Prophetie verzichten. Die Gabe der Zukunftsvorausschau macht keinen glücklich.

Nach dem dritten Doppelten, und man darf jetzt keineswegs gegen solchen Missbrauch protestieren, ein dürftiger Kommentar: »Die haben alle Schiss, alle. Alle!«

Wer denn nicht, hätte die Erwiderung zu lauten, die man aus Selbstachtung unterlässt. Solange man seine Angst verheimlicht, bleibt man sich erträglich. Das Eingeständnis, dem Mund entflohen, holt keiner zurück: die Kraniche ziehen, und man kann ihnen nur noch hinterdreinschauen. Wer von sich selber die Wahrheit sagt, ist verrückt oder wird verrückt.

Herumwirtschaften, Tellerklappern, Gabelklirren, gewohnte Geräusche erzeugen, damit der Verlauf des Abends gleich dem aller Abende ihn beruhigen möge. Es ist doch nichts passiert, Erwin! Was war denn? Gar nichts …

Das haben sie der Söderbaum auch gesagt, schreit Erwin, und Schreien gehört nicht zum normalen Ablauf. Da muss man sich schon sehr, aber sehr zusammennehmen, um nicht ein Echo gleicher Tonlage zu werden. Wie man in den Wald – Oh, nein, sondern: Ob er noch Nachtisch wolle? Einen Rest Heringssalat von gestern könne sie auch noch offerieren, doch er weist das Friedensangebot zurück, indem er weder auf Nachtisch noch auf Hering eingeht:

Bloß einer war Feuer und Flamme für meine Idee! Der Student, der bei uns Hilfsarbeiter ist. Der wollte gleich unterschreiben. Aber der will bloß eingesperrt und abgeschoben werden. Da soll er sich mal hübsch selber was einfallen lassen …

Ergo: Wirkungslos die flinke Wiederherstellung unwandelbarer Küchenordnung, wirkungslos die Rückkunft lichten Glanzes auf dem bunten Wachstuch, wirkungslos der sorgfältige Aufbau des Geschirrs, Ablegen der Bestecke in ihr Fach, Wegräumen der Gewürzstreuer, nichts hat Erwin bemerkt. Als besäße sie vor ihm die Substanz eines Schattens, wie ihn Zweige werfen, windbewegt, hin und her, Aktivität ohne Sinn, aber im Saubermachen *ist* ein Sinn, sogar ein höherer, als Männer glauben. Hat nichts geholfen, gut, weiß sie ein letztes Mittel. Uralt. Archaisch. Geheimrezept, nur mündlich von Müttern an Töchter weitergegeben: In Notfällen wie sture ehemännliche Verbohrteit in ein hinderliches Problem durch willige Preisgabe des eigenen Körpers an den gedanklich und seelisch Heimgesuchten den Bann lösen. Männer sind wie Kinder, weißt du, leicht abzulenken. Zur Wirkungsgarantie stellt die Textilindustrie optische Aphrodisiaka bereit, was man so anschnallt, umschnallt, durchsichtig, teilverhüllend, halbentblößend, zur Verfremdung von Fleischwaren, vor denen der Überdruss physisch kapituliert hat.

Eile tut Not. Ist erst einmal der Schnaps ausgetrunken, ist Hopfen und Malz und der Aufwand, eine Bajadere zu sein, verloren und vergeblich gewesen. Darum rasch davonhuschen, ungesäumt entkleiden, fliegende Handbewegungen, ungeduldig zerrende Finger, Haken und Ösen, Gummibänder spannen und zuletzt das rote Chiffontuch über die Nachttischleuchte, zur Herstellung der »richtigen« Stimmung. Beleuchtung, die Leidenschaft erweckt. Illumination der Verworfenheit und gewerbsmäßiger Sünde: sich das vorzustellen, das haben sie gern, das mobilisiert ihr zentrales Nervensystem, das leitet die stärkere Durchblutung des Schwellkörpers ein. Auch die Prostata, von der man meist nur Schlechtes hört, Obstruktion und Dienstverweigerung, wird durch den rötlichen Schimmer zur Pflicht gerufen.

Kommst du endlich, Erwin?

So tönte es aus keinem Nymphäum, aus keinem dunklen Hain, aus keiner Grotte, unnachahmlich der Klang, unter dem Jahrtausende sich verflüchtigen zum Nichtgewesensein, zum Staub aller mechanischen Wiederholungen, so dass selbst das Niegezählte zum Erstmals aufwacht, vermessen jene flüchtige Geste, das Entzücken der Künste seit ihrem Entstehen, und so ungelenk gegenseitig, dass vor solcher Zauberin der Schiffbrüchige freiwillig zu dem vernichtenden Element zurückgeflüchtet wäre. Unter dem unmenschlichen Ächzen des Aufzuges hier im fünften Stockwerk greift keine Verzauberung um sich. Die Kraft, sich aus Menschen in Halbgötter zu verwandeln, ist längst widerlegt worden. Hier, unterschreiben Sie, dass Sie nicht einmalig sind. Ja, Kirke: Von uns bestehen nur noch bedeutungslose Posen fort. Wir haben zivilisatorischen Speck angesetzt. Schlachtreif. Mehr sind wir nicht.

Durch das Tal zwischen den Schenkelgebirgen der Durchblick trifft den Mann in der Küche, den Mann am Tisch, den Mann, der seine Arme aufstützt, den Mann, der sein Haar glattzustreichen sucht, der aussieht, als sei ihm nicht, als sei ihm geradezu übel, aber was hilft es: einer höheren Einheit zuliebe Opfer bringen ist immer Sache der Frau.

Doch wird es abgelehnt. Der Gott verweigert sich. Er gibt sich erstarrt, versteint, blind und taub, und bringt seinen müden Hintern nicht vom Stuhl hoch. Man sollte nicht meinen, dass das Leben so unvermittelt in etwas übergehen kann, das kein Leben ist. Zu der abgezirkelten Figur drüben in seinem Bett denkt er nicht hin, die bereits, noch in Wartestellung, schon das verdorbene Laken abzieht und es in die Waschtrommel presst, weg mit dem Fleck. Vermöchte man doch wie Kristina Söderbaum sich durch Tränen zu erleichtern, schließlich ist unser beider Schmerz der gleiche: wirklich unwirklich. Aber so weit reicht das Celluloid nicht in die Küche hinein, dass die Erlösung auch Erwin einbezöge, statt des guten Ausganges, des positiven Schlusses – gar kein Ausgang, kein Schluss, für ihn läuft es immer weiter:

Ich komme gleich!

Vor dem Aufstehen, vor der Pflicht ohne Recht noch ein Glas: das wenigstens ist den stummen Statisten gestattet, ehe sie sich der Inszenierung beiordnen.

1979

In eine Lage versetzt

Eines Morgens beim ersten Blick in den Spiegel kam sich der Schriftsteller verändert vor: Sein Schnurrbart, sonst der Mundwinkelneigung melancholisch angepasst, schien zu beiden Seiten leicht aufgerichtet, fast wie gesträubt, und als er witternd die Nase bewegte, schloss sich der Schnurrbart der Gymnastik des Gesichtszentrums an. Und wie unrasiert er war, greulich, und die Gesichtsfarbe, ungesund, fahl, farblos, wahrscheinlich vom alkoholischen Exzess des gestrigen Abends oder nur vom vielen Denken.

Das Denken gehörte ja zum Beruf, leider, das war nicht zu ändern. Eine andere Begleiterscheinung wäre ihm lieber gewesen, etwa die Fähigkeit des Fliegens oder des Sympathieerweckens, aber Denken – eine trostlose, herostratische Beigabe.

Was dachte man denn schon so, dachte der Schriftsteller, während er sich eifrig putzte, doch nur Unangenehmes, Bedrückendes, das man, kaum bedacht, anderen mitteilte. Etwa etwas über die unleugbare Notwendigkeit der Angst! Die Angst als einzig unfehlbaren Indikator für sämtliche uns umgebenden Phänomene. Nehmen wir zum Beispiel dieses Stück Käse, dachte der Schriftsteller, und er nahm es vom Teller, um behaglich daran zu knabbern: Käse ist gut, weil er keine Angst hervorruft. Würde ich bei Käse Angst verspüren, wäre Käse schlecht. Er wischte sich nachdenklich den

Mund und überlegte, ob diese Einsicht in das Wesen des Käses schon aufschreibenswert wäre, oder ob er den Gedankengang weiter vorantreiben sollte, wobei man möglicherweise in Bereiche geriet, deren philosophischer Boden dem draußen im Garten nach heftigem Regen ähnelte. Man ging immer unsicherer und machte sich nur schmutzig. Sei's drum, dachte er, wenn ich nicht weiterdenke, wer dann wohl sonst, und wenn nicht jetzt, wann dann?

Angst hingegen meldete sich prompt bei der Vorstellung jenes »besonderen Dinges«, aber außer der Angst vor diesem selber stak in ihm eine zweite Angst vor dessen genauer fachlicher Bezeichnung, die auszusprechen man besser vermied, wollte man es nicht noch extra auf sich aufmerksam machen. Fühlte er sich einmal, was nicht oft und nie ohne vorangegangenen Alkoholgenuss geschah, mutig genug, so wagte er immerhin, es bei sich »Das Gerät« zu nennen. Mehr jedoch brachte er auch in seinem heimlichsten Herzen nicht zustande. Dabei hatte er es nur einmal im Halbdunkel eines engen Korridors blinken sehen, weit hinten, das Gestänge kaum erkennbar, die Feder gespannt, das Holzpodest nach Harz duftend, doch war dieser Geruch überlagert von einem anderen, der ihm das Wasser im Munde zusammenlaufen ließ. Aber das »besondere Ding« war schlecht, sehr schlecht, weil es ihm solche Angst machte. Er dankte dieser Angst, weil sie ihn bisher vor dem »besonderen Ding« bewahrt hatte: sie war das einzige Unterscheidungsvermögen, das ihn in der Welt sich zurechtfinden ließ. Und sie funktionierte nicht nur angesichts bedenklicher Gegenstände, sondern genauso im Hinblick auf bedenkliche Gedanken – je weiter man denen folgte, und als er das dachte, merkte er, dass er sich schon zu weit gewagt hatte, desto häufiger drohten sie, ihm das zu bereiten, was er eigentlich vermeiden wollte. Denn unweigerlich führten alle Gedanken, auch wenn sie erfreulich mit wohlschmeckendem Käse anhüben, rasch zu dem »besonderen Ding«, unter dessen Existenz seine eigene verlief, ständig von Vernichtung bedroht. War denn Denken wirklich so schlimm, dachte er, dass man sich nicht davon lösen konnte, wo doch andere ohne diese Beigabe auszukommen schienen. Warum wollte man gerade ihm an den Kragen, da er sich überhaupt keiner Schuld bewusst wurde? Er hatte sich solche Mühe gegeben, beim Denken im Radius des Käses zu bleiben, aber es lag nicht an ihm, dass er sich bald in Schreckvisionen verlor. Vielleicht könnte man ein Abkommen treffen, dachte er, das dazu führte, dass jenes »besondere Ding« aus seiner Umwelt entfernt würde. Er war überzeugt, bessere gute Gedanken denken zu können, sobald »Das Gerät« nicht länger als dauernde Gefahr in einem der bekannten Hintergründe lauerte – aber gerade seinet- und seinesgleichen wegen stand es ja da!

Vermutlich gibt es keine Rettung davor, für keinen von uns. Alle noch so sorgfältig gewählten und abgesicherten Gedanken sowie ihr Aufschreiben hatten zu nichts geführt. Man hatte ihn in eine Lage versetzt, die ihm keinen Ausweg ließ. Wo sollte er hin, ein Schriftsteller, kenntlich am grauen Fell, den schwarzen Augenperlen, der hastig huschenden Bewegung und der unveränderlichen Art und Weise, sich mit den Vorderpfoten die Nase zu wischen.

1980

Das Gespenst vom Ölmühlengang

Wirklich nichts Außergewöhnliches. Im Vorübergehen der Blick in ein anderes Augenpaar – mehr nicht. Eine gleitende Sekunde, kaum registriert, schon vergangen, wie alles unaufhaltbar vergeht. Danach das unverhoffte Aufmerken, ein panisches Sich-Erinnernwollen: Wer war das? Wo bin ich diesen Augen schon begegnet? Und wann?

Während die Beine verselbständigt weiterstelzen, in die ihnen zugewiesene Richtung, überschlagen sich die Gedanken. Unwillkürlich drängt die Muskulatur den Oberkörper zu einer halben Drehung, zu einer Rückwärtswendung. Anhalten. Stehenbleiben. Und Lorenz sieht gerade noch, wie der andere, der ihm plötzlich bekannt vorkam, hinter der nächsten Ecke verschwindet.

Soll man ihm folgen? fragt sich Lorenz. Das war doch jemand von früher, von drüben, wie man den östlich gelegenen, amputiert gewesenen und noch nicht wieder recht angewachsenen Landesteil immer noch nennt. Das hat sich eingebürgert und hört nicht auf. Mit Geographie hat das nichts zu tun.

Lorenz ist beunruhigt. Er verspürt ganz stark die Versuchung, hinter dem anderen herzurennen, um sich Gewissheit zu verschaffen. Ein Irrtum würde seinen Nerven guttun. Hätte er jedoch recht gehabt und käme es zu einem tatsächlichen Wiedersehen, wie sollte er sich verhalten, was sagen, erklären, erläutern, bekennen? Vielleicht ist die Ungewissheit tröstlicher; besser die Begegnung in der Schwebe lassen, im Vagen, nicht dran rühren. Weitergehen, Lorenz, das Büro wartet, die Arbeit, die Zeitgeschichte, wenn auch zum Glück eine gewesene, der keine Besorgnisse, keine schmachvollen Spekulationen mehr entsteigen.

Lorenz folgt dem Pflaster der schmalen Gasse, buchstabiert längst nicht mehr den Namen »Ölmühlengang« und passiert Sankt Laurentii, dessen überdimensionaler Turm die Kleinstadt überragt. Trotz seines anderthalbjährigen Aufenthaltes im Ort hat er die Kirche noch nie betreten, zu der er doch zumindest durch den ihr zugeordneten Heiligen eine oberflächliche Beziehung hat. Lorenz weiß nur, dass Laurentius ein Märtyrer gewesen ist, auf einem Rost von Heiden gebraten, weil er den Kirchenschatz nicht herausrücken wollte.

Ob der andere, wie Lorenz ein Einfall zuraunte, sich im Moment des Aneinander-Vorbeigehens verstellt hat, um ihn, Lorenz, in scheinhafter Sicherheit zu wiegen? Jetzt, als er die paar Stufen des Verwaltungsgebäudes hinaufsteigt, wird ihm überraschend klar, dass er insgeheim mit solchem Zusammentreffen gerechnet hat. Der Umzug in die Anonymität einer Großstadt wäre nun auch kein Hineinschlüpfen in einen Laurinsmantel gewesen, aber in einer Kleinstadt, logo, ergaben sich statistisch mehr Möglichkeiten, auf eine Person aus der eigenen Biografie zu stoßen.

Der Schreibtisch mit der handhohen Figur Kaiser Karls, die Regale mit den bunten Ordnern, der Farbdruck einer Düne, gelber Klumpen zwischen hellem Blau oben und dunklerem unten, redeten ihm die Befürchtungen aus. Nur ein reiner Reflex von Überwachsamkeit. Ein Fremder, auf den Lorenz unbewusst eine Ähnlichkeit projiziert hatte. Unfug! Und nach der ersten Tasse Kaffee umfing eine wenig aufregende regionale Historie den Herrn Archivar Lorenz und schirmte ihn gegen weitere Phantastereien ab. Die Beschäftigung mit dem Grundriss der nahezu zerstörten Stadtmauer wirkte sedierend. Man hat eben immer Mauern gebaut, nicht wahr? Man konnte nicht so einfach hopplahopp seine Stadt verlassen oder betreten, hingehen, wohin das Sehen zog. Die Regel bestand in der bewachten Umgrenzung städtischen Raumes. Bestand in der Überwachung der Bürger. Dafür bot die Stadt Sicherheit und Schutz. Von Anfang an, von Jericho, wo die Bauleute offenkundig gepfuscht hatten, da ein paar Trompetenstöße den Wall einstürzen ließen, bis Troja, Rom, Berlin. Stets dieselbe Konstruktion. Wären die ehemaligen Vorgesetzten von Lorenz bloß etwas gebildeter gewesen, sie hätten auf den Limes verweisen können, die befestigte Grenze gegen anstürmende Barbaren. Zu spät. Der Limes innerhalb seines Vaterlandes war gefallen, die Völkerwanderung hatte eingesetzt, und Lorenz, Geschichtskundler von hohen Graden, überzeugt von den Wiederholungszwängen aller menschlichen Unternehmen, war rechtzeitig vor dem großen Desaster aus der Heimat entwichen. Um einen stillen Unterschlupf und Lohn und Brot und Jahresurlaub und Aussicht auf Verbeamtung zu finden. Da erwies sich die Randlage fern den urbanen Anhäufungen als richtige Wahl.

An den Sitzungen der Stadtverwaltung nahm Lorenz selten teil. Einzig wenn es die Planung für besondere Präsentationen verlangte, trat er mit Dokumenten und Urkunden in Erscheinung, meist zur allgemeinen Zufriedenheit. Natürlich enthielt auch die örtliche Geschichte die bekannten Schönheitsfehler jener Vergangenheit, von der immer noch als zu »bewältigende« die Rede war. Doch Lorenz, geschult durch ehemalige Archivtätigkeit und geschichtsbedingte Umstände, wusste instinktiv, was bei Vorgesetzten, bei manchen Mitbürgern Unbehagen hervorriefe, und das ließ man am besten im Kasten. Selektive Geschichtsaufbereitung, entsprechend der zu erzielenden Wirkung. Geschichte war vielschichtig, man konnte sich und andere daraus bedienen, ohne sie zu vergewaltigen. Oder doch nur ein bisschen, indem man spezifische Aspekte betonte. Das fiel Lorenz leicht.

Manchmal kam es ihm sogar vor, als hätte seine Fähigkeit den Ausschlag für seine Anstellung gegeben. Bereits beim ersten Bewerbungsgespräch nahm er zufriedene Mienen und schweigende Zustimmung wahr. So fing Lorenz ein neues Leben an, jenseits der alten Probleme; auch der Mensch vermag sich zu häuten, redete er sich ein, entschlossen den alten Adam abgestreift, den neuen Göttern Lippendienst erwiesen.

Auf einmal aber schien die zweite Existenz bedroht. Die flüchtige Begegnung verweigerte das Vergessenwerden. Besonders wenn Lorenz mit etwas gänzlich anderem beschäftigt war, Akten ordnete, bräunliche Fotos registrierte, stand er erneut im »Ölmühlengang«, Auge in Auge mit wem bloß, und spekulierend, ob es sich möglicherweise um jenen Filmwissenschaftler gehandelt haben könnte, den Mann, der wie andere zu tief in Glas geschaut, zu tief in die Akten, die Lorenz einst hütete, Einblick genommen hatte. Oder der Redakteur vom Kulturmagazin, von dem man nicht wusste, was er mit seinen frisch erworbenen Kenntnissen treiben würde? Lorenz versuchte, sich die Gesichter seiner einstigen »Kunden« vorzustellen. Zwar wurde ihnen Einsicht in Dokumente und Schriften besonderer Art gewährt, doch er, Lorenz, kannte nie die dahinterstehenden Zwecke. Er verwaltete nur, trug Namen ein, sicherte Papiere, schloss weg, versperrte Material, und vermochte sich doch nicht an das Gesicht zu erinnern, von dem er meinte, dass die dazugehörige Gestalt mit ihm, mit seinem Schicksal verquickt sei.

Als könne er die Wirklichkeit magisch beeinflussen, ging er fortan täglich zur selben Uhrzeit, auf die Minute genau, durch die Gasse, der erneuten Begegnung entgegenlauernd, voller Hoffnung und Angst jeden Passanten musternd. Dann an der Kirche entlang. Heiliger Laurentius, meine Qualen sind ähnlicher Art, nur ins Seelische transformiert. Ich liege auf dem Rost der Vergangenheit, gepeinigt von Gespenstern aus abgelebten Gestern, die mich ans Messer liefern wollen. Lügenhaft zu behaupten, Vergessen sei mühelos, ein natürlicher Vorgang, hingegen ich strenge mich damit an, und es misslingt mir andauernd. Gerade der Aufwand an Energie, das Erinnern abzuschalten, zeugt fortgesetzt Erinnern. Die Umwelt ist ausstaffiert mit Andeutungen, Fingerzeigen, Symbolen, deren einzige Aufgabe es ist, Vergessen zu verhindern. Ich hätte dem Mann doch nachlaufen sollen. Sicherlich Zufall, nicht Fatum, führte ihn durch die Gasse. Er konnte doch gar nicht ahnen, wo ich jetzt lebe. Ich muss etwas gegen die Bedrückung unternehmen.

Als ihm, schlaflos wie neuerdings, im Dunkel einfiel, es könne eventuell schon ein Schreiben in seiner Angelegenheit unterwegs sein, stand er sofort auf, um bei Lampenlicht hin und her zu wandern, den Kopf gesenkt, murmelnd, ein Selbstgespräch haltend, das ihn erleichterte. Einen Erstschlag führen, bevor das Unheil losbrach. Angriff ist die beste Verteidigung. Den Gegner nicht zum Zuge kommen lassen, ihn taktisch und strategisch im Vorfeld seiner Aktion mit den gleichen Waffen schlagen. Bestand nicht alle Kriegskunst darin, in einer Vorwärtsbewegung dem Feind zuvorkommen? Lorenz entwickelte einen Plan, um der unsichtbaren Bedrohung zu entgehen. Er würde einfach eine Denunziation schreiben, anonym selbstverständlich, und sich selber bei der Verwaltung anzeigen!

Ein Schrieb, sogleich als Wisch erkennbar. Des Inhalts, dass Lorenz Spitzel gewesen sei, Mitarbeiter des Ministeriums für Staatssicherheit und nun ein Maulwurf im demokratischen Rosengarten, ein Unterwanderer der Verfassung, dem es die Larve vom Antlitz zu reißen gelte! Jeder Satz müsste gemein und hinterhältig klingen, fragwürdige Bezichtigungen, plumpe Behauptungen. Man würde Lorenz zu einem klärenden Gespräch bitten, dem er sich sorglos stellen könnte.

Wie lange sind Sie schon bei uns tätig, Herr Lorenz, über ein Jahr, wie doch die Zeit vergeht, die Verwaltung war und ist mit Ihrer Tätigkeit absolut zufrieden, es scheint, dass hier noch einige Fragen offen sind, Ihre vormalige Anstellung betreffend, bei der es Kontakte zur Geheimpolizei gegeben haben dürfte, wenn Sie bitte dazu Stellung nehmen könnten …

Und Lorenz, ohne Erröten, ohne Verlegenheit, ohne Anzeichen von Schuldbewusstsein, für welches er sowieso keinen Anlass erkannte, hätte Gelegenheit, sich zu entlasten. Zugegeben, dass er eine sogenannte »Quelle« gewesen sei, aber nicht mehr als das. Alle Archive hätten damals dem Innenminister unterstanden, auch das seine, wo er von Offizieren befragt worden wäre, welche Individuen in welche Dokumente Einsicht gehabt hätten. Da ohnehin jeder in der Kartei eingetragen gewesen sei, wie auch bei uns üblich, und er hob das »uns« leicht hervor, um seine aktuelle Amtszugehörigkeit anklingen zu lassen, wäre es ohnehin unsinnig gewesen, Namen und Daten nicht nennen zu wollen. Die hätten doch bloß selber nachzusehen brauchen, waren aber zu faul, die Bande! Das wusste jeder Mitarbeiter des Archivs. Und sehr wahrscheinlich, da ich nichts zu verbergen hatte, bin ich bei diesen kurzen Informationsgesprächen beobachtet worden. Meines Wissens habe ich niemandem geschadet …

Man sei zur Nachfrage verpflichtet gewesen, würde es heißen, man hätte sich ja denken können, dass Lorenz eine reine Weste habe, und er zöge sich anschließend an seinen Schreibtisch zurück, um die Ausstellung »Unsere Stadtmauer im Wandel der Epochen« vorzubereiten und künftighin ungestört zu bleiben. Jetzt könnte derjenige, der ihm begegnet war, sonstwas verraten. Lorenz war dem Mann zuvorgekommen und hatte sich im voraus als Opfer eines Neiders deklarieren können. Selbst wenn der andere die Wahrheit schriebe, dass Lorenz ihn wegen verdächtiger Studien gemeldet habe, Studien, bei denen einem die Typen untergekommen waren, die vor und nach 1945 Parteikarriere machten, obgleich jedesmal in einer anderen Partei, das würde nichts mehr bringen, kein Interesse amtlicherseits mehr hervorrufen. Und bedachte man es genauer, war es Lorenzens Pflicht gewesen, die Parteigrößen vor Schaden zu bewahren. Hatte er somithin nicht Datenschutz geübt, wenn auch verfrüht? Ja – dieser Blick! Es war der Filmwissenschaftler gewesen, der bald darauf in der Provinz Hilfsarbeiter wurde. Nein – der Historiker, den sie in die Dorfbücherei versetzten … Oder doch der Journalist, der Trinker geworden war?

Nun schlenderte er gleichgültig durch den »Ölmühlengang«, blicklos für die Fußgänger, nur vor Sankt Laurentii blieb er häufiger stehen: Wir Märtyrer einer guten Sache, die gescheitert ist. Auch das Christentum hat sich nicht durchgesetzt. Tag für Tag erwartete er die Gesprächseinladung, erbangte sie gar bald, ohne dass ihn der Ruf erreichte. Er fing an, sich um den Posteingang zu kümmern, obwohl sein Brief bestimmt längst eingetroffen war. Jawohl, Herr Lorenz, die Post ist schon vor einer halben Stunde verteilt worden … Für Sie war nichts dabei … Nichts …

Ihm wurde unheimlich zumute. Warum kein Echo? Keine merkbare Veränderung innerhalb der Besprechungen mit Kollegen, mit Vorgesetzten; kein leisestes Anzeichen, kein verstohlener Blick zwischen den anderen, keine distanzierende Kühle beim Umgang mit ihm, es war zum Verzweifeln. Sie mussten es doch gelesen haben!

Lorenz hatte ein Signal gesetzt, ohne dass sich darauf etwas ereignet hätte. Die Ungewissheit, das Fragwürdige seiner hiesigen Anwesenheit, war geblieben und hatte sich verstärkt. Denn jetzt wusste er immerhin, dass die anderen etwas über ihn wussten, was sie vordem wohl nicht vermutet hatten. Und sie schwiegen, steinern, wie die Skulpturen im Timpanon über dem Portal, durch das es ihn jetzt jeden Sonntag trieb, ohne dass er Erleichterung erfuhr. Dieser verdammte Protestantismus! Abschaffung der Ohrenbeichte! Und was kam bei solchen Reformen heraus? Verlassenheit und Trostlosigkeit. Lorenz kannte die Folgen von Reformen nur zu gut. Es fängt mit Reformen an und hört mit dem seelischen Niedergang des Einzelnen noch lange nicht auf! Selbstverständlichkeit des Individuums – Scheiße! Und während er in der Bank niederkniete, die Stirn gegen die Rückwand der Vorderbank gepresst, hasste er sich dafür, nicht nach Regensburg oder einem anderen dieser Plätze umgesiedelt zu sein, wo man das ausschütten konnte, was man für sein Herz hielt, und das doch nichts weiter als eine Mördergrube war.

1994

Die Therapie

Im Umgang mit Wahrheiten sind wir oftmals völlig hilflos. Und zwar dermaßen, dass wir sie umformen müssen, gar verformen, um sie überhaupt zu ertragen. Glücklicher ist durch die Wahrheit sowieso niemand je geworden. Wenn man aus der unübersehbaren Zahl Unglücklicher den Umkehrschluss ziehen wollte, es müsse ein Übermaß an Wahrheit vorhanden sein, erliegt man einer Täuschung. In den Grenzbereichen zwischen Wahrheit, Unglück und Täuschung, einer undurchschaubaren Zwischenwelt, siedelt jedenfalls eine ganz bestimmte Berufssparte seit ihrem Entstehen: die des Journalismus.

Die Journalisten, Kreuzritter des Relativismus, einfach Lügner zu nennen, Rechercheure aus Zynismus, die nach dessen Bestätigung gieren – das wäre wohl zu simpel. Manchmal ist ihr Umgang mit den Tatsachen fragwürdig, denn sie besitzen ja die Macht, Tatsachen glaubwürdig erscheinen zu lassen oder unglaubwürdig, entsprechend eigenem oder fremdem Willen.

Elmar war sich dessen bewusst, seitdem er beim, sagen wir mal, »Städtischen Tagblatt« als Mitarbeiter eingestellt war, als Mädchen für fast alles, zumindest für vieles. An besagten Zwiespalt gewöhnt, der sich aus der Faktenbewertung ergab, meinte er, mit jedem Fall leicht fertig zu werden. Auch mit der Selbstverbrennung des Oberschülers Z. im Stadtpark gestern Nacht. Der junge Mensch hatte sich mit Benzin übergossen und angezündet, eine lebende, vielmehr sterbende Fackel, von verspäteten Passanten entdeckt und der Polizei gemeldet. Hilfe kam zu spät. Der Tote wurde in die Kühlkammer des örtlichen Krankenhauses verfrachtet, bis zur Freigabe durch die Staatsanwaltschaft. Das würde bald geschehen, der Suizid war ja unzweifelhaft. Bis auf das Motiv schien alles klar. Elmar, beauftragt, den Grund des Selbstmordes zu erkunden, blieb nichts anderes übrig, als voller Unbehagen die Eltern des Z. aufzusuchen.

Er befürchtete hochemotionale Szenen, Tränen, Trauer, gar Hysterie, und er überlegte, ob er nicht zu allererst die Lehrer und Mitschüler befragen sollte. Er empfand jedoch sein Widerstreben, ja, seine Feigheit als berufsunwürdig, und so klingelte er entschlossen am Hause der Familie Z. (D. Zacharias stand über dem Knopf), die um ein Mitglied ärmer geworden war.

Herr Z. öffnete die Tür, ließ Elmars Vorstellung, Vorstellung in jeder Hinsicht, über sich ergehen, denn der Journalist fühlte sich zur Kondolenz verpflichtet, zu Worten des Mitgefühls, und bat um ein Gespräch. Herr Z. machte ihm nicht den Eindruck eines unter dem Tode seines Sohnes leidenden Vaters. Wahrscheinlich nahm er sich enorm zusammen. Unbewegliche Miene, selbstverständlich ohne Lächeln, leise, ruhige Stimme, die Elmar eintreten hieß.

Kaum im Flur, einem etwas düsteren, langgestreckten Raum, sah Elmar für eine Sekunde das Profil der Mutter, Frau Z. saß gebeugt in einem Rollstuhl, und bevor der Journalist irgendetwas sagen konnte, drehte sie voller Hast die beiden Räder, ein Quietschen auf dem Linoleum, und schon rollte das Gefährt davon, um im Hintergrund des Flures zu verschwinden. Herr Z. bat für seine Frau um Entschuldigung, die, was sich Elmar wohl denken könne, nicht in der Verfassung sei, Auskünfte zu geben. Überhaupt: Es wäre da auch nichts zu erklären. Herr Z. könne sich selber keinen Anlass für die Tat ausmalen. Eine unglückliche Liebe? Von Mädchen abgewiesen? Die Freundin an einen anderen verloren? Jedesmal schüttelte Herr Z. den Kopf: Nichts, nichts. Der Junge war ein durchschnittlicher Schüler, Zeugnisse standen ihm nicht bevor, hatte er auch nicht zu fürchten, Mädchen wohl nur in der Disco, ja, ein paar engere Freunde, von welchen Herr Z. keine nähere Kenntnis hatte, da sie nie ins Haus Zacharias gekommen waren.

Ob er das Zimmer des Sohnes sehen könne, erkundigte sich Elmar vorsichtig, wurde jedoch barsch abgewiesen, in einem Ton, der nicht zu dem vorhergehenden ihres Gespräches passen wollte. Da gibt es nichts zu sehen! hieß es, was sich der Journalist aus Erfahrung sofort mit: Da gibt es was zu sehen, aber nicht für Sie! übersetzte. Herrn Z.s Miene drückte mehr als Unwillen über Elmars Ansinnen aus. Es zeigte etwas wie Betroffenheit, eine Reaktion, die zu der höflichen Frage und der Zurückweisung nicht passte. Wäre Ärger gezeigt worden, Elmar hätte es verstanden, auch ein Wütendwerden begriffen.

Allein dass sich Herrn Z.s Gesicht so merkwürdig, fast verlegen und wie ertappt verzog, machte Elmar stutzig. Rasch lenkte er ab, indem er jetzt davon sprach, ob es möglicherweise irgendwelche Anzeichen für eine Depression gegeben habe, für Verzweiflung; oftmals kündigt sich der Suizid ja vorweg an, der Gefährdete gibt Signale an die Umwelt … Doch Herr Z. erwiderte nur, das habe er auch alles gelesen, schließlich stehe ihm als Stadtbibliothekar mehr an Information über die Theorie des Selbstmordes zur Verfügung als einem Zeitungsschreiber. Letztere Bezeichnung leitete deutlich die Verabschiedung ein. Elmar war als Dummkopf eingestuft und damit als Partner des Dialogs endgültig disqualifiziert worden. Klarer konnte man ihm nicht die Tür weisen. Er hatte die Konsequenz zu ziehen, verabschiedete sich, nun ebenfalls kühl, und blickte sich auch nicht mehr zum Haus um, als er vom Vorgarten auf die Straße trat.

Von den Lehrern des so grausig Verstorbenen hörte Elmar wenig mehr: Ein mittelmäßiger Schüler, eher unauffällig; nur in Geographie sei er am besten gewesen. Da habe er erstaunliche Kenntnisse gezeigt. Mag sein, dass er sich privat mit dem Stoff beschäftigte, beschäftigt hatte. Europa – das war sein bevorzugtes Gebiet. In Deutsch und Fremdsprachen erbrachte er keine besonderen Leistungen, die übrigen Fächer auf dem gewohnten Level. Auf Wiedersehen, Herr Elmar. Auf Wiedersehen.

Von den Mitschülern ließ sich schon mehr erfahren.

Der Tote habe, als er noch lebte natürlich, mit politischem Wissen geprotzt. Hatte wohl ein Blättchen über Zeitgeschichte abonniert, in dem alles dem Geschichtsunterricht widersprach. Aber im Unterricht selber sei Z. nicht damit aufgetreten, hätte seine Arbeiten geschrieben und dem Geschichtslehrer nicht widersprochen. Nur in den Pausen habe er manchmal aufgedreht: Wir lernen ausschließlich Falsches, war seine Meinung, alles Quark, was Deutschland angeht. Deutschland war ganz anders, als die Idioten uns weismachen wollen, und ist ganz anders und wird ganz anders werden!

Aha, sagte sich Elmar: Das Übliche. Rechtslastigkeit. Kleiner Fascho. Macht halt die Mode mit. Doch er konnte nicht herauskriegen, ob Z. Beziehungen zu irgendwelchen Gruppen oder Gruppierungen entsprechenden Charakters gehabt hatte. Falls ja, ließ er jedenfalls in der Schule kein Wort darüber verlauten. Nein, Elmar: Hatte. Vergangenheitsform. Der Junge ist tot.

Aber je mehr sich der Journalist mit Z. beschäftigte, desto lebendiger erschien ihm der Verstorbene. Als läse man einen Roman, bei dem die Figuren anfänglich noch blass auftreten, erdachte Schatten, erst allmählich mit ihrem Schicksal Kontur gewinnend, um in der Phantasie des Lesers immer deutlicher zu werden. Elmars Neugier, hinter den Antrieb des Jungen zu kommen, entwickelte sich, wie er selber erstaunt merkte, über das berufliche Interesse hinaus. Es musste etwas geschehen sein, was Z. veranlasst hatte, mit sich selber Schluss zu machen.

Auf die örtliche, von Jugendlichen frequentierte Disco verwiesen, wagte er sich eines Abends in das Inferno von Lärm, Licht und Körperausdünstungen, um seine Nachforschungen weiterzutreiben, obschon für die Zeitung die ›Story‹ abgehakt war. Nach einer Woche, spätestens nach vierzehn Tagen versinken individuelle Katastrophen im Orkus des Archivs, und werden im Bewusstsein der Zeitgenossen, falls sie nicht unmittelbar beteiligt sind, gelöscht, wie ein veralteter, unmoderner Film auf einer Kassette, überspielt von neuen Aufnahmen, von neuen Szenarien, das Bild des jungen Selbstmörders überlagernd.

Sein Foto in der Zeitung, Seite drei, Lokalteil, längst mit anderem Altpapier im Container begraben. Rundliches Gesicht, brünetter Typ, ein schwacher Anflug von Flaum auf der Oberlippe, vom Zeitungsraster vergröbert, den erst angedeuteten Bart betonend; ein Gesicht, dem kein Altern mehr vergönnt war. Oder zustoßen konnte, so genau ließ sich das nicht entscheiden. Elmar hätte das Originalfoto gerne behalten, musste es jedoch auf Wunsch der Redaktion den Eltern, die es ausgeliehen hatten, zurückbringen. Ungern, wie Elmar dem Chefredakteur gegenüber äußerte: Die Leute seien wenig zugänglich, eher abweisend, nicht dass sie ihn direkt hinausgeworfen hätten, aber … Kein Wunder, war die Antwort: Wenn man auf solche Weise den Sohn verliert, was erwarten Sie dann eigentlich? Heiteres Geplauder?

Bei seinem zweiten und, wie er dachte, letzten Besuch wurde ihm der braune Umschlag mit dem Foto gleich an der Haustür abgenommen. Zu einem noch so knappen Gespräch kam es gar nicht erst. Wieder hatte Elmar das deutliche Empfinden, Herr Zacharias wisse mehr über den Tod seines Sohnes, weil etwas von ihm ausging, als käme ihm das trostlose Ereignis selbstverständlich vor. Als habe er schon lange mit einem Unglück gerechnet, so dass, da es nun eingetreten war, ein merklicher emotionaler Ausdruck unterblieb. Reine Spekulation, sagte Elmar zu sich: Unsinn. Der Mann nimmt sich nur zusammen. Zeichen großer Willensanstrengung, dass er sich nichts anmerken lässt. Was habe ich denn von Herrn Z. erwartet? Rotgeweinte Augen? Einen erloschenen Blick? Fahrige Gesten? Eine zitternde Stimme? Dennoch hätte er vieles darum gegeben, als unsichtbarer Gast durch den Spalt der sich schließenden Haustür zu schlüpfen, Z. zu folgen, durch den Schlauch von Flur ins Wohnzimmer, wo vermutlich Frau Z. im Rollstuhl ihren Mann erwartete, um von Elmars Auftritt zu erfahren. Z. würde den Umschlag auf den Tisch legen und sagen: Nur wieder dieser widerliche Journalist!

Elmar mühte sich ab, darüber hinaus die Fiktion weiterzutreiben, doch die imaginierte Szene wollte und wollte sich nicht fortsetzen lassen. Er konnte ja auch nicht ahnen, was da drinnen wirklich vorging. Dass nämlich Herr Z. auf dem Weg durch den Flur den Umschlag in seine Jacke steckte und, eintretend, sagte: Bloß ein Vertreter!

Elmar wäre nie darauf gekommen, dass Frau Z. ihren Gatten weder ansah, noch ein Wort erwiderte. Ja, schweig nur, hätte der unsichtbare Elmar den Mann vielleicht murmeln hören. Was er gewiss nicht ausspräche, sondern nur dachte, wäre: Du hast ja recht, mich zu hassen, mich zu beschuldigen. Dass es so kommen würde, das war nicht abzusehen. Ich habe doch nur sein Bestes gewollt. Und du hast dem selber zugestimmt. Du fandest doch die Idee auch gut und richtig. Was hätten wir denn sonst tun sollen?

Mag sein, dass die Frau im Rollstuhl sich das Unausgesprochene selber sagen konnte, ließ aber nichts davon erkennen; sie blieb stumm, redete nur das Notwendigste, Ja, nein, danke, jetzt nicht, mit sichtlichem Widerwillen die Lippen öffnend. Sie wies auch seine Dienste zurück und quälte sich lieber allein aus dem Rollstuhl ins Bett; sie hatte die Beziehungen zu ihrem Ehepartner nahezu abgebrochen. Dabei konnte sie sich selbst von einer Mitschuld nicht freisprechen, was ihr Leid verstärkte. Sie hatte ja der »Therapie«, wie Herr Z. das nannte, zugestimmt, um ihres Kindes willen, das ihnen zu entgleiten drohte, ach, eigentlich schon entglitten war. Sie wollte ihn zurückholen aus seiner Fremdheit, damit er so würde wie vordem, wie einst, und jetzt war er auf immer fort und weg und durch keine »Therapie«, durch keine Anstrengung, durch kein Gebet zurückzuholen. Was waren das bloß für Zeiten, da Kinder und Eltern in unterschiedlichen Dimensionen lebten, auf Planetenbahnen, durch Lichtjahre getrennt; wo selbst die Sprache nicht mehr der Verständigung, sondern einzig dem zunehmenden Auseinanderdriften diente. Sie hatte zwar damit gerechnet, dass die Adoleszenz eine schwierige Phase werden würde, man war ja über die aktuellen Gegenwartsprobleme informiert, aber insgeheim musste sie, wie ihr nun klar war, gemeint haben, ihr Kind, ihren Sohn, ihren Thomas beträfe das alles nicht. Umso schlimmer, als unversehens seine Verwandlung einsetzte. Von einem gutmütigen Knaben zu einem unbekannten Mitbewohner. Auf einmal stand da ein anderer Mensch vor ihr. Zuerst versuchten beide es mit Vernunft, mit Zureden, du kannst doch mit uns über alles reden, doch was aus dem Mund des Jungen kam, war erschreckend. Der Vater brachte stapelweise Bücher heim, legte sie dem Jungen ins Zimmer: Lies das mal. Lies jenes! Du hast doch keinen Schimmer von der Vergangenheit. Was lernt ihr denn schon in der Schule? Bruchstücke. Schotter. Hier, Thomas, hier steht die Wahrheit drin. Dokumentiert. Tatsache auf Tatsache gehäuft! Da gibt's kein Leugnen! Wir sind ein Volk von Mördern gewesen, nichtswürdig, vermessen, brutal, so wie die Idioten, denen du Glauben schenkst!

Der Junge las kein einziges der Bücher. Schwacher Trost der Eltern, Jugendliche durchliefen eben eine Widerspruchsphase, benötigten die Gegenpositionen zu den Erwachsenen, um sich selber als Individuum zu konstituieren, also der übliche Generationskonflikt. Ablösung von der Kindheit, dieses Klischee hatte Herr Z. auf irgendeiner Seite seiner Lektüre gefunden. Aber dass dieser Ablösungsprozess sich in solcher Form bewegte, dafür fehlte ihm jegliches Verständnis, und seine Geduld mit dem hirnverkleisterten Bengel im eigenen Hause ließ mehr und mehr nach. Aufklärung ohne den erwarteten Erfolg führt zur Frustration des Aufklärenden, ja, zur Verhärtung des eigenen Standpunktes, endlich zu

Wut und Aggressivität. Ohrfeigen wären das einzig Richtige für diesen Dummkopf, aber körperliche Züchtigung widersprach der persönlichen Überzeugung: sie unterblieb daher. Man ging einander darum besser aus dem Weg. Nur mit der Mutter fand sich der Junge noch zum Gespräch bereit, bis er ihr eines Tages seine angelesenen oder von irgendwo heimgebrachten Weisheiten, die Überflüssigkeit von wertlosen Menschen betreffend, darbot. Wir, meinte er, und er überließ es der Zuhörerin, das Kollektivpronomen zu deuten, wir leisten uns viel zu viele Schwachsinnige und Krüppel, schade um das Geld, da war man früher schlauer … In aller Unschuld, wie es schien, völlig ohne Bewusstsein dessen, wer da ihm gegenüber im Rollstuhl saß, seit Jahren nach einem Verkehrsunfall zum Gehen nicht mehr imstande: Krüppel! Sagte es auch leichthin, und der Krüppel sprach zu dem Jungen: Dann bin also auch ich abschaffenswert. Wenn er doch jetzt sagen würde, ich habe es nicht so gemeint, ich habe Quatsch geredet, Blödsinn, entschuldige, es war dummes Zeug, aber dass er darauf kein Wort erwiderte, das war schlimm. Das ließ sich nur als Einverständnis mit ihrem sie selber schmerzenden Satz erklären.

Grübeln heißt die schwerer wiegende Form von Nachdenken, heißt Beunruhigung, heißt Abgelenktsein von sich selber. So erging es Elmar, nachdem er während seiner Nachforschungen auf ein Mädchen getroffen war, das hin und wieder von dem jungen Z. von der Disco heimgebracht worden ist. Sie wohnte in der Nähe der Zacharias, besuchte jedoch eine andere Schule. In der Unterrichtspause sprach Elmar sie auf dem Schulhof an und erfuhr einiges über die letzten Wochen vor dem Selbstmord. Thomas habe sich auffällig verändert. War er vordem ein ausgeglichener Charakter gewesen, so zeigte er von einem Tag auf den anderen eine auffällige Nervosität, ja, Unrast. Sie glaubte, er habe möglicherweise irgendwelche Mittel zu sich genommen, weil er so merkwürdiges Zeug redete, zum Beispiel, dass er eigentlich ein anderer sei und nicht der, für den er sich selber bisher gehalten hätte. Eine Droge? Vielleicht. Machte jedoch einen ganz klaren Eindruck, nur sein Selbstbewusstsein sei wie weggeblasen gewesen. Er müsse sich jetzt selber verachten, genau so, wie er andere hasse und verachte. Gerede, aus dem sie nicht klug werden konnte und das sie anödete. Sie habe sich abgewandt von ihm, weil er nicht aufhören wollte, ohne aber mit dem Eigentlichen herauszurücken. Danach habe sie ihn nicht wieder getroffen. Sein Tod tue ihr leid, scheußliche Sache, wirklich rätselhaft. Achselzucken.

Und die Glocke läutete, und sie ließ Elmar stehen, wie sie vermutlich auch Thomas hatte stehen lassen. Desinteressiert. Schülergruppen streiften Elmar, er wurde angestoßen, scheinbar zufällig gerempelt, bis er auf der kahlen Betonfläche allein zurückblieb. Diese zu groß geratenen Geschöpfe, Erwachsenen täuschend ähnlich, fast fertige Menschen und doch wieder nicht – Elmar fühlte sich unbehaglich, da sie ihm alle äußerst fremd vorkamen, feindlich sogar. Falls er hingefallen wäre, würden sie wahrscheinlich über ihn hinweggestiegen sein, ohne ihn zu beachten. Was für eine Generation!

Immerhin glaubte Elmar jetzt den Anlass für den Selbstmord zu erahnen. Dieser abrupte Wesenswandel des Jungen ließ die Vermutung zu, Thomas sei womöglich ein Adoptivkind, noch dazu asozialer Herkunft, was die verlorene Selbstachtung erklären könnte. Und der einzige Ort, wo ihm Z. nicht entginge, wäre die Bibliothek, wo der Bibliothekar dem Journalisten kaum die Tür weisen dürfte.

Thomas war ein Adoptivkind, nahm sich Elmar vor, sofort Z. auf den Kopf zuzusagen. Das hat der Junge nicht verkraftet. So war es doch?

Ich werde morgen wiederkommen und übermorgen und jeden Tag, bis Sie mit der Wahrheit herausrücken, Herr Zacharias! Drohen Sie mir nicht mit der Polizei. Aus einer öffentlichen Bibliothek können Sie einen Journalisten nicht vertreiben. Oder wollen Sie einen Skandal? Was haben Sie zu verbergen, Herr Zacharias?!

Über den Besuch des Journalisten kein Sterbenswort, mein Gott, wer prägt bloß derartige Redewendungen, um sich nicht erneut den berechtigten Vorwürfen seiner Frau auszusetzen. Z. hätte dringend einen Rat gebraucht, wie er sich diesem Zeitungsschreiber gegenüber verhalten sollte, doch ihm fiel niemand ein, dem er sich anzuvertrauen wagte. Völlig ausgeschlossen, einem der Mitarbeiter sich zu offenbaren, einzugestehen: Ich habe meinen Sohn umgebracht! Ich bin ein Mörder, mittelbar, versteht sich. Entweder würde ihm keiner glauben oder sein Geständnis für den Ausdruck geistiger Verwirrung halten.

Herr Zacharias ist über dem Selbstmord seines Sohnes verrückt geworden. Er stellte sich die betretenen Mienen, die fraglos starren Gesichter vor. Nein, das ging nicht. Man würde ihn nach Hause schicken, wo die Frau im Rollstuhl hockte, wie ihr sein unerwartetes Heimkommen erklären, seine zeitweilige Beurlaubung wegen Krankheit, mit der er ja, im Falle seines Bekenntnisses, zu rechnen hatte?

Was schlimmer war, dass man ihm sogar glauben mochte. Schließlich galt er als vertrauenswürdige Person, Autorität und Vorbild in einem, jemand, der kaum leichtfertig Unwahrheiten zum Besten gab. Danach wäre seines Bleibens inmitten seiner gedrückten Freunde und Tröster bestimmt nicht länger gewesen. Aber, das musste man im Übrigen den Büchern vorwerfen, sie verantworteten nicht allein sein vormaliges Glück, sondern auch sein Unglück. Eigentlich hatten sie ihn ja auf die Idee gebracht, diese Verführer des Denkens, Rosstäuscher der Gefühle. Dabei erinnerte er sich nicht mehr, woher aus der Fülle seiner Lektüre der Einfall stammte.

Der Versuch, das herauszufinden, führte ihn zeitlich weit zurück. Bis zu den Märchenbüchern der Kindheit, da der arme Schweinehirt sich auf einmal als Prinz entpuppt und Aschenputtel als Prinzessin. Das Motiv durchzog die ganze Literaturgeschichte. Immer wurde jemand als wer anderes erkannt, oder erhielt überraschend eine neue Identität, von der er keine Kenntnis besessen. Unter dieser so überzeugenden Voraussetzung erschien es Z. einfach, mit dem Sohn, dessen Umgang und Meinen das Allerschlimmste befürchten ließ, auf gleiche märchenhafte Weise zu verfahren, und das Märchen für unerschütterliche Realität auszugeben. Um Thomas von seinen monströsen Kumpanen zu lösen, ihn von deren Gewaltbereitschaft und krankhaften Einbildungen zu heilen, sollte der Junge zu einem anderen werden. Frau Z. war, obwohl zögernd, auf den Vorschlag eingegangen: Wir überzeugen den Jungen davon, dass wir gar nicht seine leiblichen Eltern sind. Seine echte Mutter sei bei der Geburt gestorben, während du selber in der Klinik eine Fehlgeburt hattest. Der Chefarzt, mit im Komplott, hat das tote gegen das lebendige Kind ausgetauscht, heimlich natürlich, und würde den Vorgang immer ableugnen. Seine »echte« Mutter, weil Jüdin, hatte keine Familie mehr, da alle umgekommen waren. Die Idee ist, man verwandelt seinen eigenen Sohn, wie durch Zauberei, in einen Juden, um ihn gegen das Übel brutaler Menschenfeindlichkeit zu immunisieren. Ganz einfach. Derart bildet sich sogleich eine unsichtbare Wand zwischen ihm und den Kumpanen: Die Entfremdung zwischen ihnen ist somithin vorprogrammiert. Der Junge würde sich nicht mehr als potentieller Untäter erfahren, sondern als potentielles Opfer. Und muss notgedrungen endlich zur Einsicht kommen. Später, nach der Therapie, würde man ihm den kleinen Trick eingestehen: Es gibt doch keinen anderen Weg zu deiner Rettung, mein Junge! Du warst dabei, im Sumpf der Unmenschlichkeit zu versinken.

Nur glaubhaft sollte die Fabel klingen. Doch wenn Schriftsteller unbestreitbare Wahrheiten erfinden, wieso sollte das einem Vater in solcher Notlage weniger möglich sein? Günstig wäre ein Beweisstück, die Legende zu untermauern. Könnte die »echte« Mutter, sagen wir mal, eine Frau Irene Katz, nicht vor ihrem Tode einen Brief geschrieben haben, in dem sie den Chefarzt bittet, für ihr Kind zu sorgen? Dass es Thomas heißen solle und keinen jüdischen Namen, aus Schutzgründen, weil keiner die Zukunft kenne. Natürlich mit verstellter Handschrift, auf knittrigem Papier, das sich in einer Abstellkammer der Bücherei fand, sodann, die künstliche Alterung des Bogens vorgenommen, leicht mit dem heißen Bügeleisen darüber, das bräunt und die Ränder werden brüchig: Ein Dokument! Eine Urkunde, unzweifelhaft, für jedermanns Auge.

Sie haben den Brief selber geschrieben, Herr Zacharias?

Wer sollte es denn sonst tun, Herr Elmar. Die beweislose Erzählung hätte keineswegs ausgereicht. Aber so!

Und ihr Sohn hat es akzeptiert?

Er musste sich doch sagen: Warum sollten meine Eltern mich anlügen? Insbesondere meine Mutter, die solchermaßen ihre Mutterschaft vernichtete. Das und der Brief, das war eben überzeugend. Es war, juristisch gesprochen, eine »Vortäuschung falscher Tatsachen«. Meine Absichten, unsere Absichten waren lauter. Darum rief ich Sie an, Herr Elmar, und bat Sie, in die Bücherei zu kommen. Ich will meine Frau da raushalten. Sie leidet schon genug. Und Sie wären womöglich doch noch auf die Hintergründe gestoßen, und hätten eventuell darüber geschrieben. Das wollte ich meiner Frau nicht antun.

Sie wollten vor allen Dingen Ihr Bestes, Herr Zacharias, wäre der einzig richtige Einwand gewesen, den Elmar unterdrückte. Denn er kannte die Antwort im voraus, weil er sie selber so oder so ähnlich gegeben hätte. Man möchte ja für seine Nächsten nur Gutes, möchte sie auf seiner Seite wissen, möchte sie nach eigenem Muster tolerant, vernünftig, moralisch einwandfrei. Daran ist nichts Verdammenswertes. Aber aufs unheimlichste hat sich nun etwas begeben, was man dem armen Z. nicht ins Gesicht sagen kann. Dass sein Hass und sein Wunsch, dieses wölfische Gelichter möge krepieren, wirklich bei einem von denen Erfolg hatte. Nur dass der das eigene Fleisch und Blut gewesen ist. Meldet sich dergestalt ein geheimes Gesetz, dass, wer sich dem Hass angleicht, selber Schaden erleidet? Auch würde Z. dasselbe gefragt haben wie Elmar. Was hätte ich denn sonst tun sollen? Wo Erziehung, Aufklärung, Tatsachen nichts bewirken, da hat die Güte ihr Recht verloren.

Was für ein verlogenes Subjekt, dieser Goethe mit seinem Geist, der stets das Böse will und doch das Gute schafft! Genau umgekehrt funktioniert es. Da, unter dem Buchstaben G. eingeordnet, reiht sich der Quark ins schier Endlose. Der faustische Mensch, Humbug.

Wir wollen immer nur das Gute, aber was kommt dabei heraus? Woraus entspringt Schuld? Doch nicht aus der Sehnsucht oder gar der Sucht nach Schuld, um des perversen Genusses von Reue und Zerknirschung willen.

Elmar hat, wie es in seinem Jargon heißt, nicht nachgefasst, nicht insistiert, nachdem Herr Z. ihm beiläufig, über den Karteikasten mit den Lesekarten gebeugt, halblaut sein Geständnis gemacht hatte. Abgesehen davon, dass es für einen weiteren Artikel über den Fall, der schon in halbe Vergessenheit geraten will, ohnehin zu spät gewesen wäre, lohnte es nicht, diese trübe Affäre noch einmal aufzurühren. Es ließ sich daraus leider keine Belehrung für den Abonnenten ableiten.

1999

Mit der Waffe des Telefons

Zu Zeiten wie den unseren verwandeln sich sogar die nützlichen, ehedem für menschenfreundlich gehaltenen Erfindungen in tödliche Waffen. Wo zwischen den Völkern und außerdem noch in den Völkern selber unerklärte Kriege herrschen, von denen kein Friede abzusehen ist, da müssen auch die zu friedlichen Zwecken konstruierten Dinge ihre Unschuld verlieren und zu Instrumenten der Vernichtung werden. Existenzen zu zerstören, Schicksalen eine gänzlich andere Richtung zu geben, bedarf es heute keiner göttlichen Allmacht mehr, es genügt das Telefon, dessen man sich mit entsprechender Absicht bedienen kann. Auf eine folgende Weise, die, wer könnte es je feststellen, vielleicht schon x-mal ihren Zweck erfüllt hat.

Unter der unzweifelhaften Voraussetzung, dass alle Auslandsgespräche abgehört werden, jedenfalls alle ins »feindliche« Ausland, ins gegensätzliche Staats- und Staatensystem, reicht es aus, jemanden auf der anderen Frontseite anzurufen und ihm einen Spionageauftrag zu erteilen. Oder, raffinierter, für die prompte Erfüllung eines solchen Auftrages zu danken. Oder gar – Gipfelpunkt der Infamie – dem Angerufenen zu erklären, man rede justament so ungehemmt über seine Spionagetätigkeit, weil man ihn für einen Verräter, für einen Doppelagenten halte. Jeder solchermaßen bezichtigte Gesprächspartner wird über das, was ihm ein

Missverständnis zu sein scheint, gewiss nicht lachend zur Tagesordnung übergehen. Denn er weiß nur zu gut, wohin Missverständnisse dieser Art führen. Zwar wird er lauten Protest erheben, zugleich jedoch überzeugt sein, dass man diesen Protest von ihm erwartet und der ihm also gar nichts hilft. Ihm ist zumute, als wäre er mit einer unabwaschbaren, ätzenden Tinktur befleckt worden: Er ist gezeichnet auf Lebenszeit. Auch wenn er sich sagt, kein Abhörer wäre dumm genug, die Unterstellung aus dem telefonischen Jenseits unkritisch zu glauben, schließlich telefoniert man nicht unvorsichtig mit Agenten, die Tatsache des Anrufes selber ist so schwerwiegend, dass sie Verdacht schafft und damit zu einer Überwachung ausreicht. Selbst wenn diese nichts ergibt, die Last bleibt. Die Verselbständigung geheimdienstlicher Maßnahmen führt dazu, dass entgegen aller ergebnislosen Kontrolle das Faktum seine Rechtfertigung in sich selbst findet: Wer überwacht wird, der bedarf eben der Überwachung, weil Staatsorgane sich nie gänzlich irren. Schlimmstenfalls erfinden sie Gründe, ihre Unternehmen zu untermauern, und der Verdächtige wird zu dem Schuldigen, als welchen das amtliche Argusauge ihn von vornherein ausgespäht hat. Seine Karriere ist zu Ende, bevor er es merkt; die Weichen seiner Laufbahn sind neu gestellt: ins Abseits nämlich, mit allen persönlichen und privaten Folgen, während er noch den Hörer konsterniert in der Hand hält und den Anrufer, der längst eingehängt hat, mit einem hoffnungslosen Fluch bedenkt.

1985

Zeitmaschine

Beim Bummel durch London stieß ich in South Kensington auf das kleine H. G. Wells Museum in der Exhibition Road. Neugierig trat ich ein, durchstreifte die Räume und entdeckte im letzten das berühmte Vehikel: die Zeitmaschine, offensichtlich ein Nachbau, ein Phantasiemodell. Ich konnte der Verlockung nicht widerstehen und kletterte hinein. Das Armaturenbrett voller Knöpfe, Hebel und Anzeigen. Ich las PAST und FUTURE und RETURN und tastete spielerisch an den Bedienelementen herum, als plötzlich eine starke Vibration einsetzte. Es war doch das Original.

Hektisch rüttelte ich an den Schaltern, die Vibration hörte auf, meine Umgebung hatte sich völlig verändert. Ich befand mich auf weitem, freiem Feld. Leichtfertig hatte ich mich in eine andere Zeit versetzt. Da tauchte aus dem Nirgendwo eine Gestalt auf, strähniges Haar, Vollbart, in undefinierbare Lumpen gehüllt. Sofort wurde mir klar: Welche Gelegenheit, zu erfahren, was der Archäologie bisher Rätsel aufgab. Vorausgesetzt, er würde mich verstehen und ich ihn.

Als er mich erreicht hatte, und mit ihm eine Wolke unangenehmen Geruches, öffnete er den kaum sichtbaren Mund und sagte stammelnd in perfektem Pidgin-Englisch: »Du woher?« Wie ihm das klarmachen, da ich doch mindestens 15 000 Jahre nach ihm die Reise angetreten hatte. Er kannte wahrscheinlich noch gar keine Zahlen. Ich meinte nichtssagend: »Von weit her, verstehst du!« Und merkte, dass ich mit ihm wie mit einem Kleinkind redete. Zugleich jedoch war ich enorm aufgeregt und stolz, denn ich sah schon die Titelseiten der Weltpresse nach meiner Rückkehr: Der kühne Reisende in die Vergangenheit! (Und mein Foto!)

Mein Urahn deutete auf seinen Mund und knurrte: »Hunger! Hab Hunger!« Was sollte ich tun? Ich speiste ihn mit einer unfrommen Lüge ab: »Künftig wird alles besser! Hoffe auf die Zukunft!« Als er aber einen Knüppel hinter seinem Rücken hervorholte, wurde die Sache brenzlig. Sofort widmete ich mich mit zitternden Fingern der unübersichtlichen Zeitmaschinen-Armatur, während der grauenvolle Gestank des »Wilden« mich fast betäubte. Mein Gott, sollte ich denn aus lauter Leichtsinn im Neolithikum umkommen!? Ohne dass jemand davon erführe? Ohne Pressemeldung und Nachruf?

Jede Sekunde den Schlag erwartend, beugte ich mich über die Schalter und erschrak bis ins Herz. Der automatische Kalender zeigte das Jahr 2200! Halb besinnungslos presste ich die Hand auf die Taste RETURN – sogleich verschwand der Damoklesknüppel über mir, Vibration trat ein, und als ich die Wände des Museumssaales wahrzunehmen begann, packte mich eine Hand an der Schulter und zerrte mich aus dem Gefährt. Vor mir stand ein uniformierter Wächter, der übrigens zu meinem Unbehagen der soeben verschwundenen Gestalt ähnelte, und rief: »Das wird für Sie ein böses Nachspiel haben, Sir!« Ich lächelte: »Für mich nicht mehr!«, und froh und glücklich ließ ich mich aus dem Gebäude führen.

2010

Der Fachmann fürs Fallbeil gibt zu Protokoll

Ich, der Endesunterzeichnende, gebe zu Protokoll, dass. Aufrichtig, ehrlich und im Bemühen um Wahrheitsfindung. Vorweggeschickt sei, dass jedoch mein Aufenthalt in diesem Kerker – meiner tiefsten Überzeugung nach – Folge eines nicht von mir zu verantwortenden Irrtums ist. Verhaftung und Einkerkerung meiner Person ließen sich leicht auf menschliches Versagen zurückführen, sobald man alle Umstände untersuchte, zu deren Erhellung ich manches beitragen kann. Vor allem bitte ich darum, den Vorsitzenden des Wohlfahrtsausschusses, den Bürger Fouquier-Tinville, darüber aufklärend zu informieren, um welche Person es sich bei meiner Person handelt, und ihm meine Verdienste für die Revolution darzulegen.

Denn diese meine Verdienste stellen nicht nur mein Alibi dar, sie beweisen zugleich die Unmöglichkeit des mir unterstellten Verbrechens, auf das ich später eingehen werde.

Man erinnere den Bürger Fouquier-Tinville an die Tatsache, dass kein anderer als meine Wenigkeit bereits in der Nationalversammlung im glorreichen Jahr 1789 überzeugend vorgetragen hat, worauf es nun ankäme. Es ist nämlich allbekannt, dass schneidende Instrumente wenig oder nichts ausrichten, wenn sie nicht in perpendikulärer Richtung wirken. Man überzeugt sich durch mikroskopische Untersuchung, dass die schneidenden Instrumente mehr oder weniger feine Sägen darstellen, die erst dann ihren Zweck erfüllen, wenn man sie über die zu trennenden Teile hingleiten lässt. Ein Beil oder ein Hackmesser mit gradliniger Schneide wird nicht leicht durch einen einzigen Streich den Kopf abtrennen. Dagegen ist dies möglich, wenn das Instrument, gleich den alten Kriegsbeilen, eine convexe Schneide hat: der damit geführte Streich wirkt nun in der Mitte des Kreisabschnittes perpendikulär, und in dem Maße, als das Instrument eindringt, bewirkt es die Trennung der seitlich von der Mitte gelegenen Teile dadurch, dass es in schiefer Richtung darüber hinweggleitet. Im anatomischen Bau des Halses bildet die Wirbelsäule die eigentliche Grundlage. Dieselbe besteht aus einer Reihe aufeinander reitender und gelenkartig verbundener Knochen, deren rasche und sichere Trennung nicht zu erwarten steht, wenn die Ausführung einem Menschen anvertraut wird. Die Geschicklichkeit eines solchen kann unter moralischen und physischen Einflüssen dem Wechsel unterliegen. Nur bei Anwendung unwandelbarer mechanischer Agentien, deren Kraft und Wirkungsart einem genauen Kalkül unterliegt, lässt sich ein sicherer Erfolg erzielen. Mit diesen Worten, sehr verehrter Bürger Fouquier-Tinville, falls es mir erlaubt ist, durch das aufzunehmende Protokoll einen der führenden Menschenfreunde direkt anzusprechen, mit diesen Worten also war überhaupt erst die Grundlage für Ihre reinigende und ehrenvolle Tätigkeit gegeben. Die glorreiche Revolution hätte auf handwerklichem Wege nicht fortzuschreiten vermocht. Erinnert sei nur an die Berichte über jämmerliche Vollzüge durch Dilettanten, die den Delinquenten wie der Fleischer das Hackstück zu bearbeiten pflegten, ehe sie laienhaft ihre Pflicht erfüllt hatten. Solche Vorgänge haben anfangs dem Ansehen der Revolution geschadet, obschon doch ein Fortschritt insofern zu erkennen gewesen ist, als die dem Adel einstmals vorbehaltene Hinrichtungsart nun für ganz Frankreich Allgemeingültigkeit erlangte – und auch das wiederum dank eines von meiner Person in der Nationalversammlung eingebrachten Dekrets, das drei Punkte enthielt, die generelle Zustimmung fanden. Erstens: Die Hinrichtungsart darf dem Delinquenten keine zusätzlichen Schmerzen bereiten. Zweitens: Die Hinrichtungsart darf für den Delinquenten und seine Familie nicht entwürdigend sein. Drittens: Die ersten beiden Punkte werden durch die Abtrennung des Kopfes vom Rumpf sorglich und exakt erfüllt. Punktum.

Bürger Fouquier-Tinville, ich frage Sie eindringlich: Wäre die Verwirklichung der Gleichheit überhaupt möglich gewesen bei Beibehaltung oder Ausweitung spezieller Hinrichtungsarten? Hätte nicht mit Recht das Volk sich beschwert, wenn wir es mit Hängen und Verbrennen, Erdrosseln und Steinigen, Ersäufen und Pfählen und Rädern traktiert hätten? Meine Idee, die Idee eines praktizierenden Arztes und Naturwissenschaftlers, ist von der Revolution verwirklicht worden; darauf bin ich stolz, doch meine ich: Ohne diese Idee von der ganz simpel und mechanisch zu vollziehenden Gleichheit wäre die Revolution kaum geworden, was sie ist.

Und glauben Sie mir: Noch vor dem Sieg der Jakobiner über die Girondisten, ja, lange bevor das erste politische Todesurteil vollstreckt wurde, war mir bereits klar, dass die neue Zeit, die neue Epoche einer neuen Humanität nur auf mechanisch-maschinelle Weise ihren Siegeszug würde antreten können. Denn ich war mir sicher, dass mit dem evolutionären Fortgang der Revolution sich derselben immer mehr Verbrecher in den Weg stellen würden, um ihren Triumph zu verhindern, und dass es also ohnehin nicht nur eine Förderung der Egalité wäre, zur apparativen Dekapitatio überzugehen, sondern dass sich sogar eine dringende Notwendigkeit durch die zu erwartende Menge konterrevolutionärer Köpfe ergeben würde – eine immer weiter wachsende Menge, der durch die alten, in der Monarchie angewandten Methoden nicht beizukommen wäre. Und darum bestand mein zweiter Schritt darin, nachdem ich einen Kollegen, den Chirurgen Louis, entsprechend inspiriert, und der eine Maschine entworfen und dieselbe durch einen deutschen Mechaniker namens Schmitt hatte bauen lassen, diese Maschine als ein Instrument wahrer und revolutionärer Menschlichkeit zu empfehlen und ihren Betrieb als unumgänglich zu fordern.

Der Vernunft sei Dank, man hat auf meine Wenigkeit gehört. Am 29. Mai 1791, wenn Sie sich gnädigst erinnern würden, verehrter Bürger, wurde es erlaubt, im Namen des »Comité de Constitution« und des »Comité de la Legislation criminelle« meine Vorschläge vorzutragen. Unser allseits verehrter Bürger Robespierre war, falls Sie sich erinnern, prinzipiell gegen die Todesstrafe, wurde aber überstimmt. Als Form der Todesstrafe wurde zu meiner großen Genugtuung die Enthauptung einstimmig beschlossen. Anderthalb Jahre, mein Freund, falls Sie mir diese Anrede erlauben, anderthalb Jahre hat es gedauert, bis mein Vorschlag zum Erfolg führte. Anderthalb Jahre rastloses Schaffen, Überzeugungsarbeit, ach, ich will gar nicht davon reden, wo mir der Kopf stand. Und dann endlich, endlich die Probe aufs Exempel. Welch ein unvergesslicher Tag! Dieser 27. Mai 1792! Der berüchtigte Straßenräuber Pelletier durfte die Maschine, die schon so lange meinen Namen trägt, einweihen, und diese Einweihung war ein voller Erfolg – obwohl ich mir natürlich eine andere Persönlichkeit als erste gewünscht hätte, einen berühmten, aber konterrevolutionären Dichter etwa, einen Hochadligen oder einen verschwörerischen Priester, aber man kann eben nicht alles haben. Dr. Louis übrigens, der den Entwurf verfertigt und die Herstellung des Gerätes überwacht hatte, erlebte diesen großen Tag leider nicht mehr, da ihn vorher die Pleuritis hinwegraffte. Ehre seinem Angedenken, Friede seiner Asche. Immerhin ließ die erste politische Exekution nicht lange auf sich warten: Am 21. August 1792 wurde Louis David Collenon d'Angrement auf die besagte Weise behandelt, um 22 Uhr, bei Fackelschein, ein herrlicher Abend, wie geschaffen für ein Volksfest dieser Art, bei dem sich das Volk mit der Revolution eins wusste und ihr bis ins tiefste Herz verbunden. Wie schön war es doch, den Menschen zuzusehen, wie sie so interessiert und fröhlich den Vorbereitungen und dem Vorgang selber mit Enthusiasmus und Freude folgten. Welch ein Geschenk für das Volk von Frankreich, sagte ich mir, und bei dem Gedanken, dass es ja dasselbe aus meiner Hand erhalten, kamen mir die Tränen, weil ich deutlich spürte, dass mich und keinen anderen das Schicksal dazu auserwählt hatte, der französischen Republik und allen ihren Bürgern ein solches Präsent für jetzt und alle Zukunft machen zu dürfen.

Verzeihen Sie, Bruder Fouquier-Tinville, dass mich einen Augenblick lang die Rührung übermannte und lassen Sie mich noch einen weiteren wichtigen weltanschaulichen Aspekt ins Feld führen, bevor ich zu der Anklage gegen meine Person komme. Von unseren Nachbarn jenseits des Rheines, von den Deutschen, muss die Rede sein, welche ja nicht nur die Emigrantenbrut aufgenommen haben, die Todfeinde unserer Republik, sondern die auf pseudo-wissenschaftliche

Weise versuchen, das Instrument unserer Gleichheit in Verruf zu bringen.

Ein gewisser Sömmerring, seines Zeichens Anatomieprofessor in Mainz, publiziert permanent falsche Anschuldigungen gegen mich und gegen die Maschine.

Er, der widerwärtigerweise dem Erhängen sozusagen anhängt, will bewiesen haben, dass der abgetrennte Kopf noch stundenlang lebe und sich seiner Abtrennung schmerzhaft und schmerzlich bewusst sei. Ja, er tradiert die Lüge, bei der Hinrichtung von Charlotte Corday, der Mörderin Marats, habe der Vollzugsbeamte ihren Kopf nach dem Vollzug geohrfeigt, worauf der Kopf errötet sei und die Augen niedergeschlagen habe! Lächerliche Lüge, die jedoch im Ausland Glauben findet! Es wäre also dringend nötig, hochgeschätzter Vorsitzender des Wohlfahrtsausschusses, wenn eine wissenschaftlich bedeutende und weltweit bekannte Persönlichkeit fachkundig und sachgerecht die deutschen Unterstellungen widerlegte. Für diesen dringlichen Zweck, die Reputation der Republik wiederherzustellen, böte es sich logisch an, den Initiator der Maschine selber zu Wort kommen zu lassen. Was natürlich bedeuten würde, dass ich mich wieder frei und unbeschränkt in meinen Bürger- und Menschenrechten sollte bewegen können. Wenn Ihnen, mein Menschenfreund, das Ansehen der Republik so am Herzen liegt wie mir, geben Sie Order, die Kerkertür zu öffnen und mich zu meinem Lebenswerk zurückkehren zu lassen.

Was nun, und damit komme ich zum Schluss, die Verdächtigungen betrifft, so sind diese, wie anfangs angemerkt, irrtümlich entstanden, aus einer Konstellation verschiedener, von mir unbeeinflussbar gewesener Zufälle. Wie ich erfuhr, wurde Ihnen, Bürger Vorsitzender, ein Brief in die Hände gespielt, der an mich gerichtet sein soll, und dessen Absender ein übler, mit Recht zum Tode verurteilter Emigrant, der ehemalige Graf Méré, war. Im besagten Brief soll er mich gebeten haben, die leibliche Obhut für Frau und Tochter zu übernehmen. Mir ist schleierhaft, wie dieses Subjekt auf einen derartig wahnsinnigen Einfall gekommen sein kann. Nächtelanges Grübeln hat mich zu der Ansicht gebracht, dass ich irgendwann einmal vor der Revolution das Subjekt ärztlich behandelt haben muss – also nur meinem hippokratischen Eide Genüge tat. Mag sein, dass jener Todeskandidat meine ärztliche Hilfe irrtümlich für die Vorstufe zu einer anderen, nämlich zu verschwörerischer und vaterlandsverräterischer Bereitschaft gehalten hat, was ihn dann wohl zu diesem sinnlosen Brief bewogen haben dürfte. Nur so kann ich mir den Casus erklären. Jedenfalls ist mir der Aufenthaltsort der Bürgerinnen Méré absolut unbekannt, so dass ich der strafenden Gerechtigkeit keinen Hinweis zu geben imstande bin. Überdenkt man jedoch besagten Bittbrief noch einmal genauer, kommt man sogar zu der Ansicht, welche ich dem Wohlfahrtsausschuss unterbreiten möchte, dass der Brief des exekutierten Bürgers Méré eine Fälschung ist, ohne Schwierigkeiten erklärbar aus den oben erwähnten unqualifizierten Angriffen vorgeblicher Kapazitäten in Deutschland gegen mich und den Apparat meines Namens. Ehrlose Gesellen, Verräter unseres Vaterlandes, die nach Deutschland flohen, um von dort aus gegen die Revolution zu wühlen, mögen diesen Brief hergestellt, nach Paris geschmuggelt und denselben dem Wohlfahrtsausschuss zugespielt haben. Die Absicht ist klar, die Motive liegen offen! Es ist jetzt an den ehrenwerten Mitgliedern des Wohlfahrtsausschusses, diesen Brief nicht als Belastungsmaterial gegen meine Person zu werten, sondern als eine heimtückische Attacke gegen die höchste Errungenschaft der Republik! Ich bitte den Ausschuss, sich dieser meiner unwiderleglichen Meinung anzuschließen, und die Enthaftung und völlige Rehabilitierung meiner Person anzuordnen, zum Wohle der Grande Nation. Ich bin jederzeit bereit, meine Schlussfolgerungen mündlich vor dem Ausschuss zu erläutern. Wobei ich eine letzte Bemerkung zu machen hätte. Falls besagter, mich verdächtigender Brief doch keine Fälschung deutscher Stellen oder ihrer adligen Helfershelfer sein sollte, gibt es nur eine Erklärung: Gewisse Patienten, die ihre Rechnungen nicht bezahlt haben, wollen sich auf diese teuflische Art vor der Bezahlung drücken. Bei einem exekutierten Arzt hat man keine Schulden mehr. Damit solche Methode der Schuldentilgung nicht Schule mache, wäre es dringend erforderlich, meine Freiheit wiederherzustellen. Sollten noch weitere Beschuldigungen gegen mich vorliegen, so können dieselben sich ausschließlich auf zwei Umstände beziehen, die ich jedoch problemlos erklären kann. Natürlich habe ich bis fast in die letzte Zeit eine Perücke getragen – aber aus keinem anderen Grunde als einem gesundheitsfürsorglichen. Meine wenig behaarte Kopfhaut ist enorm kälteempfindlich, so dass mir nichts anderes übrigblieb, entgegen meinem Hass gegen die adligen Perückenträger und trotz meiner Liebe zum perückenlosen Volk, selber zu prophylaktischen Zwecken ein solches Monstrum tragen zu müssen. Mit Recht kann man mir solchen royalistischen Aufputz vorwerfen, doch war meine Absicht nicht politisch, sondern medizinisch motiviert, und außerdem im Sinne Leidender, denen ein kranker Arzt ja wenig nutzt. Ich musste mich selber gesund erhalten, um der Gesundheit meiner Mitbürger willen. Und dass ich außerdem noch den Dreizack getragen habe, das

Abzeichen des Ärztestandes, sollte auch nichts anderes bekunden als meine stete Bereitschaft zur Heilung dessen bedürftiger Menschen. Bürger Fouquier-Tinville, hochgeschätzter Wohlfahrtsausschuss – hiermit gebe ich zu Protokoll, was Sie, wie ich hoffe und erwarte, bewegen wird, die auf meine Person bezogenen notwendigen Schritte einzuleiten.

Paris am 5. Thermidor 1794. Unterschrift. Streusand. Punktum.

Nachwort zum Protokoll vom 5. Thermidor. Heute am 10. Thermidor, dem Tag meiner Entlassung, ist Robespierre mit 76 anderen Terroristen hingerichtet worden. Dem Himmel sei Dank – Frankreich ist frei! Streusand. Punktum.

Nachwort zum Nachwort vom 10. Thermidor. Ich verlange, dass das Protokoll vom 5. Thermidor, das mir abgepresst worden ist unter dem Druck von Gewalt, vernichtet wird, da es ein Dokument der tiefsten Schande Frankreichs ist. Punktum. Streusand.

Brief an den Minister des Inneren, Monsieur L' Abbé Montesquieu. Exzellenz, ich erlaube mir, Ihnen meine herzlichsten Glückwünsche zur Ernennung zum Innenminister zu übersenden. Seine Majestät, Ludwig XVI., hat einen weisen Entschluss gefasst, Eure Exzellenz mit einem so wichtigen Posten zu betrauen, welcher nur von einer Persönlichkeit wie Euer Exzellenz zur Zufriedenheit aller Christen ausgefüllt werden kann. Ich wende mich an Euer Exzellenz aus ganz bestimmten Gründen, die darzulegen mir Euer Exzellenz gestatten mögen. Euer Exzellenz wissen, dass mein Ruf als Wissenschaftler weit über die Grenzen unseres Königreiches hinausgedrungen und das Ansehen unseres Staates und seiner gütigen Monarchen in Europa zu befestigen geholfen hat. Und ich nähere mich Euer Exzellenz untertänigst mit einem Vorschlage, der nichts anderes bezwecken soll, als die Wissenschaft in Frankreich zu befördern und zur Festigung von Thron und Kirche beizutragen. Nachdem wir glücklich die Schreckensherrschaft der Blutsäufer überstanden und in Frankreich wieder Ruhe und Ordnung eingezogen war, habe ich mich – selber im letzten Moment dem Fallbeil entgangen – sofort wieder der ärztlichen Praxis zugewandt, um aufs Neue meine Pflicht am Mitmenschen zu tun. Der Neuanfang war nicht leicht für mich, Exzellenz, denn ein ungeheuerliches, mich tief schmerzendes Missverständnis hat meinen Namen mit jenem Instrument verbunden, das ohne mein Zutun zum Mordinstrument wurde. Ich möchte Euer Exzellenz darüber informieren, dass ich keineswegs der Erfinder der Maschine bin, die auf den Vorschlag eines gewissen Doktor Louis, Chirurg zu Paris, zurückgeht, der mich bewog, das von ihm skizzierte Gerät, welches von einem Deutschen namens Schmitt zusammengebaut worden war, in der sogenannten Nationalversammlung in Vorschlag zu bringen. Eigentlich hätte also das Gerät »Louise« heißen müssen. Oder noch ganz anders, denn auch Louis war, wie ich mit Erstaunen erfuhr, nicht der originale Inventor. Die erste ganz rohe Abbildung einer solchen Vorrichtung wurde in der kaiserlichen Bibliothek in Paris aufgefunden: Zwei eiserne Stangen sind vertikal in einen hölzernen Bock eingelassen, dieselben sind bis zur Mitte hinauf gespalten und in diesem Spalte gleitet ein Messer, dessen beide Enden mit querstehenden Handgriffen versehen sind. Zwei Henker drücken diese Enden nach unten, und so soll wohl dem Verbrecher das Leben genommen werden. Eine Abbildung in der seltenen Ausgabe der »Legenda sanctorum«, gedruckt von Günther um 1470, zeigt die nämlichen gespaltenen Pfosten, den nämlichen Block mit dem ruhigen Antlitz des darauf liegenden Verbrechers, aber der Henker hat hier einen hölzernen Schlägel in den Händen, und durch ein paar Schläge auf den Rücken der Axt kann er den dafür Vorgesehenen hinrichten. Im »Catalogus Sanctorum ed. Petrus de Natalibus« von 1517 aber ist das wirklich erste Fallbeil abgebildet; das überhängende Beil kann durch Zurückziehen einer Sperrfeder frei gemacht werden und fällt dann drei Fuß herab.

Doch ich will Euer Exzellenz nicht mit technischen Details behelligen, die ausschließlich für den Fachmann von Interesse sind. Immerhin durfte mich angesichts des von Doktor Louis modifizierten Gerätes der Umstand trösten, dass ich als ärztlicher Ratgeber von im wahrsten Wortsinne blutigen Laien die Verkürzung menschlicher Qualen durchzusetzen imstande war. Die Leiden der Opfer abzukürzen bedeutete mir höchstes Ziel und sehnlichsten Wunsch. Und ich kann mit Recht behaupten, es ist mir gelungen. So mancher wohlgeborene Herr von Geblüt ließ mir auf dem Wege zum Schafott einen letzten Gruß bestellen und einen Dank für die Kürze der Prozedur. Aber nicht nur die Leiden der Verurteilten zu verringern lag mir am Herzen, denn das verstand sich ja durch meine ärztliche Aufgabe von selber – nein, mein Glaube schrieb mir solch Tun zwingend vor, denn ich war mir stets der Tatsache bewusst, dass ich eines Tages den unsterblichen Seelen der Exekutierten werde selber vor Augen treten müssen. Monsieur L' Abbé – ich kann, sobald meine Stunde geschlagen hat, aufrecht und guten Gewissens vor meinen höchsten Richter treten, denn er weiß, ich habe mein Bestes getan, im organisatorisch-administrativen wie im technisch-mechanischen Bereich!

Ich will hier auch gar nicht näher auf mein eigenes Elend

im Kerker der aufständischen Mörderbande eingehen, will nur andeuten, dass ich selber von Minute zu Minute damit rechnen musste, unter jene Maschine, die, wie gesagt, völlig zu Unrecht meinen Namen trägt, gelegt und dekapitiert zu werden. Und trotz dieser Drohung und Lebensgefahr habe ich mich dennoch nicht dem Druck gebeugt. Ihr wisst, Exzellenz, wovon ich rede! Von meiner Treue und Verschwiegenheit gegenüber dem edlen Grafen Méré, der von den Schurken geköpft wurde, nur weil er nicht länger unter ihrem Schreckensregiment im Lande bleiben wollte, und die Freiheit der pöbelhaften Brüderlichkeit vorzog. Schon von den rohen Bestien verurteilt, schrieb er mir einen Brief – ein Vertrauensbeweis ohnegleichen, dessen ich mich würdig erwiesen habe. Er übergab mir seine Frau und seine Tochter in meine Obhut, und obwohl man mich zwingen wollte, den Aufenthaltsort der beiden Damen zu verraten, blieb ich eisern und hätte mir eher die Zunge abgebissen, als diese weiblichen Blüten der Nation der vertierten Menge vorzuwerfen.

Eine selbstverständliche Ehrensache, die ich nicht anders betonen muss: Exzellenz werden meine Zurückhaltung verstehen.

Lassen Sie mich jedoch einen weiteren Punkt anführen, um meine Haltung in jener schlimmen, nun glücklich überwundenen Zeit zu illustrieren. Während man, wie Exzellenz wissen, wegen der geringsten Kleinigkeit aufs Schafott gezerrt wurde, habe ich es gewagt, demonstrativ, jawohl, demonstrativ durch Paris mit einer Perücke zu wandeln. Ich habe durch meine Perücke meine Solidarität mit jenen bekundet, denen sie vom Kopf gerissen wurde, bevor derselbe auch noch fiel. Exzellenz ahnen, was das in jenen Jahren bedeutet hat?! Und der Dreizack, das stolze Signet meines Standes! Ich habe meinen Stand weder verschwiegen noch verleugnet, sondern ihn jedem sichtbar gemacht. Ich habe mich nicht davon abhalten lassen, mich als der zu bekennen, der ich auch heute noch bin: Ein aufrechter Franzose, ein der Forschung ergebener Wissenschaftler, ein fürsorglicher Arzt, ein Humanist reinsten Wassers, dem viel Missverständnis zugestoßen und dem Unrecht getan worden ist. Exzellenz – glauben Sie mir, mich flieht der Schlaf, denke ich an jene schaurigen Bilder des triumphierenden Pöbels zurück, etwa an jenen Abend des 21. August 1792, da der edle Louis David Collenon d'Angremont zum Tode geführt wurde, bei Fackelschein, unter dem Johlen einer entfesselten Masse, die sich an der Hinrichtung delektierte. Fratzen, vom Lichtschein für Sekunden aus dem Dunkel gehoben, gierige Klauen, geifernde Weiber – die Hölle war auf Erden eingekehrt, und mir blieb nur ein stummes Gebet, verbunden mit einer verschwiegenen Träne.

Mich trifft keinerlei Schuld, auch wenn die Behauptung aufgestellt wurde, durch die von mir geförderte Einführung der Maschine sei ein wesentliches Element der göttlichen Schöpfung, nämlich die Ungleichheit der Menschen, missachtet worden, so kann ich diesem Einwurf entgegnen, dass die Abkürzung der Schmerzen mich gerechtfertigt und mir Dispens erteilt hat. Und noch eine Wichtigkeit kommt hinzu, die, unter anderem, Anlass meines Schreibens an Exzellenz darstellt: Durch die an sich bedauerlichen Massenhinrichtungen hat andererseits die medizinische Wissenschaft und die ärztliche Kunst einen erstaunlichen Aufschwung genommen, da der Forschung unerwartet viele Leichen zur Verfügung standen. Man kann sagen, dass völlig unbeabsichtigt, die Terroristen durch ihr blindes Wüten physiologische, anatomische, biologische Kenntnisse ermöglicht haben, wie sie in friedlicheren Zeiten undenkbar wären. Und dieser Umstand ist nicht allein meine eigene Erfahrung, vielmehr vieler anderer, in Paris und anderen französischen Städten sich mit dem Wissen vom Menschen Befassenden. Meine Kontakte zu Kollegen bestätigen dies. Doch nicht allein das: Es ist aus diesen Kontakten und Diskursen eine grandiose Idee hervorgegangen, über die ich Euer Exzellenz in Euer Exzellenz Stellung als Minister des Innern und von eben diesem Ministerium Unterstützung erhoffend, unterrichten möchte.

Exzellenz – aufgrund frisch erworbenen Wissens über den menschlichen Körper sowie Corpus beabsichtige ich eine Akademie der Medizin ins Leben zu rufen, um dem Tod besser Paroli bieten zu können. Ich halte es für eine Pflicht des Staates den Staatsbürgern gegenüber, eine derartige Gründung ideell wie materiell mitzutragen. Insbesondere seine Majestät sollte großes Interesse an solcher Akademie nehmen, da die Vereinigung von Fachleuten bei künftigen Vorkommnissen, welche ja niemals auszuschließen sind, ein gewichtiges Wort bei dann bevorstehenden Exekutionen mitzureden hätte. Um einmal ins Feld zu führen, was ich meine, erinnere ich an den schrecklichen Hingang unseres allseits geschätzten Ludwig XVI. und seiner Gattin Marie Antoinette, deren Opfergang vor allem mit einer unendlichen öffentlichen Erniedrigung gekoppelt gewesen ist. Sollte es der Restauration nicht gelingen, die ökonomischen und politischen Probleme unseres Landes zu lösen, so dass es zu erneuten Aufständen und der Machtübernahme durch den Dritten oder Gott behüte gar den Vierten Stand käme, müsste seine Majestät damit rechnen, dass sich der peinliche Vorgang von 1792 wiederholen würde. In dieser keineswegs erstrebenswerten Situation träte die Akademie in Erscheinung, die, im Gegensatz zu einem einzelnen, mächtig genug wäre, die Exekution des Königs auf eine diesem genehme Art zu vollstrecken. Allein diese schreckliche Möglichkeit sollte Anlass sein, einer Akademie wie der von mir geplanten großzügig unter die Arme zu greifen.

Fernerhin soll sich die Akademie mit der Ausbreitung der sogenannten »Impfung« befassen, eine von Dr. Jenner erfundene und mit Erfolg ausprobierte Methode, mittels einer Spritze Kuhpockenlymphe dem menschlichen Leibe zu injizieren und solchermaßen durch Bildung von Antikörpern der Erkrankung des Menschen vorzubeugen. Gelingt es der Akademie, woran ich nicht zweifele, die Impfung der Bevölkerung als obligatorisch einzuführen und zu einer Selbstverständlichkeit werden zu lassen, bestünde gute Aussicht, in einer für die Krone bedrängenden Lage unter dem Deckmantel der Volksgesundheit dafür zu sorgen, dass die Unruhestifter, Verschwörer, Aufhetzer rasch und spurlos aus dem Volkskörper entfernt werden. In Klammern: Ich verweise hier auf den lehrreichen Artikel eines Deutschen, des Residenten von Frankfurt in Paris, Monsieur Ölsner, der als Mittel der Exekution von morgen Zyankali vorschlägt. Ich bitte Eure Exzellenz, diesen Artikel in Zusammenhang mit der Einführung der Impfung in allen französischen Gouvernements zu lesen – und zu beherzigen! Ich bin willens und bereit, in der Akademie eine entsprechende Sektion einzurichten und für den Tag der Gefahr zu schulen. Bitte nur darum, dafür zu sorgen, dass mein guter, dennoch schmählich missbrauchter Name aus dem Unternehmen herausgehalten wird. Exzellenz, ich verbleibe als Euer ergebener Diener und als Diener seiner apostolischen Majestät der Endesunterzeichnete. Streusand. Punktum.

Post scriptum. Verehrter Abbé, mon cher, eine kleine, aber inständige Bitte zum Schluss, die sowohl mich wie meinen Sprössling betrifft. Meine liebe Frau hat mir ein reizendes Knäblein geschenkt, die Freude meines trüben Alters, doch könnte es geschehen, dass dieses reizende Kind als Erwachsener mit Komplikationen zu kämpfen haben wird, die aus dem Namen seines Vaters resultieren. Man weiß doch, wie das einfache Volk, wie der Mann auf der Straße, die unreflektierte Canaille reagiert: Um meinem Sohne die Zukunft zu erleichtern, bitte ich Euer Exzellenz um eine Namensänderung für meinen Nachkommen, den ich dennoch und trotzdem in Gottesfurcht, Königsliebe und Wissenschaftsdrang erziehen will, so dass, falls es eine künftige Epoche erfordert, er seinen Mann zu stehen vermag, wie sein Vater es getan hat. Immer der Eure: Nochmal Streusand.

Nochmal Punktum.

1990

Fiebernacht

Manchmal scheint es dem Kranken, es stehe jemand in der dunklen Ecke. Dabei hat er eben noch ganz vernünftig und verständig mit Dr. Schönlein gesprochen, mit Caroline Schulz, seiner Zimmerwirtin und Pflegerin, aber jetzt steht da einer in der Zimmerecke, Gestalt mit unsicheren Konturen, verschwommenen Zügen: Wer bist du? Lenz, bist du das? Selbst auf Anruf, auf Anrede, erschreckend für die Pflegerin, der das ausschließlich vom Kranken erblickte Gespenst unsichtbar bleibt, gibt sich der Schatten nicht zu erkennen: Lenz, sprich doch …

Der Orkus besitzt ungezählte Pforten, wie der Gymnasiast einst gelernt; öffnet sie hier, öffnet sie dort, an ungeahnten Erdstellen, eine mag sich also im schummrigen Wandwinkel des vorhangbeschirmten Raumes aufgetan haben, den Schatten des armen, wahnsinnig gewordenen Hofmeisters zu seinem fiebernden, phantasierenden Bruder im Metier zu lassen. Ausgereckte Figur, nebelhaftes Gesicht, sehr bleich, Lenz?, schwankend wie eine Gardine in Zugluft: oder nicht Lenz? Ich habe dich dargestellt mit aller Ehrfurcht; dein Porträt zu malen versucht und bin nicht fertig geworden damit, vom Leiden des paranoiden Dramatikers aufgerührt, erstickt fast von Mitgefühl, gelähmt vom Schicksal dieses deutschen Dichters, dem Deutschland, Flickenteppich aus Fürstentümern, Kleinstaaten, Freien Reichsstädten, autonomen Provinzen ein Leichentuch nur sein konnte. Satz um Satz den

Lenz auf weißen Blättern erstehen lassen, in bessern Tagen, da ich noch nicht auf dem Krankenbett lag und den grässlichen Schatten in der Ecke mir zuwinken sah: Nein, nicht Lenz! Nun sehe ich es genauer: Minnigrode, der arme Teufel, der im Gießener Kerker sitzt; einst heiter und blühend, als wir die »Gesellschaft der Menschenrechte« gründeten, weißt du noch, Minnigrode, wie hoffnungsvoll du warst, es würde in Deutschland die Vernunft siegen; lächerlich; utopisch; *knabenhafte Berechnung, indem man, wenn es wirklich zu einem Kampf, auf den man sich gefasst machen müsste, gekommen wäre, den deutschen Regierungen und ihren zahlreichen Armeen nichts hätte entgegenstellen können als eine Handvoll undisziplinierte Liberale. Soll jemals die Revolution auf eine durchgreifende Art ausgeführt werden, so kann und darf das bloß durch die große Masse des Volkes geschehen, durch deren Überzahl und Gewicht die Soldaten gleichermaßen erdrückt werden müssen. Es handelt sich also darum, diese große Masse zu gewinnen …*

Sein Schädel ist nun klar, reingefegt durch Regimenter revolutionärer Gedanken, die sich der Schädelnerven – die man genauer kennt als sonstwer – bemächtigt und den Schatten aus den Sehnerven vertrieben haben; die Revolution, und begäbe sie sich nur in meinem Hirn, macht mich immer munter; in ihrer Luft lebe ich seit der großen Französischen, von der sich alle teutschen Schreiber abgewendet, nachdem in Paris die Köpfe zu rollen begonnen: wie sehr wünschte ich, gleiches vollzöge sich einmal an den gekrönten Häuptern meines Vaterlandes. Freilich: so viel Guillotinen gibt es auf der ganzen Welt nicht, die Unzahl von Fürsten, Fürstchen, Herzögen, Baronen, Grafen, Königen, Prinzen und ihr adliges Pack zur Einsicht zu bringen. Franzosen, ich beneide euch!

Wenn in unserer Zeit etwas helfen soll, so ist es Gewalt … Sind wir denn nicht in einem ewigen Gewaltzustand? Was nennt ihr denn gesetzlichen Zustand? Ein Gesetz, das die große Masse der Staatsbürger zum fronenden Vieh macht, um die unnatürlichen Bedürfnisse einer unbedeutenden und verdorbenen Minderzahl zu befriedigen? Und dies Gesetz, unterstützt durch eine rohe Militärgewalt und durch die dumme Pfiffigkeit seiner Agenten, dies Gesetz ist eine ewige, rohe Gewalt, angetan dem Recht und der gesunden Vernunft, und ich werde mit Mund und Hand dagegen kämpfen, wo ich kann, sobald ich nur die Krankheit überwunden: Ich muss gesund werden, Herr Doktor, kommen Sie aus Ihrer finsteren Ecke hervor und helfen Sie mir, bitte, treten Sie näher, Herr Lenz!

Erneut: Auflösung des Bewusstseins, der Reflexionsfähigkeit in Fieber; Caroline Schulz neben dem Bett hält des Kranken zitternde Hände: abwehrende, hilflose Gesten; Keuchen: Nicht ausliefern! Nicht ausliefern! Denn durch die Fieberschleier marschiert durchs abendlich friedliche Zürich ein Schock Gendarmen heran und die düsteren Stiegen herauf, stampfende Stiefel, klappernde Säbel, den Kranken aus seiner Zuflucht, der Schweiz, zu verjagen und den heimischen Tyrannen auszuliefem: Ich poche auf mein Asylrecht, meine Herren! schreit der Kranke und weint, weil er trotz seines Delirierens weiß, wie viele politische Flüchtlinge die eidgenössischen Behörden nach Deutschland und Österreich abgeschoben, aus Angst vor einer militärischen Intervention; wie viele sind in den Gefängnissen ihrer Heimatorte verschollen; Wahrheit gilt in Deutschland als Pest, und wer von ihr befallen, als unheilbar: die Rosskur ist ihm sicher, gelingt es ihm nicht, Europa zu verlassen.

Ich will nicht! Lasst mich los!: Puls einhundertsechzig;

das Herz flattert: Loslassen! Der Kranke wehrt sich gegen die schlangenähnlichen Fangarme eines Polypen, der Metternich heißt, in Wien residiert und seine Tentakel über den ganzen Kontinent ausstreckt. Wie der biblische Moloch verschlingt er die Jugend der von ihm unterdrückten Länder; verfolgt er alle, die nach der Niederlage Napoleons Freiheit erwartet hatten statt Restauration und die immer noch nach dieser Freiheit verlangen, welche von den reaktionärsten und rückständigsten Staaten ihrer Epoche, Russland, Österreich und Preußen, der sogenannten Heiligen Allianz, mit Zensur und Sondergesetzen, mit Spitzeln und Polizei und Geheimprozessen und Folter und Kerker verhindert wird.

Nachdem der Fieberanfall vorbei und sich der Kranke etwas beruhig hat, gelabt von seiner sorglichen Pflegerin mit Tee, den sie ihm Löffel um Löffel sacht einflößt, erzählt er ihr mit schwerer Zunge, man habe ihn schon vor die Stadt gebracht, aber er habe auf dem Marktplatz eine große Rede gehalten, seinen Fall darzulegen und um die Auslieferung zu verhindern …

Aber lieber Georg, Sie haben geträumt, Sie liegen ja hier in Ihrem Bett! Und er darauf heftig: Professor Escher, einer seiner Schüler, habe sich für ihn verbürgt, und darum sei er im letzten Moment zurückgebracht worden.

Danach: Stumpfes Vor-sich-hin-Brüten, die Lider herabgesackt bis auf einen schmalen Spalt, durch den der abgemagerte Patient die dunkle Ecke hinter dem Fußende des Bettes beobachtet, ob nicht wieder Lenz auftauchen will, Danton vielleicht, Robespierre, Saint Just oder ach: der elende Woyzeck, Woyzecks Doktor gar, um auch ihn selber mit seinen Erbsen zu traktieren: ach, welche Unfertigkeit der Stücke, mehr Entwurf als Ausführung, hastig hingekritzelt den

»Danton« in fünf Wochen, um Geld zu machen, und wieviel hat er damit »gemacht«? Hundert Gulden! Das Studium ging eben vor, die Dissertation, die Antrittsvorlesung »Über Schädelnerven« für die Universität Zürich, um überhaupt in die Sicherheit der Schweiz gelangen zu können: primär die politische Arbeit, primär dabei die Angst.

Immer Angst empfunden. In Gießen, in Darmstadt mit der Angst aufgewacht und mit der Angst zu Bett. Zwischen Frühstück und Abendbrot nur ein Gedanke: Flucht.

Als die Verhaftungen einsetzten, Minnigrode war der erste, und ich, aus den Ferien von den Eltern zurück, mein Pult aufgebrochen fand und amtlich versiegelt, die Papiere, die Briefe durchwühlt, da war klar: Die Menschenrechte, die zu fordern wir unsere Gesellschaft gegründet, wird man uns nicht zugestehen. Viel Zeit bleibt mir nicht mehr. Endlich fort bei Nacht und Nebel. Unvergesslich das Auftauchen himmelhohen steinernen Geschnörkels, Münster von Straßburg, in welcher Stadt ich nicht nur meine Liebe fand, sondern auch die freie Luft des bürgerlichen Frankreichs, wo der Bourgeois den Citoyen in sich noch nicht völlig verleugnet hat.

Aber Ruhe, wirkliche Ruhe bietet erst Zürich. Zu kurze Ruhe. Und sogar die endgültige, wie der Kranke ahnt. Immerfort sprechend, aber schwächer und schwächer, als wollte er noch vieles mitteilen, wer weiß, was, wer weiß, wem, den Freunden, der Braut, den Nachgeborenen, Künftigen, all das bleibt im Unverständlichen: ein heiseres Geflüster, Nachlass, den niemand erbt, weil er in der gleichen Sekunde spurlos zerrinnt.

Und die undeutliche Gestalt in der dunklen Ecke? Wohl weder der Dichter Lenz noch die weiblich geformte Personifizierung der »Marianne«, Organisation, die während des französischen Julikönigtums zum Symbol für Freiheitsheldin und Helferin aller politisch Bedrängten geworden: eher der Tod selber, den der langsam Sterbende auf sich warten sah. Mit dreiundzwanzig Jahren und am Anfang einer einmaligen künstlerischen Zukunft ist bereits alles zu Ende.

1970

Museumsbesuch

Gesünder leben. Spazierengehen. Hin und wieder wenigstens. Der täglichen Tretmühle entfliehen für ein paar Stunden: irgendwohin. Es wird ja so vieles geboten: Wald und Heide, Kunst und Kultur: am Busen der Natur oder der Musen ausruhen: Synthese: Freilichttheater oder anthropologisches Museum: zentral gelegen: moderner Bau: von einem modernen Architekten entworfen, entsprechend dem modernen Verwendungszweck des Gebäudes.

Nur über die Natur der ausgestellten Objekte besteht keine völlige Klarheit. Im Grunde beginnt der Zweifel schon angesichts des Lächelns jener Frauenfigur im Kassenkabuff: es sieht bedrohlich echt aus, wird jedoch von ungünstig reflektierendem Spiegelglas verzerrt, und ein bauchhohes Gitter verhindert das Nähertreten. Kassiert wird selbstverständlich gar nichts; die Kasse, altmodisch holzschnitzgerändert, goldbronzelackiert, ist selber bloß Exponat, Kopie des Entrees von der Pariser Weltausstellung im Jahre 1900. Das besagt ein Täfelchen rechterhand, und auch: der Eintritt sei frei.

Mit dem Empfinden, verhöhnt worden zu sein, weil man unwillkürlich, aber sinnlos auf das künstliche Kassenlächeln gleichfalls mit Lächeln geantwortet hat, rüttelt man an dem Drehkreuz, das keinen Münzeinwurfschlitz aufweist. Ein Pfeil zielt auf einen schwarzgestrichenen mannshohen Blechkasten mit runder Öffnung, über welcher ein Schild zum Hineingreifen auffordert: sonst bliebe die Sperre geschlossen.

Ein Jux, scheint es. Rasch versöhnt und wieder zum Mitmachen bereit, schiebt man die Hand durch den messinggerahmten Kreis. Jahrmarktsbudenschauer flackert auf. Die eigene Hand wird von einer anderen gepackt und geschüttelt. Begrüßungsworte krähen aus einem verborgenen Lautsprecher. Drücken und Schütteln wollen kein Ende nehmen, so dass sich einem schier der Magen umdreht vor soviel unsichtbarer Herzlichkeit. Obwohl man zieht und zerrt, kommt man erst nach Ablauf einer Minute, einer halben Ewigkeit in dieser Situation, wieder frei: solange darf man auf einer von innen erleuchteten Glastafel etwas über mitteleuropäische Begrüßungsriten lesen: pazifierende Geste ritterlicher Schwerthand, Wehrlosigkeit bietend wie fordernd. Endlich ein metallisches Klicken, Erlöschen der Schrift, die Hand wird freigegeben, die Sperre geöffnet: beim Durchschreiten kommt Zaghaftigkeit auf, ein plötzliches Bedauern, nicht doch lieber draußen im Sonnenlicht weiter spazierengegangen zu sein: stets wiederkehrendes Gefühl, nachdem man sich auf ein zwar alltägliches, doch nicht ganz abzuschätzendes Unternehmen eingelassen hat. Wieso ist man hier hineingegangen? Das Wohlbefinden draußen beim langsamen Dahinschlendern durch die anheimelnden Gassen war wohl groß genug gewesen, den Neid der Götter zu wecken: nun klappt das Drehkreuz hinter einem zu.

Weit geschwungene Halle, rund, zur Deckenmitte hin absteigend, wo eine mächtige niedrige Säule das gesamte Museum zu tragen scheint, mosaikgeziert, Evolution zeigend: vom Homo erectus über den Homo pithecanthropus bis zum Homo sapiens sapiens: den langen Weg zum weisen weisen Menschen, wie die Benennung meint. An der rundum laufenden, von Portalen unterbrochenen Wand stehen weitere schwarze blecherne Kuben, gleichartig dem Begrüßungsautomaten, auf Sockeln aus Beton, versehen mit Aufschriften wie GERUCHSSINN, GESCHMACKSSINN, GESICHTSSINN, GEHÖRSINN und TASTSINN.

Hier nun ist glücklicherweise das Alleinsein vorbei; hier und da bewegen sich Besucher durch das künstliche Licht, starren durch die Gucklöcher des GESICHTSSINN-Kastens oder haben Atemmasken vor den Gesichtern, deren Schläuche an den GERUCHSSINN-Apparat gekoppelt sind: meist reißen sie nach wenigen Augenblicken die Maske herunter, mühsam Luft holend, rot angelaufen, mit vorquellenden Augen und keuchend, dass man sich vor der Sauna besser amüsiere. Trotz des warnenden Beispiels probieren dabeistehende Besucher den Apparat selber aufs Neue, um ebenfalls mit sichtlicher Übelkeit kämpfend, schon Wartenden Platz zu machen: das Bedürfnis nach Empirie ist zu übermächtig in den Menschen. Und noch der Ängstlichste unterzieht sich der Probe, stülpt furchtgrinsend das Plastikgehäuse über Mund und Nase und drückt auf den entsprechenden Knopf (siehe Pfeil), schnuppert Ozon, Rosenduft, Flieder, Erde, Käse, Kot, Fäulnis und Pestilenz: konvulsivisches Würgen und Japsen, bis man sich soweit erholt hat, um den TASTSINN zu versuchen, von dem man doch anzunehmen geneigt ist, Erfahrungen mit ihm würden weniger scheußlich sein.

Textlich versprochen wird: sobald man die Hand durch die Luke schöbe – und schon kehrt Zaghaftigkeit zurück, wird unterdrückt, indem man sich Feigling schimpft–, würden Testgegenstände vorgeführt, deren Abbilder nach Ablauf des Experimentes eine Leuchttafel (siehe Pfeil) zeige: Ankündigung von Rätsel und Lösung, Verlockung, die Finger in den Rachen (doch wohl hoffentlich nicht: Rachen) der würfelförmigen

Sphinx einzuführen, den Schalter zu betätigen, und sogleich mit aufkeimendem Unbehagen internes Rasseln und Knarren zu vernehmen. Um das Handgelenk schnappt eine Stahlklammer, zwar gummigepolstert, doch den vorzeitigen Abbruch des Experiments verhindernd: Wer nicht auf seine Vernunft hören kann, muss fühlen. Und draußen: welch Sonnenschein! Welch fröhliches Wandeln und Schlendern: vorbei.

Vor der Sauna amüsiert man sich besser, klingt tröstend im Ohr, und während sich etwas Raues, Poröses, unregelmäßig Geformtes unter die daktylischen Fühler schiebt, meint man, wo kleine Schrecknisse und Erschütterungen entstünden, müsse auch der ausgleichende Gegensatz, die kleine Freude, das geringe Vergnügen, lebendig sein. Unter den Fingerkuppen das, dieses Ding, eine Art antediluvialer Schwamm, bei welchem der Versteinerungsprozeß nicht ganz abgeschlossen, weicher Stellen wegen, in die die Fingerspitzen haltlos eingehen, tief hinein, jetzt quillt Feuchtigkeit aus den Druckstellen, nasse Watte, und schon folgt Zackenbesetztes, fast Gläsernes, Zerbrochenes. Befürchtung, sich zu verletzen: Was wenn gar die Pulsader? Am Kasten hängend, ins Innere verblutend. Und hat diese Puppe, die Kassiererin, nicht gleich so suspekt gelächelt? Und wo sind die andern Besucher, die eben noch witternd und schnuppernd dort drüben gestanden, Herde verwirrter Geschöpfe, teils erheitert, teils angeekelt: wo sind sie, die zur Hilfe herbeieilen könnten, falls die katastrophischen Phantasien Wirklichkeit würden? Endlich gleitet anderes unter die empfindsamen Kuppen: glatt und schwabblig, eine Oberfläche wie Haut ohne Poren, klebrige Partien, dann Borsten, was kann das bloß sein, und nun regt das Ganze sich auch noch selbsttätig, hebt sich, senkt sich, als atme es erregt, als wolle es aus dem Blechkasten heraus, die nur taktile Bekanntschaft mit dem Außenstehenden enger und inniger zu gestalten: Erlösung: die Fessel klappt aus, es meldet ein kurzer Klingelschlag das Ende der Vorführung. Mit Taschentuch und Speichel die unsichtbar geschändete Hand gesäubert, Aufklärung an der Leuchttafel (siehe Pfeil) über das Ertastete erwartend: aber nichts leuchtet auf, nichts wird erkennbar erhellt. Enttäuschte Faustschläge bringen keine Erkenntnis zustande. Der Apparat behält sein Geheimnis für sich.

Man müsste sich das Eintrittsgeld zurückzahlen lassen, hätte man welches bezahlt. Skandal: nach so viel Ekel möchte man wenigstens wissen, was ihn bewirkt. Immerhin soll man sich vor der Sauna besser amüsieren, das möchte man sich auch ausgebeten haben!

Von der Halle führen strahlengleich Gänge rings ins Gebäudeinnere; über den gewölbten Portalbögen, deren massive Eichentüren die Gänge zur Halle hin abschirmen, bezeichnen römische Ziffern und Frakturschriften die Charakteristika der jeweiligen Exponatgruppen. I. Homo ludens, II. Homo familiaris, III. Homo criminalis, und so weiter und so fort, und eintretend, steht man in einem langen, dämmrigen Korridor, rechts und links in regelmäßiger Reihenfolge von Zimmern flankiert, die Türen durch schallschluckendes Panzerglas ersetzt, einseitig quecksilberbeschichtet, so daß man hineinsehen, von drinnen aber nicht erblickt werden kann. Gemächliches Dahinwandeln mit den andern Besuchern vorbei an den Scheiben, an dieser oder jener verharren, dahinter Tische, umgeben von Objekten, hier Spielkarten austeilend, eine Karte zum Auge heben, sie lautlos hinwerfend; Aufnehmen, Heben, Ansehen, Ablegen und wieder dasselbe im gleichen Rhythmus vollzieht sich im Kreise der Objekte asynchron, womit der Eindruck lebhafter Bewegung täuschend nachgeahmt ist; vermutlich verursacht durch ein System kommunizierender Leitungen unter dem tief herabzipfelnden Tafeltuch. Handelt es sich bei dieser Gruppe nun um den Homo ludens oder um den Homo familiaris oder um den Homo criminalis oder gar um eine Synthese aus allen drei Bereichen? Falschspiel kommt selbstverständlich auch innerhalb der Familie vor. Die Miene der Objekte verrät nichts vom Spielmotiv; mochte also das pausenlos aktive Tableau den inneren Frieden glücklichen Familienlebens demonstrieren; man hatte beim Betreten des Ganges nicht auf Ziffer und Bezeichnung geachtet und zahlte nun den Preis fürs eigene Unwissen, indem man ratlos zwischen den andern stand und auf die betriebsamen Objekte glotzte, auf ihr Billardspiel, unhörbar klickende Bälle, Queus senken sich, stoßen zu; eine wachsblasse Hand malt Zahlen auf eine schwarze Tafel; Bälle springen ping-pong, hin-her, Schläger heben sich, senken sich, ein Tropfen Flüssigkeit glitzert konstant auf einer Objektstirn: die Besucher schieben sich weiter und weiter, vor diesem oder jenem Raum kurz verharrend, beeindruckt von einer modernen Möblierung, inmitten welcher ein Objekt einem anderen ein langes Messer, hebend, senkend, in den Rücken sticht, fasziniert von exquisiter Innenausstattung, von elegantem Dekostoff, auf den Objekte fallen, stürzen, lagern, sich bäumen, sexuellen Praktiken hingegeben, heben, senken, heben, senken, zu Heiterkeit verleitend, laut und ungehemmt, da nach so vielen Enttäuschungen ein bißchen Spaß geboten wird. Man fasst wieder Mut weiterzugehen, auch noch die Sauna »mitzunehmen«, von der schon Verheißungsvolles zu hören gewesen. Die Menschendichte aber nahm, je näher man der vermutlichen Hauptattraktion kam, derart stark zu, dass man in einer zähen Masse zu stecken meinte, deren unangenehme Ausdünstung, deren massive Undurchdringlichkeit dem Museum selber als exhibitionsfähiges Musterbeispiel hätte dienen können. Mühselig drückte ich mich zwischen fremden Rümpfen hindurch, alle möglichen Teile am eigenen Leibe verspürend, so dass heftige, sehr schnell wechselnde, immer aber gänzlich gegensätzliche Regungen mich durchfuhren: jeder dieser, nur durch Kleidung leicht abgeschirmten Kontakte erzeugte Widerwillen oder Vergnügen, je nach dem fremden Körper, an den man gepresst wurde. Manchmal sogar beide konträren Empfindungen zugleich: Ekel und Lust, und ich fragte mich, ob solche Ambivalenz nicht vielleicht das Kennzeichen der Dekadenz sei. Dann endlich, endlich vor der Sauna: die unmöglichsten Objekte sitzen, liegen und stehen darin herum: fette Bäuche, kahl oder bis zum Nabel behaart, knochig-faltige Hintern, sehnenreiches Gebein, Krampfadern, Glatzen, Dauerwellen, Bärte, Warzen, Blößen über Blößen, indes ein Besucher auf den Knopf (siehe Pfeil) rechts von der Scheibe drückt, woraufhin die Objekte anfangen, die Arme zu senken und zu heben, wild zu zucken und zu zappeln, die Münder aufreißen, als sängen sie oder riefen gemeinsam irgendetwas, bis sie übereinandersinken, Objekt um Objekt, ein Amüsement für die Zuschauer. Man stößt einander in die Rippen, macht sich auf Verrenkungen der Objekte aufmerksam, platzt vor Lachen, dass ein dickes Femininum an einem dürren Masculinum Halt sucht, beide fallen, die Bohnenstange wird unterm Pudding begraben: Requiescat in pace! Nachdem Ruhe eingetreten ist, klappt der Fußboden zur Rückwand hin ein wenig ab, und der ganze Rauminhalt rutscht weg: die Sauna ist leer.

Was weiterhin angeboten wird, fällt hinter diesen Spaß zurück: Boxen und Malen, Predigen und Taufen (Homo religiosus), Fräsen und Hobeln, Feilen, Nieten, Löten, Angeln, Schlachten, Kochen, Backen, Bajonettieren und Füsilieren, wobei fünf Objekte vor einer Wand aus echtem Carrara-Marmor Aufstellung finden, gegenüber vom Peloton, Heben der Gewehre, lautloses Auspuffen von Rauch, Hinfallen, Senken; Sägen, Operieren, Amputieren, Schneidern, sogar Schlafen, Rudern, Schwimmen, in einem Zimmer voller Wasser, so dass man die Objekte von unten sieht wie im Aquarium, Schreiben, Rechnen, Klavierspielen, Tanzen, sogar ein Objekt auf dem Klosett, im letzten kleinen Kämmerchen vor dem Ausgang, oder zumindest vor der Pforte, darauf das Wort steht.

Schiebt man sich, müde vom Erschauten, Bestaunten, hindurch, befindet man sich auf einmal in einem Zimmer, an einem Tisch. Und kriegt, ehe man sichs versieht, Spielkarten zugeteilt, nimmt sie auf, legt sie ab, ahnungslos, was das soll, wie lange das dauern wird, recht lange wohl, denn wenn man später Tischtennis treibt, hat man jedes Zeitmaß eingebüßt, schwitzt und freut sich, dass man hinterher in die Sauna darf, wo man Partner vom Kartenspiel wiedertrifft: in doppelter Ausfertigung sogar, da die eine Wand aus einem großen Spiegel besteht. Hineinsehen: man müsste sich mal wieder rasieren. Auch die Haare sollte man sich ein bisschen auffärben lassen, man wirkt ja schon direkt alt. Mal Sport treiben. Mal gesünder leben. Früher aufstehen, Spazierengehen, irgendwohin, vielleicht auch mal wieder ins Museum: Ja, das sollte man eigentlich nicht verabsäumen, wo man schon genug versäumt hat. Unbedingt morgen Spazierengehen. In den Wald, auf die Heide, an die frische Luft.

Luft.

1974

Abendliche Gespräche, bevor die Erde hinter dem Horizont versinkt

Wie staubig wird mir: wie matt und schwärzlich! / Ruhe, Ruhe: im Meere derselben hat nichts andres zu herrschen! / Wie trocken die Kehle mir inmitten der Mare. Gleichzeitig fühle ich eine gewisse aufstrebende Statik, speziell genitalwärts. / Ja: fast schwerelos steigt er empor, wie von selber: dafür besitzt er aber auch nur ein Sechstel seines alten Gewichtes und sechsmal so leicht geschieht Pollution. Lass zu Boden alttestamentarisch das zeugende Zeug mählich flattern: sechsfach erleichtert: Auf dass dies Ringgebirge kreise und eine exoterrestrische Maus gebäre. / Wir: Eltern des ersten kosmischen Nagetiers, und glücklich, welches durch die bröcklige Oberfläche sich nagt in den Kern des Trabanten auf der Suche nach dem besseren Leben. / Sie soll es einmal besser haben als ihre glücklichen Erzeuger, selber nur flüchtige Zeugnisse des auf den Horizont sinkenden, stets umwölkten Gestirns: besser! / Wie besser? / Viel besser. / Wieviel besser? / Soviel besser, dass man nur sagen kann: bestens! Schließlich während Gaia mit ihrer unteren Rundung, arschiger Wölbung auf dem Horizont Platz nimmt, gehört unserm Kinde die Zukunft. Als Besitz und Eigentum. Als Erbschaft: wir hinterlassen ihm eine glückliche bessere Zukunft, akkumuliert in Zeitungspapier. / Als Aussteuer. Heiratsannonciert als: Aussichtsreich, mit Betonung auf der letzten Silbe. Das zieht, das lockt, darauf fliegt man, als Fledermausmann etwa. / Oder als Vampir. Unser täglich Blut gib uns heute. Kommen vom roten Planeten bis hierher, um im Staub und im Schutt zu schnüffeln. Ich rieche schon was. / Ich spüre Hunger. Du auch? / Ich auch. Wie gehts unserm Kind? Nagt es fleißig und ordnungsgemäß und rechtgläubig, damit es ihm einmal besser gehe als uns? / Da: hinter dem Horizont nur noch ein Fingernagelrand Helligkeit. Lichtneige: gleich wirds finster. Ja: es soll finstrer werden als früher, darum wollen wir uns bemühen. / Viel können wir nicht tun, Leibeigene hastig abschlaffender Zeitlichkeit, gefangen trotz eminenten Türmangels, aber was in unserer Macht, tun wir gern. / Natürlich tun wir das: selbstredend ohne Zögern. / Oh, ich sehe dich nicht mehr, doch das immerhin viel intensiver als einst. / Und wie staubig mir wird. / Viel staubiger als daheim. / Und wie trocken und wie entsamt und wie elterlich: viel, viel mehr als je. / Viel mehr als viel und sonst und gestern!

Abendliches Gespräch II

Über die Filzwüste kommt schon der Versorgungswagen. Die Ketten rasseln mangels Luft ohne Laut. / Oh, ich habe Hunger. / Oh, ich habe auch Hunger. / Auf Knopfdruck Deckel aufklappen: Bitte zum Essen. / Guten Appetit. Wohl bekomms. / Danke gleichfalls. / Das Essen schmeckt nicht: wie das ausschaut! / Der Geschmack ist keine Frage des Geschmacks, sondern eine Frage der Philosophie. Die Philosophen haben die Welt nur unterschiedlich gewürzt, es kömmt aber darauf an, sie zu verdauen. / Trotzdem schmeckt es nicht. / Das darf man nicht sagen: diese Blutwurst ist mit

Liebe zubereitet, mit Herzblut! / Mit wessen Herzblut? / Solche Fragen sind unzulässig, da sie dem Appetit schaden. Fragen solcher Art stellen überhaupt nur Appetitsschädlinge. Ein braver Vogel frisst oder stirbt. Das ist echte Vogelart. Der Tod, im Gegensatz zu seinem Gegensatz, der Liebe, höret nimmer auf. / Und die Liebe? / Liebe ist, womit Blutwurst zubereitet wird. / Aber man ekelt sich vor der hellroten Füllung. Da ist alles noch so frisch. Das schreit ja noch aus der Pelle! / Nun: selbstverständlich können wir es auf der Wärmplatte ein wenig verjähren lassen. Mit geringem zeitlichem Abstand wird alles genießbar. / Wie gering? Ein Jahr? Zwanzig Jahre? Das ist doch ein Grundsatz von Zivilisation und Kultur. Ein kultivierter Esser braucht eben Distanz. Ohne Distanz wird ihm übel. / Aber Blutwurst ist das Endprodukt konsequenter Repression: ein Endprodukt muss dem Verbraucher zugeführt und verbraucht werden. Da hilft nichts! / Der Geschmack ist fürchterlich! / Man sollte beim Essen zwecks leichterer Speiseröhrentätigkeit bedenken, die Situation könnte auch umgekehrt sein! / Es wäre bloß ein Zufall, wenn man selber frisst statt gefressen zu werden? / Kein Zufall: eine Chance. Wer weiß, vielleicht die letzte. Gleich fährt der Wagen zurück. Und Filz ist ungenießbar. / Ja, Filz ist ungenießbar, soweit der Blick auch schweift: ungenießbarer Filz. /

Abendliches Gespräch III

In den neonlichtigen Höhlen findet jeder, was er sucht, sagt man. / Was sagt man noch? / Man sagt zum Beispiel: Guten Tag, mir schwebt etwas Kubisches vor, Säulenartiges, formal äußerst Einfaches, das suche ich, das nähme ich sofort. Dann hieße es möglicherweise: Nehmen Sie also eine Rolle! / Was für eine Rolle? / Die Rolle der Bedeutung der Frau. Und was bedeutet diese Rolle? / Die Rolle der Bedeutung der Frau als Frau bedeutet die Herausstellung ihres

als Instrument weiblicher Emanzipation. / Ich will gar kein Instrument, ich will eine Rolle. Rund, glatt, links und rechts oder hinten und vorne abgeplattet, je nachdem man sie hält. / Solche Rolle ist nur als Fernrohr oder Nudelholz links und rechts abgeplattet, ist sie jedoch hinten und vorne abgeplattet, stellt sie ein Instrument zur Befriedigung des Instruments weiblicher Emanzipation dar. / Ich will keine Darstellung, ich will eine konkrete Rolle. Nichts Künstlerisches, keine Rolle als Symbol, als Symptom, als Modell, als Rollenverhalten Rollen gegenüber, nicht mal als Befriedigungswerkzeug leibhaftiger Revolution! / Schade, wir bieten nur abstrakte Befriedigung, ideelle Masturbation, darum haben wir auch an allen Wänden Rollbilder mit Personenporträts von Personen, die jede Person beim Betrachten a. anregen und b. befriedigen. Wir verkaufen Identifikation mit weltlichen Heiligen. / Das müsste man der interplanetarischen Aufsicht melden: das Heiligste in ökonomischen Dreck ziehen! Der Charakter der Götter war nicht der Warencharakter! Apage satanas commercialis! / Nun denn: wer seinem Gott Bilderdienst leisten will oder muss, ohne das Bild und sich durch Kauf zu beflecken, der soll sichs selber an die Wand malen: mit Feuerhand: Menetekel! / Ja, das will und werde ich! Dann benutzen Sie unsere Schriftschablone und unsere Leuchtfarbe Marke Future-light! / So geht es wirklich in den Neonhöhlen zu? Dann bleiben wir lieber im Vakuum.

Abendliches Gespräch IV

Guten Tag, wie gehts. / Guten Tag, / und danke der Nachfrage: nicht gut: Vor lauter Wasserlosigkeit wird man selber trocken, und ist man erst einmal vertrocknet, ist das Zerbröckeln nicht weit. Wohl dem, der noch ein Wasser hat; er danke dem und sei zufrieden. / Das stimmt. Genauso prägt das Sein die Existenz, welche sich entscheidend auf das Leben auswirkt. Unter lauter Schlaraffen schlarafft man mit und ab: man wird fett, faul, kurzatmig, kurzsinnig – kurz: kurzophil, weil in Schlaraffia alles kurzwahr ist. / Immerhin: wahr / Kurzwahr ist so gut wie unwahr; die Beine sind etwas länger als bei echten Lügen. Unter Kurzwahren wird man selber kurz. / Tatsächlich, ich spüre schon einen Wadenkrampf, da zieht sich was zusammen. / Und unter Tauben wird man schwerhörig! / Wie bitte? / Ich sagte: Man wird schwerhörig unter Tauben! / Das glaube ich nicht: auf der Regenrinne Ruckediguh, im Rinnstein Pickdepick, Flattern und Gurren – das brächte ich nicht fertig, und wäre das Beispiel noch so eindringlich und überzeugend. Aber was halten Sie davon, dass man unter Blinden zu rascher Stumpfäugigkeit verurteilt ist?! / Das kann ich nicht einsehen. / Es ist doch ganz klar, schauen Sie mal … / Tut mir leid, ich sehe überhaupt nichts ein. Erlauben Sie mir hingegen, Ihnen mitzuteilen, dass man unter Stummen das Sprechen verlernt! / Und unter Glücklichen das Gedächtnis verliert! / Ich verstehe nicht, was Sie zum Ausdruck bringen wollen, fuchteln Sie nicht mit Ihren Zangen vor meinem Rüssel herum, ich sehe sowieso nichts, / …….. Also, was ich noch sagen wollte: Wissen Sie nicht, was ich noch sagen wollte? Ich kann Ihre Zeichen nicht erkennen. Schreiben Sie es auf, bitte mit recht großen Buchstaben. / .... / Aha. ALLE GLEICHNISSE SIND ERLITTENE ERFAHRUNG. Entschuldigen Sie eine nächste Frage: Was ist das – «Erfahrung«? Wenn ich mich daran erinnern könnte, wüsste ich auch, was Zukunft ist, und wenn ich das wüsste, wäre unser Gespräch von Anfang an ungeschehen: wir könnten unbesorgt noch einmal von vorn beginnen. Mit dem richtigen Wort. Falls Sie es erinnern, sprechen Sie es sofort aus, damit alles gut werde! /

....

....

/ Ja – ja, strengen Sie sich an! Flüstern Sie ruhig, sollten Sie es nicht laut sagen sagen können. Ja, jetzt höre ich es deutlich, jetzt weiß ich es, es hieß: »Guten Tag«.

Abendliches Gespräch V

Ich glaube, die Sonne scheint. Soeben haben Photonen meine Oberfläche getroffen. / Und sonst glaubst du gar nichts? / O doch: ich besitze einen starken Glauben, der mir in allen Lebens- und Sterbenslagen geholfen hat. / Aber du lebst ja noch. / Aber andere sind gestorben, Hunderte und Tausende und Millionen, und da bedarf es eben eines starken Glaubens, das zu ertragen. Denk nur an die schlimmen Zeiten, da sie aus unsereins Knöpfe gemacht haben. Brauchte man denn da nicht einen festen und unerschütterbaren Glauben? / Gewiss: und woran hast du geglaubt? / Natürlich dass das eines Tages aufhören würde. Einmal müssten sie genug Knöpfe Mützen haben! / Das ist kein Glaube. Das ist bloß eine Hoffnung und noch dazu in negativer Manier gehofft: nämlich bloß auf das Aufhören von etwas. Nicht auf das Anfangen von etwas. / Entschuldige, aber ich habe ja daran geglaubt oder wenn du willst, gehofft, dass sie damit anfangen endlich aufzuhören. / Du hättest zumindest auf etwas Neues hoffen müssen. Ich sehe schon, du hast keinen wahren Glauben. / Doch, ich schwöre es dir, ich habe einen. Habe immer einen gehabt. Und werde immer einen haben. Falls du meine Fontanelle auseinanderklappen würdest, könntest du an den Schwielen auf den darunter befindlichen Windungen erkennen, welche Anstrengungen er mich gekostet hat. / Glaubst du an die Zukunft? / Selbstverständlich. / Und wie stellst du sie dir vor? Wohl als einen alten Terraner mit langem weißen Haarschmuck im Gesicht, von geflügelten Verwandten von uns umgeben? Das sähe dir ähnlich! / Klapp sie auseinander! Klapp sie auseinander: ich habe stets das Beste geglaubt, das kannst du mir glauben! / Dazu ist meine Glaubensinbrunst mir zu schade, dass ich sie auf dein lächerliches Maß reduziere. Also, gestehe: Wie stellst du dir die Zukunft vor, an die du glaubst?! / Ich stelle sie mir vor, wie du sie dir vorstellst: exakt genauso! / Das habe ich geahnt: nun muss ich dich dem unterinneren Fernstrafer melden; du hast dich soeben als futurloser Geselle selber entlarvt! / Dann bist du auch dran, dann fräsen sie dich auch, und zerlöchern dich … / Wieso denn? / Na, weil ich doch nur glaube, was du glaubst, da wärest du ja der Anstifter, haha! / Du irrst, mein Freund: ich wollte dich nur dazubringen, deinen Irrglauben aufzudecken, und dazu ist der Irrglauben ja da. Ein von mir geglaubter Irrglaube diente also einem höheren Glaubenszweck und ist somithin gar kein Irrglaube mehr. / Ja, aber das glaubst nur du! / Oh nein, das glauben alle! / Dann gestatte, mein lieber Freund, dass ich mich deinem Irrglauben, der keiner ist, anschließe, um ebenfalls von einem gewissen ledig zu sein. / Sagtest du: Gewissen? / Mit kleinem g. Im

Sinne von: von einem solchen. / Ja, du hast recht, die Sonne scheint wirklich, lasse uns die Luken schließen.

Abendliches Gespräch VI

Da hocken wir nun und warten. Die Zeit vergeht und will nicht vergehen. Die Wandelsterne kehren verzweifelt zurück: kein Ausweg aus dem gnadenlosen Kosmos. Nur die Fixsterne, die sind zufrieden: ihretwegen brauchte das niemals aufzuhören. Die Ewigkeit ist einfach zu lang. Und das Warten, dass etwas kommt und sie unterbricht. Wenigstens ein Komet von der Post mit freundlichen Grüßen aus dem Haar der Berenike: Uns gehts gut, hier scheint jeden Tag Alpha Centauri, die Kristalle sind schon erntereif und es weht ein herrlicher Magnetsturm. Aber nichts. Ich habe manchmal, das gestehe ich, schon an Selbstmord gedacht: Keinen Wasserstoff mehr absorbieren und einfach Schluss. Das Warten auf nichts macht mich fertig. Das kann doch nicht so weitergehen?! / Ich verstehe dich nicht. Du hast doch alles, was man sich auf unserm Planeten wünschen kann. Denk doch daran, wieviele verdorrt sind, wieviele zu Knöpfen verarbeitet, wieviele unter den Filz der Ebene geschoben; du kannst dich doch gar nicht beklagen. Du darfst dich sogar alle hundert Jahre verdoppeln, wer hat schon solches Privileg?! / Trotzdem: ich bin nicht glücklich. Ich habe das Gefühl, dass mir etwas fehlt. Dass ich was versäume. Dass ich ausgeschlossen bin von vielem. Die Verdoppelung befriedigt nicht mehr so, wie bei den ersten paar Malen. Manchmal frage ich mich hinterher, wozu das alles. Das ändert ja doch nichts. Was soll denn anders werden? / Alles! Alles muss anders werden, ganz anders! / Wie anders? / Wir müssen heraus aus dem alten Trott. Etwas tun.

Aktiv sein. / Aber du tust doch was: du verdoppelst dich! / Das ist doch nichts Neues, nichts anderes. Nicht eine subjektive Änderung strebe ich an: das ganze System muss geändert werden! Radikal! / Und wie stellst du dir das vor? Schau hinaus in den Kosmos. Milliarden Sterne. Wie willst du jeden von ihnen erreichen. / Und wenn du jeden erreichst, wozu willst du ihn bewegen? Zur gegenläufigen Rotation? Zur Bildung eines Spiralnebels mit anderen Kollegen? Ich will die hier herrschenden Gesetze ändern! Diese ganze Gravitation ist von Anfang an ein Irrtum gewesen, eine Fehlentwicklung. Sie hindert uns daran, zueinanderzukommen! Nein, du irrst dich, sie und nur sie hat uns überhaupt zusammengeführt. Ohne sie kreiste jeder einsam sonstwo. / Falsch: sie hält uns auf Distanz, obwohl wir uns nah sind: ein Scheißsystem. / Aber wir können ein Naturgesetz nicht suspendieren, ohne was andres an seine Stelle zu setzen. / Genau das will ich ja: ein neues Gesetz, eine neue Ordnung veranlassen. Und ich weiß schon was. Gegen die Gravitation setze ich die Anti-Gravitation! Das haut hin! Auf in den Kampf! Mir nach! / Ehe ich dir folge, erkläre mir den Vorzug deiner neuen Ordnung gegenüber der alten gravitationellen Abhängigkeit … / Die alte Gravitation, mein Lieber, zog uns zueinander und hielt uns gleichzeitig zurück. Die Anti-Gravitation beseitigt dieses Festgehaltenwerden. / Aber dann stürzen wir doch alle ineinander und verglühen! Oh, nein, Freund, davor bewahrt uns die Antigravitation, denn da nun keine Anziehung mehr besteht, sondern Abstoßung, ist die Kollision ausgeschlossen: wir bleiben in sicherer Entfernung voneinander. Also, machst du mit? / Genial. Du hast das Zeug, eine führende Rolle im Universum zu spielen. Lass mich dein erster Anhänger sein. So fordern wir unser Jahrtausend in die Schranken und weisen alle, die uns nicht unterstützen, in die ihnen noch zu ziehenden zurück!

Abendliches Gespräch VII

Wo kommen wir her und: waren wir immer schon da?/Wir sind Kinder der Mutter Materie, mein Freund, ergo kannst du dir alles an deinen zwölf Tentakeln abzählen. / Woher also? / Aus dem Urnebel. Aus dem flüssigen Gestein. Aus den zusammengepressten Ballen sprachloser Moleküle. / Nein, nein. Mir schwebte immer so etwas vor wie ein intergalaktischer Zeuger, der die Idee von uns hatte und uns entsprechend herstellte. Diese Vorstellung wäre mir angenehmer. / Moleküle. Stein. Nebel. / Damit werde ich mich nie anfreunden, sogar wenn es stimmen sollte. Wir sind doch was Besseres als die sonstige Materie, die hier rumschwirrt oder niederkracht. Wir sind was Besondres, da bin ich ganz sicher. / Hast du dir mal deine Oberfläche angesehen? / Danach kann man nicht urteilen. Wir müssen uns ins Innere unseres Wesens blicken lassen, dann wird man erkennen, was wir sind: außerordentlich. / Ja, wir sind außerordentlich gut, das Material für die Knopfherstellung zu liefern! / Das war eine historische Ausnahme, das kommt nicht mehr vor, das war eine vorübergehende geschichtliche Sonnenverdeckung. Im Finstern geschehen manchmal der Finsternis wegen Irrtümer. / Armer künftiger Knopf – falls du es genau wissen willst: wir sind durch Rindenschrumpfung, durch Risse im Filz nach oben gedrückt worden, da kommen wir her, und bei der nächsten Aufschüttung verschwinden wir aufs Neue in der Tiefe. / Siehst du, also ist unsere Existenz dazwischen bloß das Hervortreten und Sichtbarwerden eines tieferen Seins, in das wir zurückkehren. Das ist doch ganz logisch. Nur etwas unklar, weil es zwar tief, aber gleichzeitig auch dunkel ist im Tiefen./Mir wird ganz mürbe von deinem Geschwätz. / Du bröckelst ja bereits an den Rändern ab. Geschieht dir ganz recht. / Hilfe – das ist die beginnende Aufschüttung. Gleich wird es auch dich erreichen. / Ich fürchte nichts. Ich werde nur für eine Weile eingezogen und entsteige dafür auch irgendwann demnächst wieder unserem prächtigen Himmelskörper. / Ich will nicht wieder Moleküle sein. Ich will ich bleiben. Ach, es steigt beträchtlich und beträchtlich schnell. / Siehst du, das kommt davon. / Was kommt wovon? / Hybris! Die eigene Herkunft aufdecken wollen! Hy-Hy-jetzt habe ich mich an der Aufschüttung verschluckt. / Bris? Bris? Dummfels. Blödklotz! Wir waren nicht und werden nicht sein! / Du Zyni, du Pessi, du Nihi! Wir habi gefrevelt … – Du hast anfangt, du hast fragt, wo wir her, ob wir immschon … / Du hast antwort, du hast höhnt, dunn du – Ade!

Anhang zu den Gesprächen – Gespräch der Nachkommen

Freilich: es mag etwas eng sein, das sei eingestanden. Aber sonst sehr schön und gemeinschaftlich. Kein Gedanke an Einsamkeit oder gar Verlorenheit: man wächst zusammen, und weiß sich reicher mit vierzehn Beinen oder 320 Zähnen, von der Anzahl unterschiedlicher Geschlechtsteile, derer man langsam habhaft geworden, ganz zu schweigen: überall breiten sich erogene Zonen aus, selbst Ohrmuscheln, Nasenlöcher, Kiemenspalten, Augensäcke werden darin einbezogen, so dass jeder Akt, da keiner ausgeschlossen bleibt, zum allgemeinen Festakt wird. Derart auch verbreitet sich die Nahrung von Magen zu Magen, mit Schleckern und Schmatzen: Hüftbein sauer, Zeh in Aspik, geröstetem Nabelhorn, Gurgel, zart gewürgt und gewürzt; auch an Gesprächen, wie man sich denken kann, herrscht kein Mangel: wir sind in allem autark. Gemütliche Schummerstunden zu jeder Tageszeit, verschönt von der abblätternden Beschichtung der Innenwand, schuppenartige Schwebeteilchen, magisch irisierend, dass man wie verzaubert seine gesamten Augen darauf fixiert findet und lange Zeit benötigt, sie von diesem einmaligen wie unaufhörlichen Schauspiel loszureißen. Niemals vergeht die blaue Stunde. Aneinandergeschmiegt, Hand und Fuß Hand in Hand, Wange an Backe, Öffnung an Öffnung lauscht man, was die Wandung, eine Membrane eigener Art, einem von jenseits zuträgt: Dumpfes Schlagen, etwas wie Explosionen oder Glockengeläut, es kann sich dabei auch um das Fahrgeräusch eines schweren Gefährts handeln, was Anlass gibt, lange Aussprachen darüber zu führen und abzustimmen, was es gewesen wäre: eine den Feierabend einläutende, explodierende und abfahrende Lokomotive! Stets gelangen wir zu Einstimmigkeit.

Nach derartigen Anstrengungen ruht man aus, denn der treulich vollzogenen Pflicht folgt die Süße des Ausspannens: diese ist, wie könnte es anders sein, verbunden mit der Fortpflanzung. Schließlich muss die Art erhalten bleiben: dafür geben wir unser bestes. Wir geben uns Mühe. Wir lassen nicht nach. Wir setzen uns durch. Wir halten zusammen. Wir lassen uns unsere Tonne nicht nehmen. Wenn es auch eng und schwierig ist, so ist es doch auch gleichzeitig leicht und frei, nämlich darum, weil ja jeder auch der andere ist, also nicht mehr er selber, erlöst vom lastenden Ego, dem drückendsten Eigentum, ohne welches alles weitere reuelos getan wird, zweifellos und fraglos und hemmungslos: miteinander, gegeneinander – füreinander.

1967

Nachbemerkung

Für sein reiches, vielgestaltiges Œuvre hat sich Günter Kunert in fast allen Literatur-Genres erprobt und ihnen Bedeutsames abgewonnen. Aber es sind vor allem die Lyrik und die erzählende Prosa, auf die sich sein Ruhm gründet. 2006 edierte der Hanser Verlag einen Sammelband seiner Geschichten, in dem er die gerühmtesten zusammenfasste und durch neuere ergänzte. Nun, zehn Jahre danach, erscheint ein weiterer Band, enthaltend eine Auswahl von Erzähltexten, die bisher bei Hanser noch nicht erschienen waren. Zugrunde liegen: Typoskripte, Zeitungen, Zeitschriften, Anthologien, oder auch bibliophile Drucke, die nur einen kleinen Leserkreis erreichten.

Nachdenkend über das Genre hob der Dichter 1967 hervor: »... ihre Faszination erhält die Kurzgeschichte glaubhaft durch die Peripetie, auf die hin sie erzählt wird, die erstaunliche Wendung, die der Leser nicht erwartet hat und die ihn einen Augenblick lang der vorgeblichen Gesetzmäßigkeit des eigenen Daseins entreißt, um ihm schlaglichtartig die ungeahnten, reicheren Möglichkeiten des sogenannten Lebens bewusst zu machen. Eine mindere, doch nicht minder wichtige Katharsis vollzieht sich durch Verblüffung und Erstaunen, dass alles ganz anders gehen könnte und kann und dass die Welt nicht nur ein Räderwerk ist, in der man mahlt und zermahlen wird. Insoweit ist die Kurzgeschichte eine revolutionäre Schreibweise, indem sie am Ende gegen ihre prädeterminierte Handlung revoltiert. Sie löckt wider den Stachel des Absehbaren, Voraussichtlichen, Festgelegten.« (Und sie löckt zugleich gegen manchen anderen Stachel.) Hier wird sie beschrieben wie ein Drama, eine antike Tragödie etwa, von wo der Begriff der Peripetie genommen ist.

Wenn man sich nun unter den Geschichten der vorliegenden Sammlung umschaut, findet man nicht leicht ein passendes Exempel. Aber mit dem zweiten Blick sieht man genauer und wird fast überall fündig. Jeder der Texte ist nach vielen Seiten hin in streitbare Dialoge und allerlei Reibereien verwickelt.

Der tragische Konflikt wird allemal zur Affäre, ein buntscheckiges Wort mit changierender Bedeutung, und zur vertrackten obendrein – das gemahnt an den Gordischen Knoten, die unerbittliche Aporie. Aber durch zahlreiche Parodie- und Travestieeffekte, durch Ironie und Clowniaden, durch Anflüge orgiastischer Lust und luzider Heiterkeit entsteht eine Atmosphäre wie im Satyrspiel, das die hohen Tragödien auf groteske und lustvolle, drastische und zuweilen obszöne Weise spiegelt.

Auftakt des Bandes bildet die Reise des Herrn O., leicht als ein Altersbild des großen Odysseus auszumachen, auf die Insel der Kirke, die einst seine Männer in Schweine verwandelt und ihm ein wunderbares Jahr erotischer Erfüllung beschert hatte. Rückkehr in die Heldenphase, in jugendlichere Zeiten; um seine Erinnerung aufzufrischen und – vielleicht auch die damalige Affäre mit der Zauberin.

Für Kunert ist es zugleich Gelegenheit, auf jene große Erzähltradition der Odyssee hinzuweisen, die er nun mit den Mitteln der Kurzgeschichte zu travestieren beginnt. Es entsteht für Herrn O. eine Kette von Enttäuschungen, und die

Pointe ist immer wieder: Man hatte schon geglaubt, schlimmer könne es nimmer kommen, aber es kann!

Das allerleiraue Gebilde »Kurzgeschichte« deckt die wunderlichsten Mesalliancen. Mythos und Märchen kopulieren mit Science-Fiction, Fantasy und allerlei trivialliterarischen Genres. Spuk- und Schauerstory begegnen der Heiligenlegende, die Liebesgeschichte kreuzt sich mit dem Krimi, die Sexgeschichte mündet in Hohe Liebe und umgekehrt.

Das Gesetz der Serie schafft Themen- und Motivgruppen und gibt Gelegenheiten, das jeweilige Problem von mehreren Seiten her zu durchschauen.

Auf die seltsamen Liebesvariationen folgen Serien des Schreckens, und Kurzgeschichten aus DDR-Zeiten liefern Mentalitätsstudien, die mit den offiziellen Bekundungen und Verheißungen deutlich kontrastieren. Ein Glanzstück des mutigen wie erfolgreichen Kampfes mit der Zensur ist die Geschichte vom Zwinkerauge, die, als sie einmal genehmigt war, gern im In- und Ausland nachgedruckt wurde.

Die Helden der Geschichten sind meistens Antihelden, Randgestalten und Zeigefiguren, oder haben die Heldenbilder zu persiflieren. Ein einziges Mal kommt der Autor mit einem Selbstporträt ins Bild: in einer Zeit gesteigerter Drangsalierung sieht er sich in ein Nagetier verwandelt, das sich vor der Falle zu fürchten hat. Und wer wissen will, warum Nagetier, der lese im Schlusskapitel nach, dem am weitesten in die Urzeit und in die Zukunft greifenden, wo die kleinen Säuger als Vorfahren der Menschheit in Sicht und ins Spiel kommen.

Die Geschichte einer »Therapie« ist eine der tragischsten und ausweglosesten des Bandes, von der penetranten Unerbittlichkeit einer sogenannten Schicksalstragödie. Und die Triade technischer Apparaturen (Telefon als Waffe – Zeitmaschine – Guillotine) eröffnet gespenstische Panoramen. Büchners letzte Fiebernacht zeichnet eine der lichtesten Gestalten des Bandes und versucht eine Antithese zu den grauslich-jämmerlichen Bekundungen des Fallbeil-Verfechters. Und die beiden Texte des Finales: über ein Schreckens- und Spaßmuseum, das sich anschickt, die Welt zu simulieren, und über einen verblüffenden Endzustand der Menschheit, der den einen als Paradies, den andern als Hölle erscheinen muss – sie bilden wuchtige Schlussakkorde des großen Satyrspiels.

H. W.

Inhalt

Abschied ist arm an Worten 7
Olympia 17
Eine Meisterleistung 25
Die Nixe vom anderen Ufer 36
Herr Wolf. Ein Bericht 44
Der Schatten 50
Märchen für morgen 57
Nachgetragene Wahrheit 63
Stimmflut 69
Die Traumfrau 81
Anekdote 93
Grillenfänger 97
Unabhängigkeitserklärung 107
Okkupation 111
Aus grauer Vorzeit 115
Ein Schreiben 125
Keine Affäre 129
Tomerton 134
Das Auge 137
Aus der Nachbarschaft 141
Stummer Schrecken 155
Verwehte Spuren 161
In eine Lage versetzt 174
Das Gespenst vom Ölmühlengang 177
Die Therapie 185
Mit der Waffe des Telefons 200

Zeitmaschine 202
Der Fachmann fürs Fallbeil gibt zu Protokoll ... 204
Fiebernacht 220
Museumsbesuch 226
Abendliche Gespräche, bevor die Erde
hinter dem Horizont versinkt 234
Nachbemerkung 247